절대종사

절대종사 2
송명섭 판타지 장편 소설

초판 1쇄 찍은 날 § 2003년 5월 1일
초판 1쇄 펴낸 날 § 2003년 5월 10일

지은이 § 송명섭
펴낸이 § 서경석

편집장 § 문혜영
편집책임 § 김희정
편집 § 장상수 · 박영주
마케팅 § 정필 · 강양원 · 이선구 · 김규진 · 홍현경

펴낸곳 § 도서출판 청어람
등록번호 § 제1081-1-89호
등록일자 § 1999. 5. 31
어람번호 § 제1-0369호

주소 § 경기도 부천시 원미구 심곡1동 350-1 남성B/D 3F (우) 420-011
전화 § 032-656-4452 팩스 § 032-656-4453
http://www.chungeoram.com
E-mail § eoram99@chol.com

ⓒ 송명섭, 2002

값 7,500원

ISBN 89-5505-646-X (SET)
ISBN 89-5505-648-6 04810

절대총사

송명섭 판타지 장편 소설

2 미궁 속으로

도서출판 청어람

CONTENTS

"이놈, 진아야!!"

"헉! 아, 넷! 죄송합니다. 용서하십시오, 이스님!!"

오랫동안 무서운 얼굴로 노려보던 이스에게서 다시금 커다란 일갈이 터져 나오자 이클립스는 화들짝 놀란 목소리로 용서를 구하며 연신 허리를 숙였다. 귀가 울릴 것 같은 외침도 외침이었지만, 이스의 목소리에 실려 있는 눈에 보이지 않는 가공할 힘은 마왕마저 어느새 이클립스처럼 무릎 꿇게 할 정도였다. 이스의 외침이 이어졌다.

"어찌, 어찌 그리도 잔인한 짓을 한 게냐! 어찌하여?! 무릇 생명 하나하나에는 그 나름대로의 태어난 이유와 해야 할 일이 있느니라. 하나의 생명이 태어나기 위해 얼마나 많은 인(因)과 연(緣)이 반복돼야 하는지 정녕 모른단 말이더냐! 어찌 그런 금수와 같은 짓을 한 게야, 어찌!! 아무리 종족이 다르다 해도 그런 말도 아니 되는 이유 따위로 그

많은 생명을 그리 무참하게 짓밟다니?! 그게 말이 된다고 생각하느냐, 이놈아!!"

"죄송합니다. 면목없습니다, 이스님."

"이놈! 그러고도 네놈이 긍지 높다는 마족이란 말이더냐!!"

이스의 호통은 오래도록 끝날 줄 모르고 이어졌다. 그러나 이클립스는 이스의 꾸짖음이 계속될수록 어느 정도 안심할 수 있었다. 커다랗게 질책하는 추상과 같은 말속에서 자신에 대한 염려와 걱정이 가득한 이스의 깊은 마음을 느낄 수 있었던 것이다. 깊숙이 고개를 숙이고 있는 이클립스의 얼굴로 부드러운, 그리고 따스한 미소가 나타난 것도 그 때문이었다.

"허어, 어이할꼬……."

거대한 내성 전체가 울릴 정도로 커다랗게 호통 치던 이스의 목소리가 조금씩 평소의 그것처럼 낮아졌다.

"마왕님."

"넷, 이스님."

낮게 한숨을 내쉬며 마왕을 찾기는 했지만 이스의 시선은 수많은 원혼들이 들어가 있다는 마왕검에 닿아 있었다.

"마왕님의 검에 속박돼 있는 원혼들을 풀어주시면 아니 되겠습니까? 가엽고 불쌍한 사람들이 죽어서도 편히 쉬지 못하고 저리 슬프게 울부짖을 수밖에 없다니, 이 얼마나 안타까운 일입니까? 이 늙은이가 주제넘게 마왕님의 물건을 가지고 이래라저래라 할 순 없지만 마왕님께서 너그러운 마음으로 저들을 풀어주시는 것이 어떨는지요?"

"그, 그게……."

다시 자리에서 일어선 마왕은 좀처럼 대답을 하지 못했다. 그저 검을 보여주고 검술을 배우려 했던 의도였는데 일이 엉뚱한 곳으로 흘러가고 있었다. 이클립스가 오랜 시간과 노력을 기울여 선물해 준 검이어서 부숴 버리기도 아까웠지만, 여기서 잘못 대답한다면 어떤 결과를 가져올지 모르는 일이기에 좀처럼 말을 잇기가 힘들었던 것이다.

리켄과 이클립스에게 전해 들었던 이스의 위력을 마왕은 조금 전 들었던 이스의 커다란 목소리에서 재차 확인할 수 있었다. 그저 꾸지람이고 호통이었는 데도 몸이 떨릴 정도의 보이지 않는 가공할 위력이 목소리에 내재돼 있어 자신까지도 어느새 무릎을 꿇게 만들 정도였다. 그런 이스가 마음먹고 힘을 쓴다면 자신과 이클립스, 그리고 마계 전체의 전력으로 싸워도 상대가 되지 않을 것이란 걸 직감적으로 느낄 수 있었다.

"이스님."

오래도록 생각에 잠겼던 마왕이 입을 열자 이스와 이클립스의 시선이 집중됐다. 마왕의 말이 이어졌다.

"앞으로 정확히 20년, 마계 시간으로 20년 뒤면 다시 천계와의 전쟁이 터질 것입니다. 인간계의 시간으로는 2년 정도 되는 시간이지요. 이스님, 우리 마계와 천계의 전쟁이 끝날 때까지, 그때까지만 기다려 주시면 안 되겠습니까? 전쟁이 끝나면 이 원혼들을 해방시키고 인간들 중 뛰어난 무녀들을 고용해 원혼들을 위로해 주겠습니다. 이건 마왕의 이름을 걸고 드리는 약속입니다. 마계 시간으로 9백 년이 넘는 오랜 세월 동안 가지고 있던 검이니 그때까지만 더 시간을 주시면 안 되겠습니다, 이스님?"

"정말 그래 주시겠습니까, 마왕님?"

이스의 얼굴이 밝아졌다. 9백년이 넘는 시간 동안 갇혀 있었으니

20년 정도는 기다려도 무난할 것 같았다. 또한 전쟁을 위한 대비라 하니 뭐라고 반박할 말도 없었다.

"고맙습니다, 마왕님. 마왕님께서 그리 약조해 주시니 이 늙은이가 안심할 수 있을 것 같습니다. 허허허."

만약 마왕이 거절한다고 해도 무력까지 사용할 생각은 없었다. 어찌 됐든 마왕의 물건이었고, 이클립스와도 인연이 있는 사이니 이곳에 해를 가하고 싶진 않았던 것이다. 그저 두 번 다시 얼굴 보지 않을 생각으로 이곳 마계를 떠날 작정이었는데 흔쾌히 약조해 준 마왕이 이스로선 고마울 뿐이었다.

"이놈, 진아야!"

"네, 이스님."

마왕에게서 만족스런 대답을 얻은 이스가 아직까지 무릎 꿇고 고개를 조아리고 있는 이클립스를 향해 몸을 돌리며 말을 이었다.

"네 녀석은 이 할아비와 한 가지 약조를 해야겠다. 그리하겠느냐, 이 고연 놈?"

"네, 이스님. 그 무엇이든지."

욕이 섞여 있는 말이었는데 이상하게도 화가 나거나 기분이 상하지 않았다. 오히려 뭔가 따스한 것이 가슴에서 느껴지는 이스의 목소리에 이클립스는 저절로 지어지는 미소를 꾹 참아야 할 정도였다.

"마계의 원수인 천계 사람들을 제외하고 앞으로는 절대로, 그 무슨 일이 있더라도 살아 있는 사람은 절대 죽이지 말거라. 이 할아비와 할 약조는 이것이니라. 어떠하느냐? 할아비와의 약조를 지킬 수 있겠느냐?"

"이클립스. 제 아버님께서 주신 자랑스러운 마족의 이름을 걸겠습니다, 이스님."

"그래야지, 암."

이클립스는 이스의 물음이 끝나자마자 곧바로 대답했고, 그제야 만족스럽다는 듯 이스의 얼굴에 부드러운 미소가 나타났다. 얼마 안 되는 시간이었지만 이 세계에 와 처음으로 인연을 맺은 이가 리켄과 이클립스였기에 그만큼 정도 깊어진 이스였다. 또한 앞으로 해야 할 일에 이클립스의 도움을 많이 받아야 했다. 이곳에서 헤어진다면 파괴신의 부활은 요원한 꿈으로 끝날 확률이 높았으므로 이클립스와는 오래도록 인연이 계속돼야 했다.

"아……."

미소를 머금고 있는 이스와 달리 이클립스의 표정은 조금씩 이상하게 변해갔다. 뭔가 커다란 잘못을 한 것 같은 그런 표정이었다. 또, 이클립스처럼 마왕 역시 같은 표정이었다. 마족의 이름을 건다는 이클립스의 약속 때문이었다.

드래곤은 '드래곤의 맹약'이라는 드래곤만의 규칙이 있었다.

한 번 맺어진 맹약은 어떤 일이 있어도 깨어지지 않았으며, 만약 그것을 어기는 드래곤이 있다면 모든 드래곤들의 수장인 드래곤 로드의 엄한 추궁이 뒤따른다. 또한 맹약을 어겼다는 일 때문에 드래곤들에게 집단 따돌림당하는 것이 보통이어서 드래곤들은 함부로 약속 같은 걸 하지 않으며, 한 번 맺은 약속은 최대한 지키려 노력한다.

그러나 드래곤의 맹약과 비슷한 것으로 마족에게도 반드시 지켜야 할 절대적인 약속이 존재했다. 바로 '마족이 자신의 이름을 걸어 맺은 약속'이라는 것이다. 어떤 마족이든 자신의 이름을 걸고 한 약속은 반드시 지켜야 했다. 그것은 드래곤들처럼 자존심이나 동료들의 따돌림

같은 후환에 관계된 것이 아니었다. 마족이 이름을 걸고 하는 약속을 어긴다면 그것을 어긴 마족은 그때부터 조금씩 어둠의 기운이 소멸되며 몇 년도 되지 않아 아무런 힘도 없는 존재가 되어버린다. 그렇기 때문에 마족들은 자신들의 이름을 걸고 하는 약속은 거의 하지 않으며, 그것은 드래곤들보다 더욱 심했다. 그래서 이런 마족들의 맹약을 그들은 '절대적인 맹약'이라고 불렀다.

그런데 그런 엄청난 약속을 이클립스가 해버린 것이다.

"이… 런……."

따스한 정이 느껴지는 친근한 이스의 목소리에 생각없이 곧바로 대답한 것이 큰 실수였지만, 이미 해버린 약속은 이스가 해제하지 않는 한 돌이킬 수 없었다. 이제 패닉 상태가 돼버린 이클립스는 입만 벙긋거리고 있을 뿐 정신을 차리지 못했다.

"크흑, 작은아버지."

바보처럼 입을 벌리고 서서 멍하니 땅바닥을 바라보는 이클립스의 모습에 마왕의 마음도 찢어지는 것 같았다. 그나마 천계 전사들을 제외해 준 것이 다행이었지만 마족에게 살생을 금한다는 약속은 육식 동물에게 초식을 하라는 것과 같은 말이었다. 또, 작은 실수로 인간을 죽인다면 자신의 목숨이 위태로워지는 약속이었다. 마왕은 너무도 미안해 앞으로 이클립스의 얼굴을 볼 수 없을 것만 같았다.

"저, 저 때문에… 죄송합니다, 작은아버지."

이스에게 검술을 배우려고 불렀던 것이 화근이었다. 아니, 자신의 검을 보여주는 게 아니었다. 그런 것을 보여줘서 결국 이클립스가 저 지경이 된 것이라 생각하니 마왕은 모든 것이 자신의 잘못처럼 느껴졌다.

"마왕님, 이 늙은이를 부른 이유가 그 검을 보여주기 위함이었습니까?"

슬퍼하는(?) 마왕과 이클립스를 잠시 바라보던 이스가 마왕에게 다가갔다. 그가 자신을 청한 것이고, 검도 다 봤으니 다른 볼일이 없다면 에이프릴이 있는 곳으로 가기 위해서였다. 이클립스를 미안하다는 표정으로 보던 마왕이 서둘러 이스를 향해 고개를 돌렸다.

"아, 아닙니다. 이스님을 모신 건 다름이 아니고, 그러니까……."

"다름이 아니고?"

"다름이 아니라… 에… 이스님은 아주 강하신 분이고, 또 그래서……."

마왕은 부끄러운 듯 얼굴을 붉히며 말까지 더듬거렸다. 마계의 주인이자 마계 최고의 강자라 할 수 있는 자신이 검술을 알려달라고 하는 게 어딘지 부끄럽고 창피한 모양이었다. 그런 마왕의 모습에 이스가 너털웃음을 터뜨렸다.

"허허허, 마계의 주인 되시는 분께서 무엇을 그리 망설이십니까? 그러지 마시고 속 시원히 말씀하십시오. 이 늙은이에게 뭔가를 바라시는 것 같은데, 이 늙은이가 할 수 있는 일이라면 뭐든지 들어드리겠소이다."

"저, 정말이십니까?"

"허허허, 마왕께서 이 늙은이의 일을 도와주고 계시는데 어찌 모른 체할 수 있겠습니까."

이스의 말에 어린아이처럼 좋아하던 마왕이 서둘러 입을 열었다.

"검술을 가르쳐 주셨으면 합니다, 이스님."

"검술이요?"

“네, 이스님. 작은아버지와 리켄 아저씨에게서 말씀 들었습니다. 이스님의 원래 이름이 강철의 검이셨던 것 말입니다. 그런 이름이 붙었다면 분명 대단한 검술을 익히셨을 것이라 생각했습니다. 그러니 이스님께서 알고 계신 검술 중 가장 강하고, 오래도록 적을 상대할 수 있는 검술을 제게 가르쳐 주셨으면 합니다.”

“허허허.”

작은 눈을 초롱초롱 빛내며 애원조로 말하는 마왕의 모습에 참지 못하고 다시 웃음을 터뜨리는 이스였다. 그러나 그의 웃음은 오래가지 않았다. 검법과 검술이란 것을 잊고 살아온 세월이 너무도 오래였기에 제대로 된 검술이 생각조차 나지 않았던 것이다. 화산파를 떠나고 중원을 돌아다닐 때도 검술다운 검술은 한 번도 써보지 못했다. 워낙에 대단한 명성을 지니고 있던 터라 누구도 감히 그와 대적하려 하지 않았기에 당연한 일이었으며, 장백산에 도착해서는 사람조차 만나지 못했기에 검을 쓸 이유가 있을 리 만무했다.

또한 장백산에서 화산 폭발이 일어난 이후부터는 오로지 영검(靈劍)만을 위해 모든 것을 쏟아 부었던 그이기에 더 더욱 검술과 검법에 대한 필요성을 느낄 이유가 없었다. 그렇게 오랜 세월 지내다 보니 필요 없는 것들이 자연스레 이스의 뇌리에서 잊혀진 것이다. 또한 마왕같이 강한 자에게 걸맞는 검술이라면 웬만한 것으로는 되지도 않을 것 같았다.

“흐음, 검술이라…….”

이스가 대답도 않은 채 기다란 수염을 쓰다듬으며 연신 고개를 흔들고만 있자 마왕이 다가갔다.

“설마 인간이 아닌 마족에게는 이스님의 검술을 가르쳐 주기가 싫으신 겁니까? 그런 것입니까, 이스님?"

"허허허, 그럴 리가 있겠습니까. 그리고 이미 이 늙은이가 마왕님과 약조를 하였는데 어찌 그럴 수 있겠습니까?"

"그런데 왜 그러시는지요?"

"사실 이 늙은이가 너무도 오랫동안 검을 잡지 않은 터라 기억나는 검술과 검법이 하나도 없소이다. 허허허."

"그, 그런……."

쑥스럽다는 듯 웃음을 터뜨리는 이스와 달리 마왕의 얼굴은 묘하게 일그러졌다. 마치 선물을 잔뜩 기대하던 어린아이가 실망한 표정이었다. 그런 마왕의 모습에 이스가 다시 웃음을 터뜨렸다. 거인 같은 몸집에 우락부락하게 생긴 얼굴이었지만 잔뜩 골이 난 표정이 이스에겐 귀엽게 느껴지는 모양이었다.

"허허허, 너무 실망하지 마십시오, 마왕님. 일단 검을 잡고 잠시 휘두르다 보면 쓸 만한 게 생각날지 모르니 검 한 자루만 빌려주시면 고맙겠습니다."

"엇? 정말요? 알았어요. 잠시만… 여기 있습니다."

이스의 대답에 신이 난 마왕은 순식간에 사라졌다 검을 들고 나타나 이스에게 내밀었다. 어디서나 구할 수 있는 롱 소드였다. 원래는 마왕검으로 부탁하려 했지만 이스가 그것을 싫어하는 빛이 역력했기에 다른 검을 준비한 것이다.

"허어, 그것참. 하도 오랜만에 검이란 걸 만져 보니 감회가 새롭구먼. 이게 몇 년 만에 잡아보는 검인지 모르겠구려. 허허허."

"에……."

검을 받아 들고 감개무량하다는 듯 연신 허허 웃어대는 이스와 달리 곁에서 그를 지켜보던 마왕의 표정엔 실망스러움이 피어올랐다. 이스의 모습은 누가 보더라도 처음 검을 접한 사람의 모습이었다. 손잡이를 매만지며 검날의 날카로움을 재는 모양이 너무도 엉성하게 보였다.

“하아……..”

결국 마왕은 잔뜩 실망한 표정으로 고개를 흔들며 긴 한숨을 내쉬었다. 마냥 신기하다는 얼굴로 검을 매만지는 이스의 모습에서 검술 배우겠다는 생각을 완전히 접은 것이다. 그때였다.

“억!”

오랫동안 검을 만지던 이스가 그것의 손잡이를 잡고 수평으로 들자 마왕에게서 격한 숨이 토해졌다. 그저 검을 수평으로 들었을 뿐인데도 마왕에게는 날카로운 검날이 순간적으로 커다랗게 보였으며 몸까지 잔뜩 위축됐던 것이다.

“마왕님, 아무래도 이곳은 조금 협소한 것 같으니 보다 넓은 곳으로 가는 게 좋을 것 같습니다.”

“에? 아, 네, 네.”

마왕의 얼굴에 다시금 화색이 돌았다. 조금 전 보여주었던 무시무시하고 위풍당당한 이스라면 오래지 않아 잊었던 검술을 기억해 낼 것 같아서였다. 마왕은 서둘러 한 손을 허공에 그었다. 그러자 타원형의 기다란 홀이 생겨났다. 이젠 이스에게도 익숙한 마족들의 장거리 이동수단이었다.

“잠깐만! 나도 갈래요.”

“저도요, 할아버지.”

어떻게 알았는지 내성 입구 쪽에서 리켄과 에이프릴이 손사래를 치며 이스를 멈춰 세웠다. 내성에 잠시 들렀다 이스의 말을 들은 모양이었다.

“검까지 들고 어디 가는 거예요?”

달려온 리켄이 검을 잡고 있는 이스의 모습에 의아한 듯 고개를 갸우뚱거렸고 에이프릴 역시 비슷한 반응을 보였다. 이스의 마지막 말만을 들은 모양이었다. 마왕이 간단히 설명하자 둘의 표정이 순식간에 밝아졌다.

“우와~ 심심했는데 잘됐다.”

“할아버지, 저도 검술 보고 싶어요.”

“허허허.”

개구쟁이처럼 좋아하는 리켄과 에이프릴의 모습에 이스의 얼굴로 흡족하다는 미소가 나타났다. 이제 리켄과 에이프릴은 정말 사이좋은 친오누이 사이 같았다. 또한 마계에 도착하고선 거의 떨어지지 않고 함께 다녔던 둘이었기에 그동안 사이가 더욱 가까워진 것 같았다.

“어서 가시죠.”

리켄과 에이프릴이 나타나자 도무지 움직일 생각을 하지 않는 이스를 마왕이 타원형의 홀로 안내했고, 일행들은 천천히 홀 속으로 걸음을 옮겼다.

“이곳이 어디인가요? 처음 와보는 곳 같은데…….”

검은 홀을 빠져나오자 시야가 확 트이는 넓은 평지가 나타났다. 마계는 몇몇 곳을 제외하곤 지금 보이는 것처럼 모든 곳이 평탄하고 넓은 대지가 죽 펼쳐져 있다. 하지만 30여 일 가까이 마계를 돌아다녔던 이스에게도 이곳은 처음이었다. 워낙에 넓은 마계였기에 모든 곳을 가보지 못한 이스였다.

"네, 이스님. 이곳은 마왕성에서 제법 멀리 떨어져 있는 곳으로 '죽음의 평야'라는 곳입니다. 이곳 근처에는 돌아다니는 마물도 없고 볼 만한 것도 없기에 작은아버지께서 이스님을 안내하지 않은 것 같습니다."

"그렇습니까? 허허, 황량한 벌판이긴 하지만 수련하기엔 알맞은 장소로 보이는군요."

거무튀튀한 대지와 검회색 하늘, 마계를 여행하며 계속 지켜보던 음침하고 우울한 풍경이었지만 이스에게는 가까운 거리에 마물이 없다는 사실이 다행으로 여겨졌다. 앞으로 검술을 시행함에 있어 만에 하나 있을 불상사에 대한 걱정을 하지 않아도 되기 때문이다.

"뭐 하는 거예요, 이스? 어서 보여줘요."

"보여주세요, 할아버지."

"허허허, 녀석들도 참."

도착한 지 얼마 되지도 않았는데 리켄과 에이프릴이 어서 검술을 보여달라고 재촉하자 이스가 웃으며 십여 걸음 앞으로 걸어갔다.

"글쎄, 이 늙은이의 검술 따위가 마왕님께 도움이 될지 안 될지 모르는 일이지만 최선을 다해보겠습니다. 그리고 홍아야, 방어막을 단단히 쳐두거라. 그럴 일은 없겠지만, 혹여 에이프릴이 다칠 수 있으니 말이다."

"치, 나는 다쳐도 상관없다 그 말이죠? 흥! 정말."

투덜거리기는 했지만 리켄은 어느새 최상급 방어 마법을 시행해 자신과 에이프릴 주변을 감쌌다. 그런 리켄의 모습을 보던 마왕의 얼굴이 멍하게 변했다. 리켄이 너무도 많은 방어막을 치고 있었기 때문이다.

“뭘 그렇게 많이 치세요, 리켄 아저씨?”

“이 녀석이 또 아저씨라고! 녀석아, 너도 방어 마법 이삼십 개는 쳐 두는 게 좋을 거다. 이스가 마음만 먹으면 내가 지금 치고 있는 이 정도 방어막은 수십만 개가 있어도 상대가 안 된단 말이다. 후회하기 전에 내 말을 듣는 게 좋을 것이여.”

“그, 그런!”

믿을 수 없다는 듯 리켄을 보던 마왕의 입이 반이나 벌어졌으며 사각 모양의 턱수염도 부르르 떨렸다. 지금 리켄이 펼치고 있는 방어막 하나하나는 마왕이 알고 있는 최고의 공격 마법으로도 한 번 이상 적중시켜야 파괴시킬 수 있을 정도로 대단한 방어력을 지니고 있었다. 그런 것을 수십 개가 넘게 펼치고 있으니 마왕의 놀라움은 클 수밖에 없었다.

“이, 이게 꿈인가, 생시인가?”

멍한 표정으로 중얼거리던 마왕도 이내 마력을 일으켜 방어 마법을 몇십 개나 펼쳤다. 마법사가 아니고선 느낄 수조차 없으며 보이지도 않는 방어막이었지만 이스에겐 해당 사항이 없었다. 영검을 터득한 이후 모든 마나의 흐름이 자연스럽게 보이기 때문이었다. 모두가 방어막을 펼치자 마왕을 향해 이스가 입을 열었다.

“마왕님.”

“네, 이스님. 말씀하십시오.”

“이 늙은이가 생각하기에 마왕님께서 쓰신다는 검술이 아마 이런 종류일 것 같습니다만. 한번 보시지요.”

쿠우우우—

이스가 말을 마친 순간이었다. 그가 들고 있던 롱 소드에서 돌풍 같은 기의 폭풍이 터져 나갔으며 롱 소드에서 눈부신 빛이 뿜어졌다. 주변 수십 걸음이 매섭게 몰아치는 폭풍으로 가득했고, 폭풍에서 생겨난 뇌전들이 무서운 소리를 내며 번뜩였다.

"억!!"

마왕의 입에서 비명 같은 외침이 터져 나왔다. 너무도 똑같았다. 그가 적을 상대하며 온 힘을 검에 쏟아 부었을 때와 조금도 다르지 않았다. 아니, 다른 점은 분명 있었다. 아무리 최대한 힘을 집중한다고 해도 지금 이스가 보이는 위력 정도는 아니었다. 또, 지금처럼 모든 힘을 쏟아 부었을 때 마왕의 힘을 견뎌낸 검은 마왕검밖에 없었다. 그러나 자신보다 더욱 엄청난 힘을 보이면서도 이스가 들고 있는 롱 소드는 금이 가거나 조금도 부서지지 않았다.

"흐음, 지금 보이는 것이 맞는 것 같구려."

몰아치는 폭풍 속에서 이스가 마왕을 보며 말을 이었다.

"이렇게 모든 힘을 검에 집중해서 사용하는 것이 위력적인 면에서는 좋을지 모르겠습니다만, 이런 상태로 과연 얼마나 적을 상대할 수 있겠습니까? 마왕님께서는 오래도록 적을 상대해야 한다고 하셨는데, 이 늙은이 생각에 아무리 마왕님이라 하더라도 이 상태로는 하루를 버티기 힘들 것 같습니다만… 그렇지 않습니까?"

"그, 그렇습니다. 정확히 보셨습니다. 그래서 이스님께 적당한 검술을……."

마왕은 선선히 고개를 끄덕였다. 약점을 고스란히 알려주는 꼴이었지만 인정하지 않을 수 없을 정도로 이스의 힘은 무시무시했다.

"허허허, 이 늙은이가 너무 오랫동안 검을 잡아보지 않아 기억이 가물가물하지만……."

　조용히 미소 짓던 이스가 천천히 검을 내렸다. 그러자 주위에 몰아치던 돌풍과 가공할 기운들이 순식간에 사라졌다. 마왕의 놀라움이 계속됐다. 한 번 힘을 집중해서 다시 원래대로 돌아가기 위해선 제법 많은 시간적 여유가 필요했기 때문이다. 또, 집중한 검에서 힘을 빼면 주위로 몰아치는 돌풍이나 힘의 기운이 서서히 없어지기 마련이었다. 그런데 그 모든 것이 순식간이라 할 수 있을 정도로 눈 깜짝할 사이에 사라져 버린 것이다. 이스의 말이 이어졌다.

　"하지만 마왕님, 이 늙은이가 조금 전에 보여 드린 것은 검술의 한 방편으로는 쓸 수 있을지 모르나 그것을 검술이라고 말할 순 없습니다. 그것은 단지 검에 기를, 아니, 이곳에선 마나라고 한다지요? 그 마나라는 것을 모조리 집중하는 것에 불과하지요. 그렇기 때문에 파괴력과 검의 속도에는 영향을 줄지 모르지만 검술이라 부를 수 없는 겁니다. 이제부터 이 늙은이의 움직임을 보아주십시오. 조금 전에 생각난 것인데, 이 늙은이와 아주 오래전에 7일 낮, 7일 밤 동안을 싸웠던 분의 검법입니다. 그분은 마교라는 곳에 소속된 분이시기에 어쩌면 마계의 주인이신 마왕님과 가장 잘 어울리지 않을까 생각됩니다."

　"네. 감사합니다, 이스님."

　마교가 어떤 곳인지 궁금했지만 이제부터 시작할 이스의 검술을 놓칠 수 없기에 마왕은 마른침을 꼴깍 삼키며 이스를 주시했다.

　"그럼 이제부터 시작하지요."

　쟁기를 들고 밭에 나가는 농부처럼 검을 비스듬히 아래로 내려뜨린 이스에게선 아무런 힘이나 위력이 느껴지지 않았다. 그저 평범하고 태연한 모습이었다. 하지만 그것도 잠시, 비스듬히 내려져 있는 검 주위가 조금씩 이글거리기 시작했다.

　"이 검술은 대지의 기운을 토대로 하는 것으로 내력, 아니, 마나의 운용만 잘한다면 같은 파괴력을 오랫동안 지속시킬 수 있는 아주 무서운 검법이었지요. 이곳 마계라는 곳은 대지의 기운이 마왕님처럼 강하기 때문에 조금만 터득하더라도 상당한 위력을 발휘할 것 같습니다."

　검 주위에서 시작됐던 기의 집중이 어느새 이스의 몸 전체를 둥그렇게 에워쌌다. 끓는 물 위에 이스가 서 있는 것 같은 착각이 들 정도였다. 이스의 말이 이어졌다.

　"대지의 기운을 이용하는 방법으로 자신이 운용하는 마나를 검끝에 모아 대지로 흘려보내 서로 반발하는 시점에서 자신의 마나를 다시 몸속으로 돌아오게 하는 걸 계속 반복하다 보면 어느 순간부터 안정적으로 대지의 기운을 이끌어낼 수 있답니다. 또, 역으로 할 수도 있지요. 하지만 하루아침에 깨달을 수 있는 경지가 아니니 마왕께선 앞으로 정진에 정진을 거듭하셔야 할 것입니다."

　"네, 명심하겠습니다."

　한 번 들어 알 수 없을 것 같자 마왕은 조용히 마법을 사용해 이스의 목소리를 저장했다. 하지만 시선만큼은 이스에게서 조금도 떨어지지 않았다. 이스의 말이 계속됐다.

　"대지의 기운을 자유롭게 사용할 수 있다면 이 검법의 대부분을 깨달았다고 해도 과언이 아니지요. 지금부터 보여 드릴 검법은 간단해 보이지만 하나하나의 초식마다 수많은 변초가 내재돼 있어 마왕님께서 조금만 생각하신다면 셀 수 없이 많은 공격과 방어 초식을 만들어낼 수 있을 것입니다. 그럼……."

　말을 마친 순간 비스듬히 검을 들고 있던 이스가 미끄러지듯 십여 보 앞으로 나아가며 천천히 검을 움직였다. 마치 강물이 조용히 흘러

가는 것처럼 이스의 검이 아름다운 호선을 그려갔다. 앞으로 십여 걸음 나아간 이스는 그 상태에서 좌우로 다섯 걸음씩 오가며 검을 휘둘렀고, 다시 중간 부분, 그리고 제일 처음 발을 움직인 곳에서도 같은 동작을 반복하며 검을 움직였다. 때론 하늘을 공격하고 때론 대지를 향해 검을 뻗거나 휘두르는 모습이었지만 너무도 느리고 부드러운 동작이 계속되자 마왕의 표정이 조금씩 실망스러움으로 변해갔다.

"대체 뭐 하는 거예요, 이스? 겨우 그것 때문에 방어막까지 치라고 한 거예요? 그 정도로는 애들한테도 지겠어요!"

마왕의 마음을 리켄이 완벽하게 대변했다. 리켄이 하지 않았다면 그가 했을 말이었다. 하지만 이스는 허허 웃으며 마왕을 향해 말했다.

"허허허, 마왕님."

"아, 네."

"지금까지 이 늙은이의 움직임을 모두 기억하겠습니까?"

"네, 물론이지요."

이스가 너무도 느리게 움직였기에 조금만 주의를 기울인다면 누구나 기억할 수 있었다. 마왕은 이게 정말 자신에게 가르쳐 주는 검술이냐고 물어보고 싶어 입이 들썩거렸다. 하지만 이스가 먼저 말을 이었다.

"허허허, 그렇다면 이제부터 마왕님 정도의 힘을 사용해서 조금 전의 것을 다시 한 번 펼쳐 보이겠습니다."

다시 원래의 자세로 돌아간 이스가 비스듬히 검을 내려뜨렸다. 그리고 잠시 후, 처음처럼 그의 검 주위가 일렁였다. 그 순간이었다.

쿠아아아아—

"헉!"

“우악!!”

검 주변이 일렁였다고 생각된 순간 칼날 같은 바람이 사방으로 뻗어 나갔다. 어마어마한 위력이 느껴지는 매서운 바람이었다. 리켄과 마왕이 펼치고 있는 방어막 하나가 순식간에 사라져 버릴 정도였다. 비명을 터뜨리는 와중에도 마왕과 리켄은 방어막을 거두지 않은 걸 다행으로 여길 정도였다.

“어떻습니까, 마왕님? 이곳 마계라는 강한 대지의 기운과 합쳐진 힘이 조금 전에 보여 드렸던 것보다 강하지요?”

“아… 네, 네…….”

조금 강한 것만이 아니었다. 마왕이 모든 힘을 쏟아 부을 때보다 4배는 충분히 뛰어넘을 정도로 대단하고 엄청난 폭풍이었다.

“허허허, 그럼 이제부터 조금 전 이 늙은이가 보여주었던 것을 다시 한 번 그대로 반복해 보겠습니다.”

떨리는 눈초리로 마왕과 리켄이 이스의 움직임을 주시했다. 비스듬히 검을 내리고 있던 이스가 천천히 직선으로 움직이며 검을 움직였다.

파파파파!

“억!!”

이스가 움직인 순간 마왕의 눈이 찢어질 것처럼 커다랗게 확대됐다. 자신도 기억하고 있는 처음과 똑같은 움직임을 보이는 이스였다. 그런데 이스가 검을 휘두를 때마다 눈부신 검기들이 사방으로 뻗어 나갔다. 고작 한 번 움직이는 검에서 셀 수 없을 정도로 많은 검기들이 눈에 보이지 않을 정도의 속도로 뻗어 나갔고, 검기 하나하나의 위력 역시 마왕의 상상을 뛰어넘었다.

일행들에게 피해가 없도록 철저히 안배한 이스의 움직임이었기에 검기가 마왕이나 리켄에게 닿지는 않았다. 그러나 마왕은 검기의 위력이 궁금해 슬쩍 몸을 움직여 직접 하나의 검기에 맞았다. 그 순간 마왕을 둘러쌌던 최고의 방어력을 자랑하는 방어막이 순식간에 다섯 개나와해돼 버렸다. 그것을 본 마왕은 등 뒤로 식은땀이 흐르는 것 같은 착각이 들 정도로 혼비백산해 원래의 자리로 돌아갔다.

"허허허, 지금까지 보여 드린 것은 소수의 상대를 가볍게 대적할 때 사용합니다. 그럼 이제부터는 지금까지의 동작을 마왕님께서 가장 빠르게 움직였을 때처럼 해보지요. 상대가 많으면 많을수록 조금 더 빠르게 움직이면 제압하는 데 보다 효과적일 것입니다."

무수히 쏟아지는 검기 속에서 이스의 목소리가 들려오자 마왕과 리켄의 얼굴이 멍하게 변해 버렸다. 지금도 이스를 상대하기 위해선 최소한 몇만이 넘는 최상급 마족 전사들이 필요할 것 같았다. 그런데 지금 것이 적은 상대를 대적할 때 사용한다는 이스의 말에 둘은 어이가 없어졌다. 그리고 그때, 이스의 움직임이 빨라졌다.

콰콰콰콰—

"으억!"

"히익……!"

마왕과 리켄의 입에서 동시에 비명이 터져 나왔다. 이스가 움직임을 빨리한 순간 눈앞을 눈부신 검기들이 온통 막아버렸기 때문이다. 아니, 검기의 모습은 제대로 보이지조차 않았고, 태양을 정면으로 바라보는 것처럼 눈부신 빛만이 그들의 시야를 온통 덮어버렸다.

"허허허, 이제 그만 하는 것이 좋을 것 같습니다. 어땠습니까? 이 정도면 제법 쓸 만하지 않습니까, 마왕님?"

눈부신 빛이 사라지고 인자한 웃음을 머금은 이스가 나타났다. 마왕과 리켄은 여전히 커다랗게 입을 벌리고 있을 뿐 제대로 대답조차 하지 못했다. 둘의 모습에 이스가 허허 웃으며 말을 이었다.

"지금 보여 드린 검술은 방어보다 공격을 위주로 하는 것이지만, 이 늙은이가 알기로도 이 검술을 단순히 초식의 우위로써 꺾었다는 말은 지금까지 한 번도 들어보지 못했지요. 또, 이 검술을 쓰시던 분께서 살아 계실 때 천하삼대검술 중 첫손가락에 꼽힐 정도로 대단한 위력을 자랑하는 검술이었지요. 이 늙은이가 보탤 것은 보태고 뺄 것은 빼서 조금 더 위력이 높아진 것은 사실이지만요. 허허허. 그래도 이 정도라면 7일 낮, 밤이 아니라 그보다 더 오랫동안 싸운다 해도 그리 지치지는 않을 것입니다. 문제는 제일 처음에 보여 드렸던 대지의 기운과 자신의 기운을 원활히 사용하는 것입니다. 그러니 마왕님께서는 우선 그것을 터득할 수 있도록 노력하셔야 할 것입니다."

조금 전 선보였던 이스의 검술은 그가 중원에 있을 당시 마교 교주가 사용하던 검술로 지금처럼 완벽한 검술이 아닌 미완성 검술이었다. 인간의 상상을 초월한 어마어마한 내력이 필요했기에 당시엔 미완성일 수밖에 없었던 것이다.

"아……."

이스의 설명을 들으면서도 마왕과 리켄의 표정엔 변함이 없었다. 믿을 수 없는 검술의 위력도 위력이었지만, 그런 엄청난 검술을 보이면서도 땀 한 방울 흘리지 않는 이스의 모습이 더욱 대단해 보였기 때문이다. 이스가 땅을 가리키며 말을 이었다.

"이 검술의 이름은 '파천마검(破天魔劍)'이라는 것인데, 검술을 한 번 시작해서 한 초식이 끝날 때마다 땅 위로 임금 왕 자가 써진답니다. 허허허, 한자를 모르지요? 지금 바닥에 있는 문양이 임금이라는 뜻을 가진 글자이지요.”

“에?”

이스의 말에 모두의 시선이 바닥으로 향했다. 세 개의 직선과 그것의 중앙을 가로지르는 직선이 보였다. 이스의 말처럼 정확히 임금 왕(王) 자였지만 리켄이나 마왕이 한자를 알 리 없었다. 하지만 모두 고개를 끄덕이고 있었다. 너무도 대단한 검술이었기에 이스가 무슨 말을 해도 고개가 절로 끄덕여지는 모양이었다. 이스가 마왕에게 가까이 다가가 며 입을 열었다.

“어떻습니까, 제법 쓸 만한 검술이지 않습니까?”

“하… 하하. 제, 제법 쓸 만한 것이라니요? 저, 정말 놀랐습니다. 그 리고 감사드립니다, 이스님. 덕분에 대단한 검술을 배우게 됐습니다.”

“허허허, 그거 다행이로군요.”

감격했다는 표정이 역력한 마왕의 얼굴에 이스에게서도 웃음이 피 어올랐다. 마계에 도착하고부터 계속 부탁만 하는 것이 미안했는데, 이제 조금이지만 부담을 덜게 된 것 같아 마음이 놓이는 이스였다.

“그런데 이스님.”

한동안 존경 어린 표정으로 이스를 바라보던 마왕이 궁금한 듯 말을 이었다.

“한 가지 궁금한 점과 부탁이 있습니다.”

“말씀해 보십시오, 마왕님. 이 하찮은 늙은이가 알고 있는 것이라면 무엇이든지 대답해 드리겠습니다.”

“어째서 이스님이 들고 계신 검이 부서지지 않은 것인지, 그리고 조 금 전에 보여주셨던 검술 말고 다른 것도 있다면 알려주시면 감사하겠 습니다.”

마왕들의 전유물이었던 원혼의 검조차도 현 마왕의 힘을 이기지 못하고 부서져 버렸다. 그것 때문에 이클립스가 검을 만들어준 것이다. 그런데 이스는 어디서나 구할 수 있는 평범한 롱 소드로 어마어마한 괴력을 보여주었다. 처음부터 물어보고 싶었지만 이스의 검술이 모두 끝나길 기다려 지금에서야 물어보는 마왕이었다. 이스의 대답이 이어졌다.

"흐음, 확실히 지금 들고 있는 검으로 조금 전에 보여 드렸던 검술을 시행하기엔 무리가 따랐지요. 하지만 이 늙은이가 할 수 있는 영검(靈劍)이라는 것을 조금 이용해서 검을 보호했기에 지금까지 그럭저럭 버틸 수 있었던 것이지요. 하지만 두 번 다시 이 검을 쓸 수는 없을 것 같습니다."

말과 함께 이스는 들고 있던 검을 마왕에게 보여주었다. 여기저기 균열이 심하게 나 있었다. 누가 보더라도 더 이상 검으로써 사용하기엔 무리가 따를 것 같았다. 그러나 마왕은 그것엔 관심이 없었다. 이스의 말 중 영검이라는 단어 때문이다.

"영검? 영검이라고 하셨습니까? 이스님께서 쓰신다는 것이요? 그것을 제게 가르쳐 주십시오, 이스님."

영검이 어떤 것인지 정확히 알진 못했으나 그 엄청나던 위력을 영검으로써 막았다면 분명 대단하리라 생각한 마왕은 파천마검보다는 영검 쪽에 더욱 관심이 가는 모양이었다. 하지만 이스는 고개를 흔들었다.

"허허허, 영검이라는 것은 말입니다, 이 늙은이의 언변으로는 뭐라 말로써 설명할 수 없는 것입니다. 그리고 설령 알려 드린다고 해도 지금의 마왕님껜 오히려 해가 될 것입니다."

"아, 네."

거절의 뜻이 명백한 말이었지만 마왕은 조금도 실망하지 않고 고개를 끄덕이며 수긍했다. 이스의 말과 표정에서 조금의 거짓도 느껴지지 않았기 때문이다. 이스의 말이 이어졌다.

"이 늙은이가 한말씀 해드리자면, 모든 검술, 아니, 무예는 얼마나 노력하고 깨우치느냐에 달려 있다고 생각합니다. 아무리 약하고 보잘것없는 무예라도 그것을 극한으로 완벽하게 깨달을 수 있다면 그 사람은 얕잡아볼 수 없는 무서운 고수라고 할 수 있지요. 이 늙은이가 알고 있기로도 많은 검법과 무예를 펼치는 자보다는 하나의 검술을 무섭게 연마한 사람들 중에 상대하기 버거운 고수들이 많았습니다. 뛰어난 검술을 배우는 것도 중요하고 좋다지만 작고 하찮은 검술이라도 그것의 오의를 확실히 깨닫고 얼마나 증진시키느냐에 따라 그 사람의 검술 실력 또한 상승됩니다. 조금 전에 보여 드렸던 '파천마검(破天魔劍)'이란 검술 역시 겉으로 보기엔 단순하고 쉬울 것 같지만 각각의 검로(劍路)마다 셀 수 없이 많은 변화와 깊은 뜻이 담겨 있답니다. 이 늙은이가 생각하기로 마왕님께서 파천마검의 진정한 오의를 깨닫고 능수능란하게 펼치려면 수많은 난관을 헤쳐 나가야 할 것입니다. 물론 파천마검을 쓰기 위해선 대지의 기운을 다스리는 것이 선행돼야 하는데, 또 그것을 깨우치는 것 역시 쉽지 않을 것입니다."

"알겠습니다. 지금 하신 말씀 절대로 잊지 않겠습니다, 이스님."

눈빛을 빛내며 머리까지 깊숙이 숙이는 마왕의 모습에선 어느새 천계와의 전쟁에 대한 의지가 엿보였다. 지금도 자신없지는 않았지만 조금 전 이스를 통해 보게 된 검술을 완벽하게 익힌다면 이길 수 있는 확률이 그만큼 높아질 것이기 때문이었다.

"그럼, 이제 그만 하고… 응?"

가르쳐 줄 것은 모두 보여주었으니 이만 돌아가자고 말하려던 이스가 돌연 말을 멈추며 마왕의 어깨 너머로 시선을 돌렸다. 순간 마왕의 뒤편으로 길쭉한 홀이 생기며 누군가가 튀어나왔다. 헌칠한 키에 짧은 언밸런스 흑발 머리, 짙고 기다란 속눈썹이 인상적인 미청년이었다. 겉모습은 대략 20대 중반쯤으로 보였으며 몸에 꼭 달라붙어 조각 같은 멋진 근육이 드러나는 검정색 상하의 차림이었다. 청년은 곧바로 마왕 가까이로 다가가 한쪽 무릎을 꿇으며 입을 열었다.

"마왕님, 킬리오드 대령했습니다."

검은 홀을 통해 나타난 인물의 이름은 킬리오드. 마왕의 4대 친위대 중 첫손가락에 꼽히는 실력자였으며 마왕으로부터 가장 사랑받는 부하 중 하나였다. 마왕이 뒤도 돌아보지 않은 채 말했다.

"수확은?"

"미천한 소신의 생각으로도 95% 이상 확실한 것 같습니다."

"그래?"

움직이지 않을 듯하던 마왕이 궁금한 표정으로 킬리오드를 향해 슬며시 고개를 돌렸다. 대답하라는 뜻이었다. 킬리오드는 이스와 리켄, 그리고 에이프릴을 의식한 듯 마족들만의 마법을 이용해 마왕에게 보고했다. 보일 듯 말 듯 입술이 움직이는 걸 보면 무언가 대화를 나누는 것 같았지만 이스 일행들에겐 한마디도 들리지 않았다.

"고생이 많았다."

"미천한 소신의 힘이 조금이나마 보탬이 되어 마왕님께 즐거움을 드릴 수 있었으니 어찌 고생이랄 수 있겠습니까."

한참 뭔가를 킬리오드에게 전해 듣던 마왕의 얼굴에 흐뭇한 미소가 피어올랐다. 뭔가 좋은 소식을 접한 모양이었다. 마왕은 다시 한 번 킬리오드를 치하하고 그를 숙소로 돌아가 편히 쉬라고 명한 뒤 이스 일행들을 향해 몸을 돌렸다.

"이스님, 드디어 알아낸 것 같습니다."

"호오, 벌써요? 마계 전사님들의 실력이 대단하다고 진아에게 들었는데 이리도 빨리 소식을 접할 줄은 진정 몰랐습니다. 역시 명불허전(名不虛傳)이로군요. 허허허."

마왕의 얼굴만큼이나 이스의 표정 역시 밝아졌다. 내심 그렇게 기대하지 않았던 일이 의외로 빠르게 진행됐다. 불과 30일, 인간 세상의 시간으로는 고작 3일밖에 지나지 않았음에도 도둑에 대한 정보를 알아낼 수 있었다는 것에 한편으로는 놀라웠고, 다른 한편으론 그렇게까지 신경 써준 마왕의 마음이 다시금 고마워졌다.

"이럴 때가 아니라 얼른 가요. 또 뭉그적거리고 시간 왕창 끌다가 그놈들 놓치고 후회하지 말고요."

"허허허. 알았다, 홍아야. 재촉하지 않아도 이 할아비 또한 이번만큼은 서두를 것이야. 내 이번에는 무슨 일이 있어도 후회를 남기지 말아야지, 암."

리켄의 재촉을 기다린 사람처럼 이스 역시 서두르는 기색이 완연했다. 시간 끌다가 얼굴도 모르는 도둑들에게 선수를 빼앗긴 것이 아직까지 기억에 남는 모양이었다.

"하하하, 그럼 어서 서두르시지요."

마왕이 웃으며 타원형의 기다란 홀을 만들었고, 이내 모든 일행들이 홀 속을 통과해 내성으로 이동했다.

"으이구, 이 한심한 놈. 아직까지 뭐 하고 있는 거야? 쯧쯧."

검은 홀을 통해 내성에 도착한 일행들을 제일 먼저 맞이한 이는 이클립스였다. 그는 여전히 동공 풀린 두 눈으로 멍하게 허공만을 바라보고 있었다. 이스의 검술을 보러 가려고 서두르다 제대로 이클립스의 상태를 살피지 못했던 리켄이 한심하다는 표정으로 다가가 주먹을 휘둘렀다.

꽝!

"야, 이 녀석아!! 언제까지 이렇게 있을 거야? 열쇠 도둑놈들 위치를 찾았단 말이다! 어서 서둘러 가야 되니까 정신 차려, 멍청아!"

내성이 울릴 정도로 이클립스의 머리를 강하게 쥐어박으며 리켄이 소리쳐 댔지만 이클립스의 상태는 조금도 변하지 않았다. 그제야 이클립스의 모습이 이상하다는 걸 깨달은 리켄이 이스를 향해 물었다.

"이 녀석 도대체 왜 이래요, 이스?"

"허허허, 글쎄다. 뭐, 하루 이틀 시간이 지나면 괜찮아질 것이니 가만 놔두거라."

"쯧, 도움을 안 줘요, 도움을!"

이스 역시 자세한 내막은 몰랐지만 개인적인 일까지 들추고 싶진 않았기에 가만 놔두는 것이 상책이라 생각하며 마왕을 향해 입을 열었다.

"마왕님, 이제 말씀해 주셔도 좋을 듯싶은데요?"

오직 마왕만이 킬리오드의 말을 들었기에 그것에 대해 묻는 이스였다. 마왕이 고개를 끄덕이며 설명했다.

"킬리오드라는 제 부하의 말에 따르면, 대신관의 목걸이를 가지고 있는 자가 '항구 도시 미렐리아드' 라는 곳으로 들어가는 장면을 목격했다고 합니다. 그런데 추격을 하던 도중 어느 순간 그자를 놓치고 말았다는군요. 그래서 최상급 마족 전사들로 하여금 도시 외곽을 경계토록 하고 저에게 그 사실을 알린 것입니다. 비록 행적을 놓치기는 했지만 도시 밖으로는 한 걸음도 나가지 않았으니 이스님께서 서둘러 가신다면 오래지 않아 그자들을 찾을 수 있을 것입니다."

"허허허. 고맙습니다, 마왕님. 이렇게까지 신경 써주시니 이 늙은이는 뭐라고 감사를 표해야 할지 모르겠군요."

"무, 무슨 그런 말씀을… 하하하."

고개를 숙이며 고마움을 표하는 이스의 모습에 마왕은 쑥스러운 듯 머리를 긁적이다 곧 기다란 타원형의 홀을 만들었다.

"마음 같아선 이스님과 리켄 아저씨, 그리고 귀여운 에이프릴 양과 오래도록 함께 있고 싶으나 더 이상 시간을 지체하면 아니 될 것 같군요. 어서 길을 서두르십시오. 우리 마족 전사들이 도시 외곽을 둘러싸고 있다지만 작은아버지와 리켄 아저씨의 이목을 속인 놈들이니 언제 어떻게 도망칠지 모르는 일입니다."

"허허허, 서둘러야지요."

웃음 가득한 얼굴로 이스가 천천히 차원 이동 홀 가까이 걸어갔다. 마왕이 홀 바로 옆에서 이스를 향해 인사를 건넸다.

"그럼 안녕히 가십시오, 이스님. 언제라도 우리 마계의 도움이 필요하시다면 연락 주십시오. 이스님께 도움이 된다면 무엇이든 도와드리겠습니다. 그리고 오늘 가르침을 주신 검술, 기필코 터득해서 언젠가 이스님께 보여 드리고 싶군요."

"허허허, 마왕님이시라면 오래지 않아 터득할 수 있을 것이라 이 늙은이는 믿고 있습니다. 그럼 이 늙은이는 이만 시간을 재촉해야겠군요. 그동안 신세가 많았습니다. 그럼 다음을 기약해야겠군요."

"잘 있어, 마왕. 다음에 또 놀러 올게."

"안녕히 가세요, 리켄 아저씨. 저는 마계를 떠날 수 없으니 리켄 아저씨께서 자주자주 좀 찾아오세요."

"이 녀석이 끝까지 아저씨래! 안 와, 짜샤."

"하하하."

차원 이동 홀 속으로 들어가며 한 명씩 아쉬운 작별을 고했다. 이스가 에이프릴의 손을 잡고 제일 먼저 홀 속으로 들어갔고, 마지막으로 리켄이 이클립스의 귀를 잡아 억지로 홀 속으로 끌고 들어간 뒤 차원 이동 홀이 스르륵 사라졌다.

드래곤 로드의 레어.

모든 드래곤들의 수장으로서 강력한 권력과 권위를 자랑하는 드래곤 로드의 레어답게 내부는 눈이 부실 정도로 화려하고 웅장했다. 둥그런 바닥의 넓이는 족히 백여 미터가 넘어 보였으며 잠시만 누워도 새록새록 잠이 올 것 같은 부드러운 카펫이 넓은 바닥을 모두 뒤덮고 있었다. 바닥 중앙 부근으로 커다란 분수가 놓여져 있고, 분수 중앙엔 아름답게 조각된 드래곤의 비상하는 모습이 정교하게 놓여져 있었다. 거기다 거대한 아치 형 천장은 모두가 금으로 두텁게 발라져 있으며 보석상에 내다 팔면 천문학적인 값을 받을 수 있는 보석들이 천장 이곳저곳에 수없이 박혀 있었다.

이 커다란 레어에 오직 하나의 인물이 레어 가장자리에 마련되어 있는 기다란 탁자 근처에 서 있었다. 30대 중반쯤으로 제법 나이가 있어 보이는 얼굴이긴 했지만 누가 보더라도 한눈에 반할 눈부신 미녀였다. 허리 아래에서 출렁이는 기다란 적빛 머리칼이 늘씬한 몸매와 잘 어울렸다. 비록 얇고 뾰족한 턱 선이 가느다란 입술이 날카로운 눈매와 더불어 싸늘함이 느껴질 정도로 냉기 풍기는 표정이었지만 그녀의 아름다움을 가리기엔 모자람이 있었다.

레오니아 리커이스.

모든 대륙과 바다에 살고 있는 드래곤들의 지도자 '드래곤 로드' 가 바로 그녀였다. 드래곤들은 모두가 워낙 거대한 본체를 가지고 있어 대부분 인간이나 엘프, 혹은 다른 생물같이 작은 생명체로 변신해 레어에 거주하는 것이 보통이었으며, 레오니아는 대략 5백 년을 주기로 자신의 모습을 바꾸며 지내고 있었다. 지금 같은 인간 여성의 모습은 3백 년 전 여성 오크에서 바꾼 외모였다.

"못 찾은 거야?"

레오니아에게서 터진 날카로운 목소리가 레어 전체로 퍼져 나갔다. 가냘픈 인간 여성의 모습이었지만 드래곤 로드라는 위치답게 가공할 위력이 실려 있는 목소리로 천장과 바닥이 미세하게 흔들릴 정도였다.

"도대체 어디를 간 것이기에 너도 못 찾는 거야, 쌔니?"

『그, 그게… 도무지…….』

레오니아의 한 걸음 앞쪽에서 손바닥보다 작은 요정이 죄를 지은 것처럼 고개를 숙이고 있었다. 너무도 투명해 자세히 보지 않으면 느낄 수 없을 것 같은 두 쌍의 날개를 가진 요정이었다. 기다란 금발 머리와 앳된 소녀 같은 얼굴에 녹색 원피스 차림에 드래곤 로드의 비서 역할을 충실히 하는 '쌔니' 라는 요정이었다.

"왜, 레어에 없든?"

『네, 로드.』

쌔니의 대답에 레오니아의 고운 눈썹이 경련이 일어난 것처럼 파르르 떨리기 시작했다. 가장 화가 났을 때, 특히 폭발하기 바로 직전에 보이는 레오니아의 특징이었다. 쌔니가 깜짝 놀라 서둘러 귀를 틀어막는 순간 레오니아에게서 비명 같은 외침이 터져 나왔다.

"이 싸가지없는 새끼가 도대체 어딜 싸돌아다니길래 안 보이는 거야! 이 자식을 잡기만 하면! 으아아!!"

겉모습과는 완전히 다르게 한번 분노가 터지자 레오니아의 모습이 180도로 변해 버렸다. 이글이글 타오르는 불꽃 같은 눈초리로 손에 잡히는 것은 닥치는 대로 집어 던졌으며 끊임없이 비명 같은 괴성을 터뜨렸다. 다시 바닥이 흔들렸고, 상당량의 먼지까지 떨어실 정도로 천장이 흔들렸다.

"이 나쁜 새끼! 지 어미 망신만 시키고 다니고! 내가 못살아!! 이 새끼 도대체 어딜 간 거야, 도대체!!"

콰쾅! 쾅! 콰쾅!

길게 자리 잡고 있던 탁자가 벽에 부딪쳐 산산조각으로 부서졌고, 금으로 세공된 최고급 의자들 모두가 허공을 날아다녔다. 바닥에 깔려 있는 카펫은 걸레처럼 찢겨졌으며, 분수 중앙에 우뚝 서 있던 드래곤 동상은 어느 틈엔가 반이 사라져 있었다. 하지만 레오니아의 분노는 조금도 사그라들지 않는 듯 비명 같은 괴성이 끊임없이 이어졌다.

"내가 그놈 때문에 못살아! 으아악!!"

레오니아가 이처럼 애달프게(?) 찾는 이는 바로 그녀의 아들 '리켄 리커이스' 였다.

세이트란 대륙 사람들의 생각과 달리 드래곤에게도 성별은 존재했고, 그로 인해 다른 생명체로 모습을 바꾸는 것에도 제한이 따랐다. 남성 드래곤은 오직 남성 생명체로, 여성 드래곤은 여성 생명체로만이 가능했다. 또한 드래곤의 번식 활동은 암수가 만나 이루어지는 것이 보통이었고, 자가 분열로 알을 낳아 자손을 이을 수 있는 건 오직 여성 드래곤만이 할 수 있었다.

드래곤들은 보통 일만 년 정도의 생명이 주어지며, 알을 낳고 대략 20년의 시간이 흐르면 새로운 드래곤이 태어나게 된다. 이렇게 탄생된 드래곤을 '해츨링' 이라 부르며 해츨링을 낳은 드래곤은 보통 5백 년에서 천 년 동안 극진히 보살핀 이후 독립시킨다. 하지만 드래곤의 번식은 그 성공률이 희박할 뿐더러 부화하지 못하고 썩어버리는 알이 대부분이었기에 세이트란 대륙과 수많은 섬 모두에 분포하는 드래곤의 숫자는 통틀어봐야 2천을 넘기지 못했다.

이것은 드래곤들의 습성에 따른 이유 때문이었다. 드래곤들은 태어나 2천에서 3천 살이 되면 대체적으로 번식이 가능해지지만 각자의 개성이 워낙에 특출나고 너무도 자존심이 강해 혼인을 해도 백 년을 넘기지 못하고 헤어지는 경우가 대부분이었으며, 결혼 생활 2백 년을 넘긴 드래곤은 지금까지 단 한 쌍도 나오지 않았다. 서로 간의 지독한 자존심 때문에 자가 분열로 번식이 가능한 여성 드래곤들의 99.9% 이상이 남성 드래곤의 필요성을 느끼지 못했고, 그것은 남성 드래곤들 역시 마찬가지였다. 현재 세이트란 대륙과 많은 섬에 살고 있는 드래곤들의 95% 이상이 자가 분열로 번식된 드래곤들이라는 점이 그것을 반증하고 있었다.

사람들은 보통 독립시켜 내보낸 자식들에 대해선 일체 관여하지 않는 것이 드래곤이라 알고 있지만 그것은 오산이다. 3천 살부터 9천 살까지 드래곤의 번식 가능 기간은 상상을 초월할 정도로 길며, 5백 년 단위로 하나씩의 알을 낳을 수 있으나 하나의 드래곤이 생을 마치는 순간까지 셋 이상의 해츨링을 낳지 못하고 나머지는 모두 썩어버린다. 셋도 상당히 많은 숫자고, 보통 둘 정도의 자손을 배출하며 대부분 하나 정도만을 간신히 번식할 수 있었다. 그렇기 때문에 드래곤들의 모성(母性)은 사람들의 상상을 초월할 정도로 대단하고 집요하다. 해츨링을 대부분 5백 년에서 천 년 사이에 독립시키고는 있지만 보통 3천 년 정도는 기본이었고, 심하면 에인션트 급 가까이 될 때까지 5천 년 넘게 같은 레어에서 보살피는 드래곤도 있을 정도였다.

"그래, 다크 일족 수장 녀석은, 드레이라는 뭐라고 해?"

2시간이 넘도록 스트레스를 풀던 레오니아가 흐트러진 머릿결을 매만지며 쌔니를 바라보았다. 레어의 대부분이 심할 정도로 파손됐지만 아직까지 분이 풀리지 않은 듯 레오니아의 미간은 펴질 줄 몰랐다. 쌔니가 시큰둥한 표정으로 대답했다.

『글쎄요, 아직까지는 이렇다 할 반응이 없어요, 로드. 하지만 조만간 무슨 연락이나 반응이 나오겠죠. 자기 딸의 날개가 모두 부러졌으니 가만있을 다크 일족이 아니죠 뭐.』

레오니아의 분노는 바로 다크 드래곤 수장의 딸 때문이었다. 아니, 정확히는 리켄에 의해 날개가 부러진 다크 드래곤 수장의 딸 '디아루'의 일 때문이었다.

몇 달 전 자신의 영역에 살짝 들어왔다는 이유로 리켄이 디아루의 두 날개를 모조리 부러뜨린 일이 있었다. 드래곤들 모두가 영역에 대한 경계를 철저히 하며 소중히 생각한다. 하지만 허락없이 레어에 침입하거나 위협 행동을 하지 않는 한 그저 못 본 척하는 것이 상례였고,

연장자라면 인사 정도는 건네는 게 보통이었지만 리켄은 유별났다.

에인션트 급이 된 2백여 년 전 자신의 레어를 포함한 모든 영역에 무단 침입하면 드래곤 로드를 제외한 모두를 용서치 않겠다고 선언한 것이다. 드래곤들은 혈족이 아닌 이상 서로 껄끄러워하기에 특별한 일이 아닌 이상 접촉을 피하는 것이 보통이었다. 그렇기에 리켄의 경고를 기억하는 드래곤은 거의 없다고 해도 과언이 아니었다.

그렇게 시간이 흐르고 몇 달 전, 어머니의 레어로 찾아가던 디아루가 영역을 무단 침입했다는 이유로 리켄에게 습격당해 두 날개가 부러졌고, 그 사실이 오늘에서야 드래곤 로드의 귀로 들어왔다. 드래곤 로드는 불같이 화내며 백방으로 리켄의 행방을 찾았지만 그 어디에서도 리켄의 모습은 발견되지 않았다. 에인션트 급을 넘어선 드래곤에게는 그들만의 독특한 기운이 느껴지지만, 그것은 얼마든지 마법으로 제어가 가능했기에 마음먹고 몸을 숨기려는 드래곤을 찾기란 보통 어려운 일이 아니었다.

"하필이면 수장의 딸을 건드리다니……."

쌔니의 대답에 레오니아는 한쪽에 쓰러져 있는 의자를 일으켜 앉아 생각에 잠겼다.

"빌어먹을 자식."

드래곤 로드의 권위와 권력은 대단했다. 그 어떤 드래곤이라도 로드의 명령을 어길 순 없으며, 특별한 이유 없이 두 번 이상 거부한다면 무서운 벌이 내려지고, 그것마저 어길 시에는 레드, 다크, 블루 등 각 종족 최고의 전사들이 로드의 명을 집행해 더욱 무서운 벌이 떨어지게 되어 있었다. 그렇기에 드래곤 로드의 자리는 리켄을 제외한 모든 드래곤들이 꿈꾸는 자리였다. 하지만 그만큼 대단하고 위력적인 권력을 자랑하는 드래곤 로드의 자리도 탄핵이 불가능한 것은 아니었다.

드래곤 로드는 다른 종족으로의 유희가 금지돼 있으며, 그들의 일에 관여하기 위해선 원로원의 재가를 필요로 했다. 또한 드래곤 종족 간의 싸움을 방관하는 것 역시 탄핵의 큰 이유 중 하나였으며, 한 번 그러한 일들로 탄핵을 받으면 강제적으로 로드의 자리를 잃게 된다.

이번 '디아루' 사건은 영역을 침범한 것에 대한 조치라고 볼 수 있었지만 너무 지나친 과잉 반응이 문제였다. 더구나 다크 드래곤 일족 수장의 딸이란 점 역시 간과할 수 없었다. 각 종족의 수장만큼은 세 번의 거부권이 주어졌고, 한 번 거부권을 행사한 이후 100년간은 로드의 지시를 받지 않을 수 있었다. 그렇기에 이번 사건을 빌미로 다크 일족의 수장은 로드의 명령에서 3백 년간 자유로울 수 있으며 자칫 다크 일족 수장의 비위를 건드렸다간 탄핵까지 받을 수 있었다. 그러니 다크 일족에 대한 로드의 권위 하락은 불을 보듯 뻔한 일이었기에 좀처럼 마음이 가라앉지 않는 레오니아였다.

그리고 또 하나, 레오니아는 내심 드래곤 로드 자리를 하나밖에 없는 아들에게 넘겨주고 싶었다. 드래곤 로드는 자리에서 물러날 때 후임을 지정할 수 있었고, 각 종족 최고의 연장자로 구성된 원로원들은 로드가 지정한 후임을 웬만한 일이 아니라면 수락하는 것이 보통이었다. 하지만 리켄은 로드 자리는 절대 싫다며 고개를 흔들어댔고, 말썽과 사고만 일으키고 다녔다. 드래곤 로드의 명으로써 절대 레어 밖으로 나가지 말라는 명령을 내려도 어기기 일쑤였다. 그래도 자식이라고 레오니아는 리켄에게 공식적인 처벌을 가하지 않았다. 아니, 할 수 없었다는 말이 정확했다. 다음 로드 자리를 물려주기 위해서는 최대한 결점이 없어야 하기 때문이다. 그동안 리켄이 일으킨 말썽과 사고를 막느라 레오니아의 신경만 예민해질 대로 예민해졌다.

"다크 일족 수장이 어떻게 나오느냐가 문제인데……."

딱히 좋은 생각이 떠오르지 않는지 레오니아는 생각에 잠겨서도 끊임없이 중얼거리고 있었다. 지금 당장의 문제는 다크 일족 수장이 어떻게 나오느냐가 관건이었다. 아무리 로드의 아들이고 영역 침입이라는 명분도 있었지만 지금쯤은 뭔가를 요구해야 정상이었다. 치료비 명목으로 막대한 보물을 요구하거나, 혹은 리켄에 대한 처벌을 의논하기 위해 찾아오거나 둘 중에 하나는 했어야 정상인데 너무도 조용하다는 것이 꺼림칙했다.

『로드, 로드!』

"응? 무슨 일이야, 쌔니?"

레오니아가 생각에 잠겨 있기를 두 시간여. 그녀의 머리 위에서 조용히 날갯짓하고 있던 쌔니가 돌연 호들갑을 떨며 레오니아에게 말했다.

『드레이라께서 로드를 만나고 싶다는 허락을 구하고 있어요.』

"호오~"

쌔니의 말에 레오니아의 눈초리가 가늘어졌다. 드디어 올 것이 왔다는 표정이었다. 레오니아는 자리에서 일어나 손가락을 퉁겨 마법을 시행했다. 그러자 엉망진창으로 부서져 있던 레어가 눈 깜짝할 사이에 원래의 모습으로 돌아왔다.

"오라고 해."

언제 화를 냈냐는 듯 레오니아의 표정은 온화하고 기품이 넘치는 얼굴로 돌아갔다. 헝클어진 머리 역시 처음으로 돌아가 있었다. 쌔니는 곧 두 눈을 감고 중얼거리듯 입을 들썩였고, 얼마 지나지 않아 레오니아의 다섯 걸음 앞 편으로 한 인물이 모습을 드러냈다.

"어서 오세요."

아름다운 미소를 지으며 인사하는 레오니아였지만 맞은편에 서 있는 인물에게선 아무런 대답도 나오지 않았다. 귀밑까지 내려오는 짧은 흑발에 한쪽이 트여 있는 다크블루 계열의 실크 원피스 차림을 한 인간 여성의 모습. 다크 드래곤 일족의 수장인 드레이라였다. 레오니아처럼 30대 중반의 아름다운 미모가 돋보이는 얼굴이지만 눈매가 가늘고 양 끝이 지나치게 위로 올라가 사뭇 무서워 보이는 인상이었다.

드래곤 로드의 레어 안에서는 기본적으로 모든 마법이 금지돼 있었다. 그렇기에 다른 생명체의 모습을 하고 있던 드래곤이 로드의 레어 안으로 들이올 때는 인어 소통에 시상이 없는 생명체로 모습을 바꾸며, 대부분 엘프나 인간의 모습을 선호했다. 오크나 트롤, 혹은 오우거는 구강 구조가 특이하기 때문에 제대로 의사 소통이 되지 않기 때문이다.

"오랜만이에요, 드레이라님."

"네, 반가워요, 로드. 그건 그렇고… 제가 이곳에 온 이유는 로드께서도 이미 알고 있을 것이라 생각해요."

도착하고도 한동안 말이 없던 드레이라가 가느다란 눈초리를 더욱 좁히며 말하자 레오니아의 한쪽 입꼬리가 스륵 올라갔다.

"원하는 것을 말해 보세요."

레오니아의 대답에 가느다란 눈매 속에서 드레이라의 검은 눈동자가 조금 흔들렸다. 한 치의 동요조차 보이지 않는 레오니아의 의연한 모습에 약간이지만 긴장한 듯 보였다. 대답이 없자 레오니아가 다시 말을 이었다.

"로드의 위치에 있지만 저는 레드 일족의 수장이기도 하지요."

레오니아의 말속에는 드래곤 로드라는 위치에 대한 강한 집념과 경고가 녹아 있었다. 아들의 일을 빌미로 탄핵당해 로드의 자리에서 물러난다면 가만 놔두지 않겠다는 경고였다. 지금까지 단 한 번도 없었지만 드래곤 로드가 탄핵을 받아 물러난다면 보통 몇십 년 이상의 공백기간을 필요로 한다. 종족을 대표하는 수장들과 원로원에서 차기 로드의 자리를 두고 각축이 심하기에 몇십 년이 아니라 백 년이 넘어도 결정되지 않을 수 있었다. 그렇게 생기는 공백기간 내에는 2천이 넘는 드래곤들을 제어할 만한 제도가 없어 공백기간에 생기는 일에 대해서는 차기 로드 또한 어떻게 손쓸 방도가 없었다.

레오니아의 말은 결국 탄핵으로 물러선다면 레드 일족 수장의 권한으로 다크 일족을 가만 놔두지 않겠다는 엄포였다. 레드 드래곤과 다크 드래곤의 전투력 차이는 거의 없다고 해도 과언이 아니다. 하지만 드래곤들 중 가장 많은 숫자가 레드 일족이었으며 다크 일족의 숫자는 가장 적었다. 그렇기에 만약 로드 자리에서 물러난 레오니아가 마음만 먹는다면 다크 일족으로선 손쓸 방도가 없는 것이다.

"협박인가요?"

"호호호."

드레이라의 동요는 오래가지 않았다. 어찌 됐든 피해를 입은 당사자는 그녀의 딸이고 로드에게도 공식적으로 찾아온 것이니, 후환에 대해 다른 일족들의 도움을 얻는 것에는 그리 어려움이 따르지 않을 것이기 때문이었다. 레오니아 역시 그것을 간과할 수 없는 모양인지 이내 웃음을 머금고 입을 열었다.

"협박이라뇨, 당치도 않은 말씀이로군요. 로드이기에 앞서 우리 레드 일족의 아이이자 제 아들 녀석이 잘못한 일이니 원만한 마무리를 원할 뿐이에요."

"저도 로드께 피해를 입히고자 찾아온 것은 절대 아니에요. 그 점을 잊지 말아주셨으면 고맙겠군요."

"호호호, 그거 고마운 말씀."

레오니아와 드레이라에게서 동시에 웃음이 흘러나왔다. 두 여인 모두 만족한 듯 보였다. 레오니아는 드래곤 로드 자리와 리켄에 대한 걱정이 없어졌다는 점에 다행스러워했고, 드레이라는 탄핵과 리켄의 공식적 제재를 제외한 다른 조건을 들어주겠다는 레오니아의 말에 흡족한 것 같았다.

"제가 원하는 건 이것밖에 없어요."

잠시 웃어대던 드레이라가 품속에서 뭔가를 꺼내 내밀었다. 황금으로 된 얇은 문서였다. 각 종족을 대표하는 수장들이 공식적으로 로드에게 원하는 것을 보일 때 주로 사용하는 문서였다. 쌔니가 문서를 잡아 레오니아에게 전달했다.

"흐음, 에에?"

문서를 잠시 훑어보던 레오니아의 두 눈이 믿을 수 없다는 듯 커다랗게 변해 버렸다. 놀라움도 놀라움이었지만 황당한 제안이 적혀 있는 모양인지 레오니아는 몇 차례나 반복해 문서를 읽다 드레이라를 향해 고개를 들었다. 문서의 내용을 재차 확인하려는 행동이었다.

"우리 다크 일족이 원하는 것은 그것뿐이에요."

어이없고 황당하다는 표정으로 바라보는 레오니아를 향해 드레이라가 고개를 끄덕이며 대답했다. 레오니아의 말투와 달리 그녀의 표정은 사뭇 긴장돼 보였으나 확고한 의지가 엿보였다. 문서에 적혀 있는 것을 들어주지 않겠다면 어떤 위험도 감수하겠다는 얼굴이었다.

『왜 그러세요, 로드?』

레오니아의 이상한 표정에 궁금함을 참지 못한 쌔니가 가까이 다가가 문서를 읽더니 곧 괴상한 비명을 터뜨렸다.

『에에에에?』

쌔니의 얼굴도 금세 레오니아의 것과 비슷하게 변해 버렸다.

*　　　*　　　*

"아유, 정말. 그게 마왕이냐? 젠장. 어이구, 그 녀석을 믿은 내가 바보지. 내참, 정말 어이가 없어서."

리켄의 투덜거림은 좀처럼 그칠 줄 모르고 이어졌다. 마계에서 인간계로 공간 이동한 일행은 도착하기만 하면 오래지 않아 대신관의 목걸이를 훔쳐 간 도둑들의 행방을 알 수 있을 것으로 생각했다. 그러나 그게 아니었다. 일행들이 도착한 곳은 세이트란 대륙 동남방에 위치한 그리 크지 않은 무역 국가의 수도였다.

도시 중심을 통과하는 넓은 강과 대륙 어디로든 갈 수 있는 바다를 끼고 중계 무역을 통해 쏠쏠한 이익을 챙기는, '세인트 루시드' 왕국의 수도이자 항구 도시 미렐리아드란 이름으로 많이 알려져 있는 도시였다.

크기는 보통이었지만 사람들의 숫자는 상당히 많았다. 리켄이 귀족 행세로 관청에 가서 알아본 결과 10만 이상의 거주민이 살고 있으며 하루에 오가는 사람만 천 명이 넘는다고 했다. 미족 정예들이 도시 외곽을 둘러싸고 있다지만 강이나 바다가 있기 때문에 마음만 먹는다면 언제든지 도시를 떠날 수 있으며 떠나지 않았다 해도 모래사장에서 바늘 찾기나 마찬가지인 일이었다. 일행들은 이곳 미렐리아드에 도착하고도 손쓸 방도 없이 마냥 시간만 보내고 있었고, 그것이 벌써 3일째에 다다랐다.

길가에 여섯 명 이상이 앉을 수 있는 둥그런 벤치 십여 개를 늘어놓고 장사하는 커다란 음식점에서 늦은 점심을 먹고 있던 일행들은 식사하는 와중에도 수상한 사람들을 찾느라 분주히 시선을 움직였다. 두 개의 커다란 대로가 십자로 교차하는 길목이었으며, 지나다니는 사람들의 숫자도 셀 수 없을 정도로 많았기에 혹시나 목걸이 도둑들이 지나치지 않을까 하는 마음에서 이곳을 식사 장소로 택한 것이다.

"에이, 역시 틀렸어!! 젠장."

식사를 하다 말고 리켄이 신경질적으로 고개를 흔들어댔다. 그저 도시로 들어가는 장면을 목격했다는 것으로는 단서가 너무도 부족했다. 사람도 많았고, 특이하거나 상당한 힘을 가지고 있는 자의 기운 역시 한 번도 느껴지지 않았기에 시간이 갈수록 조급해지는 리켄이었다.

"이놈들 벌써 다른 곳으로 튄 거 아냐? 으으."

"이 녀석, 흥아야. 너무 조바심 갖지 말거라."

끊이지 않고 이어지는 리켄의 투덜거림에 이스가 차를 한 모금 마신 후 대꾸해 주었다. 다른 누구보다 이스 자신이 서두르고 있었는데 그의 얼굴에 초조함이나 다급함은 느껴지지 않았다. 왠지 목걸이의 도둑들이 도시를 벗어나지 않았을 것 같은 느낌 때문이었다.

"그래요, 리켄 오빠. 서두르다 일을 망칠 수 있어요. 조금만 더 기다려 봐요."

"어쭈, 이 녀석이."

에이프릴의 말에 짜증이 가득하던 리켄의 얼굴로 웃음이 피어올랐

다. 마계에 있을 때까지도 '리켄님' 이라 부르며 어려워하던 에이프릴
이었지만 어느새 '오빠' 라는 호칭을 쓸 정도로 가까워져 있었다. 리켄
의 강요가 한몫을 했지만 그동안 허물없이 지내온 기간이 있어서인지
오빠라고 부르는 에이프릴에게서도 어색함은 보이지 않았다.

"에유, 도대체 언제까지 이렇게 있어야 하는 건지……."

잠시 에이프릴의 머리를 쓰다듬던 리켄이 턱을 괴며 한숨을 터뜨렸
다. 생각 같아선 도시 전체를 날려 버리고 찾고 싶었지만 이스가 옆에
있으니 그것도 불가능했다.

"야, 이클립스."

턱을 괸 채로 리켄이 고개를 살짝 꺾어 이클립스를 향했다. 언제까
지 이렇게 있을 순 없기에 뭔가 좋은 생각 있으면 말해 보라는 표정과
함께였다. 하지만 이클립스의 동공은 여전히 풀려 있었다. 미렐리아드
에 도착하고 3일이 지났음에도 이클립스는 이스와 했던 약속 때문에
아직까지 정신을 차리지 못한 모습이었다.

"으이구, 멍청한 놈. 나한텐 맨날 생각 좀 하고 살라면서. 꼴 좋다,
이놈아. *쯧쯧쯧.*"

이스에게서 이클립스에 대한 이야기를 대략적으로 전해 들었기에
리켄은 이클립스의 지금 상태에 대해서 잘 알고 있었다. 마족의 절대
적인 약속에 대해 잘 알고 있었던 것이다.

"에유, 내가 뭘 하는 건지."

이클립스에게서 아무런 반응이 나오지 않자 리켄은 앞에 놓여져 있
던 작은 찻잔을 들어 홀짝홀짝 마시며 나른한 눈초리로 주변을 둘러보
았다. 항구에서 제법 떨어져 있는데도 바다 내음과 비릿한 생선 냄새
가 코를 자극했다.

“에구, 많기도 하다.”

몇 안 되는 커다란 항구 도시여서인지 거리를 지나는 사람들의 숫자는 조금도 줄어들지 않았다. 생선 그득한 상자를 나르는 일꾼들도 가끔 보이긴 했지만 대부분의 사람들은 관광이나 여행이 목적인 것 같았다. 아름다운 해변과 고풍스러운 건물들이 즐비한 항구 도시 미렐리아드는 무역업만이 아닌 관광지로도 유명하기 때문에 항상 관광객이 넘치는 도시였다. 또, 먼 곳을 편하고 빠르게 갈 수 있는 배편도 많아 여행자들과 모험가들이 자주 찾는 곳이었다.

“할아버지.”

“왜 그러는고? 뭐 다른 것이 먹고 싶은 게야?”

소고기 스테이크와 오믈렛, 거기에 디저트로 나온 커다란 초콜릿 아이스크림에다 오렌지 주스까지 다 먹은 에이프릴이 앙증맞은 표정으로 돌아보자 이스가 멀리서 분주히 움직이는 점원을 향해 손을 들었다. 에이프릴과 함께한 이후부터 일행들은 매 끼니를 꼬박꼬박 챙겼다. 그동안 힘겹게 살아온 에이프릴의 사정을 잘 알고 있었기에 최대한 좋은 것들을 해주려는 이스의 배려였다.

“아니에요, 할아버지. 더는 못 먹어요.”

이스의 팔을 잡아 내린 에이프릴이 하얀 이빨을 보이며 한차례 웃음 지은 후 말을 이었다.

“할아버지께서 찾는 것 말예요. 그걸 가지고 있는 사람들이 나타날 때까지 여기서 이렇게 지내는 건지 궁금해서요.”

항구 도시 미렐리아드에 도착한 요 며칠이 에이프릴에게는 생에 처음 경험하는 행복한 시간이었다. 하프 엘프는 들어갈 수 없는 고급 옷 가게에서 쇼핑도 할 수 있었고, 이런 대로에서 마음껏 음식을 사 먹어도 뭐라고 하는 사람이 없었다. 이스가 든직한 버팀목이 돼주었고, 우아하고 기품이 넘치는 이클립스와 미렐리아드에 도착한 이후 계속 인상을 구기고 다녔던 리켄이 있었기에 누구도 에이프릴에게 시비 걸 수 없었던 것이다.

"네? 할아버지?"

이스에게서 좀처럼 대답이 나오지 않자 에이프릴이 다시금 재촉했다. 에이프릴의 머리를 쓰다듬으며 이스가 입을 열었다.

"글쎄다, 할아비 생각에는 아무래도 그렇게 하는 것이 가장 좋을 것 같구나. 진아의 말로는 대산맥에서 굳이 이곳 항구까지 오지 않더라도 가까운 항구는 얼마든지 있다고 했단다. 그리고 강을 이용한다 해도 마찬가지고 말이다. 이 할아비는 그 사람들이 배편을 구하기 위해 이곳으로 오지는 않았을 것 같구나. 그러니 며칠 더 이곳에 머무르면서 상황을 지켜보는 것이 좋을 것 같다. 걱정인 것은, 그들이 상당한 실력을 갖추었다곤 하지만 무턱대고 그 일을 터뜨리지나 않을까 하는 것이지."

그 일이란 건 파괴신의 부활을 뜻하는 말이었다. 그리 멀지 않은 곳에 사람들이 식사하거나 음료수를 마시고 있었기에 그들을 의식한 말이었다.

"상당한 실력자들이긴 한 것 같다만……."

에이프릴에게 말하던 이스가 조용히 중얼거리며 고개를 흔들었다. 행방이 묘연한 도둑들의 능력이 어느 정도인지 도무지 가늠할 수가 없었다. 은밀히 뒤를 쫓던 미족의 이목을 피한 것도 그렇지만 리켄과 이클립스 같은 굉장한 실력자들도 행방을 알지 못할 정도였다. 이스는 과연 그들이 사람인지, 아니면 다른 존재인지 의심스러웠다. 또 한편으로는 리켄과 이클립스를 속일 정도라면 상당한 실력자들일 것 같았다. 어쩌면 그가 그토록 원하던, 자신과 대적할 수 있는 자일지도 몰랐기에 최대한 빠른 시간 안에 그들을 찾고 싶었다.

"그 사람들이 그렇게 강한 사람들이에요?"

"허허허, 글쎄다. 아직 눈으로 직접 확인한 것이 아니니 뭐라고… 음?"

천진난만한 표정으로 물어보는 에이프릴을 향해 대답하던 이스가 돌연 미간을 찡그리며 고개를 돌려 하늘을 바라보았다. 그 순간 턱을 괴고 멍하니 주변을 둘러보던 리켄과 초점없이 풀린 동공으로 식탁을 바라보던 이클립스가 동시에 자리를 박차고 일어섰다. 둘 모두 이스의 시선이 닿은 곳을 바라보고 있었으며, 둘의 눈가로 진한 살기가 번들거리고 있었다.

"흐음!"

리켄과 이클립스가 자리에서 일어나고 잠시 후, 일행들의 왼편 하늘에서 빛이 반짝였다. 그 순간 뭔가가 눈에 보이지 않는 속도로 일행들에게 쏘아져 왔다.

슈우우욱—

척!

이스와 리켄, 그리고 이클립스에게만 들릴 정도로 미세하지만 날카로운 파공성과 함께 뭔가가 날아왔고, 이스가 두 손가락으로 그것을 잡았다.

"아니?"

"어떤 놈이?"

이스의 손가락 사이에 껴 있는 것을 본 이클립스와 리켄의 눈매가 가늘어졌다. 대략 손가락 두 개를 합쳐 놓은 길이에 실처럼 가느다란 화살이었다. 리켄과 이클립스가 번들거리는 눈초리로 주변 하늘을 둘러보았지만 그 어디에서도 이상한 낌새는 보이지 않았다. 화살만 쏘아 보낸 후 사라진 모양이었다.

"허어, 이것은?"

화살 앞부분에 반투명하고 얇은 종이가 조심스럽게 묶여 있었다. 공격을 목적으로 한 화살이 아닌 뭔가를 전해주기 위한 목적인 것 같았다. 이스는 서둘러 종이를 풀어 펼쳐 보았다.

"무슨 내용입니까, 이스님?"

한참 동안 무서운 눈초리로 주변을 살피던 이클립스와 리켄이 자리에 앉으며 이스의 손에 펼쳐진 얇은 종이를 바라보았다. 어느새 이클립스는 원래의 냉정하고 침착한 모습을 되찾고 있었다.

"허허허, 글쎄다. 모르는 글자로구나."

"제가 읽어보겠습니다."

이클립스의 말에 이스는 곧 고개를 흔들며 들고 있던 종이를 내밀었다. 말하는 것은 배웠지만 읽는 것은 아직 익히지 못한 이스였기에 당연한 일이었다.

"윽!!"

이스에게 종이를 건네 받고 내용을 살펴보던 이클립스의 얼굴이 무섭게 일그러지더니 종이를 잡고 있는 손까지 부르르 떨려왔다. 이스가 이상하게 여기며 입을 열었다.

"무슨 내용이더냐?"

"크윽!!"

이스의 물음에도 이클립스는 좀처럼 대답하지 못했다. 할 수 없이 이스가 리켄을 돌아보았다. 대신 대답해 달라는 의미였다.

"으음… 이건 천계 놈들이 보낸 편지네요, 이스. 이 싸가지없는 놈들이 죽기 싫으면 어서 도시를 떠나라고 하네요. 이 녀석은 원래 천계에 '천' 자만 들어도 이러니까 너무 신경 쓰지 마세요, 이스."

"흐음, 그렇구나."

무겁게 고개를 끄덕이며 이스가 말없이 이클립스의 어깨를 토닥여 주었다. 아버지와 형이, 그리고 많은 친구들이 천계 전사들에게 죽었으니 당연한 일이라 생각한 이스였다. 리켄이 심각한 표정으로 이스를 향해 물었다.

"천계 놈들이 무슨 일로… 설마 우리 일에 관계된 것일까요, 이스?"

"글쎄다. 그들의 마음속을 어찌 알겠누. 하지만 어찌 보면 다행일 수 있는 것 같기도 하구나. 허허허."

"엥?"

자못 진지하게 말하다가 갑자기 웃음을 터뜨리는 이스의 모습에 리켄이 황당한 듯 바라보았고, 편지를 찢어발길 듯 노려보고 있던 이클립스도 의아한 눈빛으로 이스를 향해 고개를 돌렸다. 천계에서 이런 메시지를 전해왔다는 건 언제 나타나 귀찮게 굴지 모른다는 말이었다. 또한 그것은 절대로 다행스러운 일이 아니었다. 그런데도 이스는 다행이라고 말하며 웃음을 터뜨리고 있었다. 리켄이 측은하다는 표정으로 이스에게 가까이 다가갔다.

"이스, 드디어 치매가 온 거죠? 저 누군지 알아보겠어요, 이스?"

꽁.

리켄의 걱정이 가득 담긴 물음을 이스는 머리 쥐어박기로 응대했다. 머리를 문지르며 리켄이 투덜거렸다.

"에이 씨! 그럼 왜 웃는 거예요, 남은 심각한데."

"허허허. 이 녀석, 홍아야. 그 천 머시기라는 사람들이 이걸 보낸 걸 보면 모르겠느냐? 이 서신을 줬다는 것은 분명 그들 역시 우리와 비슷한 수순을 밟아 이곳 어딘가에 도착해 있다는 말일 것이니라. 대산맥이라는 곳에서도 그렇고 이곳에서도 그렇고, 우연이라고 하기엔 무리가 있지. 이 할아비가 그동안은 적이 안심이 되지 않았으나 이것으로 한시름 놓아도 될 것 같구나. 허허허."

천계 전사들이 대신관의 목걸이를 찾기 위해 도시 어딘가에 왔다고 100% 확신할 수 있는 건 아니지만 우연이라고 하기엔 이상한 점이 한두 가지가 아니었다. 하지만 그들이 이곳에 있다고 한다면 도둑들 역시 도시 어딘가에 있을 확률이 높을 것 같았다. 지난 3일간 아무런 낌새도 없어 조금씩 조바심이 났던 이스에게서 웃음이 나온 것은 그 때문이었다. 리켄이 곧바로 이스의 말을 받았다.

"그건 그렇지만 지금은 웃을 때가 아니란 말이에요, 이스. 그놈들이 언제 우르르 몰려올지 모르는 상황인데다가 재수없으면 그놈들한테 선수를 뺏길 수도 있다고요. 만약 우리보다 먼저 그놈들이 그걸 뺏어가면 천계까지 가야 되는데. 으이구, 생각만 해도 끔찍해요."

"이 녀석, 홍아야. 그래도 오리무중인 상대보다 찾고자 하는 물건이 어디에 누구의 손에 있는지 알고 찾는 것이 훨씬 수월하지 않겠느냐? 이 할아비 생각에는 누구인지 모르는 이가 그것을 가지고 있는 것보다 차라리 천계인들이 가지고 있다면 우리가 찾는 데에 더욱 도움이 될 것 같구나. 게다가 그 천계인들이 설마 하니 파괴신을 부활시키려고 그 목걸이를 찾고 있는 건 아닐 테고 말이다."

"오호~"

이스의 말에 잠시 생각에 잠겼던 리켄의 얼굴이 이내 밝아졌다. 자신의 궁극적인 목적은 파괴신의 부활을 저지하는 것이었다. 친구인 이클립스와 파괴신의 부활을 꿈꾸는 이스에겐 미안했지만 파괴신의 부활만큼은 무슨 일이 있어도 막아야 했다.

"헤헤헤."

어린아이처럼 밝은 얼굴을 하고 있던 리켄이 이내 손가락을 퉁기며 바보 같은 웃음을 터뜨렸다. 어째서 천계 녀석들이 나섰는지 정확한 이유는 알 수 없었지만, 차라리 천계에서 파괴신 부활의 열쇠를 가져가는 것이 좋을 것 같았다. 그렇게 된다면 이스와 이클립스가 천계로 갈 수 있는 확률은 거의 없다고 해도 과언이 아니었고, 자연스럽게 파괴신의 부활은 물거품이 될 것이 뻔했다. 여기까지 생각을 마친 리켄은 연신 방긋방긋 웃어대며 좋아했다.

"그렇게 되면 문제가 더욱 심각해질 것입니다, 이스님."

이클립스가 나섰다. 리켄과 달리 그의 표정은 여전히 심각하고 진지했다. 이클립스가 이스를 보며 말을 이었다.

"만약 우리가 찾는 물건이 그놈들에게 선수를 빼앗겨 천계로 들어간다면 일은 더욱 어렵게 될 것입니다."

"어찌하여 그리 된다는 말이더냐?"

이야기가 길어질 것 같자 이클립스는 조용히 마법을 시행해 일행들의 목소리가 주위로 퍼지는 것을 막았다. 주변에 사람들의 이목이 너무 많았기 때문이다. 이클립스의 말이 이어졌다.

"지금 이 세계에서 천계와의 공간을 열 수 있는 존재는 오직 하나, 모든 드래곤들의 수장인 드래곤 로드만이 할 수 있는 능력입니다. 그러나 드래곤 로드는 결코 천계와의 문을 열려 하지 않을 것입니다. 만약 우리를 위해 천계로 갈 수 있는 문을 연다면 그것은 천계와의 전쟁을 선포하는 것이나 다름없기 때문입니다. 드래곤 로드가 만약 천계와의 공간을 열어주어 이스님이나 제가 들어가 목걸이를 가져온다면 천계 놈들은 그 사실을 알아차릴 것이고, 그 피해를 고스란히 드래곤 로드가 입게 되는 것이지요. 우리 마족들처럼 천계 놈들 역시 언제라도 인간계를 오갈 수 있으니 말입니다."

"흐음, 일리있는 말이로구나."

이클립스의 말에 이스 역시 동의를 표하며 무겁게 고개를 끄덕였다. 자신이 좋자고 남에게 피해를 입힐 순 없는 일이다. 또한 천계와 드래곤들 전쟁이라는 최악의 상황이 자신 때문에 벌어지는 것도 원치 않았다. 전쟁이 벌어지면 필연적으로 따라오는 것은 피였고, 무수한 생명들이 사라질 것이다.

"이클립스 말이 맞아요, 이스."

조용히 생각에 잠겨 있는 이스를 향해 웃음을 그친 리켄이 미간을 한껏 찡그리며 입을 열었다. 사뭇 싫어하는 표정이 가득한 얼굴이었다.

"제가 드래곤이잖아요. 그래서 드래곤 로드를 좀 알거든요? 제가 알기로 로드는 무슨 일이 있어도, 목에 칼이 들어와도 천계와의 문은 열지 않을 거예요. 그리고 로드하고 천계 수장하고는 원래부터 사이가 좋지 않았지요. 예전에 이클립스 녀석이랑 지금의 마왕 녀석을 잠시였지만 드래곤 로드가 보호했었거든요. 다행히 증거는 잡히지 않았지만 에리엘이 어느 정도 눈치를 챈 것 같았죠. 그 이후로는 서로를 아주 싫어하고 있어요. 이클립스만큼은 아니지만 로드도 천계 하면 치를 떨 정도지요."

마계 시간으로 일만여 년 전 있었던 천계와 마계의 전쟁 이후 에리엘은 오래지 않아 현 마왕의 존재를 알 수 있었다. 하지만 그녀가 사실을 알았을 땐 이미 이클립스와 마왕이 마계로 떠난 이후였다. 에리엘은 분노를 토하며 드래곤 로드에게 달려가 따졌지만 드래곤 로드는 이클립스와 현 마왕을 잠시 보호했다는 사실에 대해 절대로 인정하지 않았다. 인정한다면 필연적으로 전쟁이 따를 것이기에 레오니아로선 고개를 흔들 수밖에 없는 일이었다. 그 사건 이후 에리엘과 레오니아, 그리고 천족과 드래곤들 간에는 교류가 거의 없어 냉기류가 흐르고 있었다.

"그리고 말인데요."

잠시 말을 멈춘 리켄이 날카로운 눈초리로 주변을 한차례 둘러본 후 말을 이었다. 이미 소리가 다른 곳으로 흘러가지 못하도록 마법이 걸려 있음에도 다른 이의 귀에 들어가면 안 된다는 듯 조심스런 모습이었다.

"이건 이스를 생각해서 하는 충고거든요? 드래곤 로드하고는 말이죠, 만나봤자 이스만 손해예요. 성질은 말로 표현할 수 없을 정도로 무섭고, 포악하고, 거기에 무지무지 무식하고 급하거든요. 그리고 한 번 잘못한 일은 아무리 많은 시간이 흘러도 절대 잊지 않고 끊임없이 잔소리하지요. 이스가 몰라서 그러는데요. 아무런 잘못도 없는데 만나기만 하면 주먹하고 발이 먼저 나오고 욕부터 하는 게 바로 드래곤 로드예요. 게다가 끊임없이 하는 그 잔소리 때문에 머리가 지끈지끈거리지요. 그러니까 드래곤 로드를 만날 생각은 절대 하지 마세요. 아셨죠, 이스? 절대 안 돼요."

이미 몇 번이나 당해본 듯 리켄의 얼굴엔 간절함이 엿보였다. 현재 드래곤 로드인 레오니아는 리켄의 어머니였지만 그 사실을 리켄은 결코 말하지 않았다. 말해 봐야 좋을 게 없고, 혹시나 그것을 핑계로 이스가 드래곤 로드를 만나자고 할 수도 있었기 때문이다. 또, 선수를 빼앗겨 목걸이를 얻지 못한다 하더라도 드래곤 로드와 만날 생각은 절대 하지 못하도록 최대한 험담을 늘어놓은 것이다.

"흐음, 그렇게 무서운 인물이라면… 어찌 되었든 간에 천계인들에게 목걸이를 뺏기지 않는 방법밖엔 없는 것 같구나. 최대한 조심하는 수밖에……."

이스는 무겁게 고개를 끄덕이며 생각에 잠겼다. 아무리 생각해도 방법은 결국 하나밖에 없었다. 그렇다면 최대한 주변에 대해 주의를 기울이고, 한순간도 방심할 수 없다. 하지만 도둑들에 대한 정보는 없다 해도 과언이 아닐 정도로 미약하고 천계인들은 어디에 있는지조차 알 수 없는 현실이었다. 쉽게 생각했던 것이 다시금 어려워지고 있었기에 이스와 이클립스는 미간을 찡그린 채 고민에 잠겼고, 리켄 역시 혹시나 드래곤 로드와 만나는 일이 있을까 전전긍긍하고 있었다.

"이야~ 멋지다."

조용히 생각에 잠겨 있는 일행들 사이로 에이프릴의 감탄사가 흘러나왔다. 모두가 고민에 빠져 있었지만 그녀만큼은 아니었다. 목걸이를 찾는 것이나 혹시 있을 천계로의 길 같은 건 에이프릴에게는 들리지 않았다.

무서운 드래곤이지만 친오빠처럼 대해주는 리켄과 상냥하게 대해주는 이클립스, 무엇보다 따스한 정을 베풀어주는 무적의 이스가 옆에 있었다. 이들과 함께라면 지옥이라도 즐거울 것 같았고, 지옥보다 더한 곳이라도 무섭지 않을 것 같았다.

이런 생각으로 에이프릴은 일행들의 대화에는 관심을 기울이지 않고 멀리서 지는 아름다운 석양만을 바라보고 있었다. 늦은 점심을 먹은 것이 방금 전 같았는데 어느새 노을이 지고 있었다. 수많은 높다란 건물들과 시원스레 흘러가는 구름이 붉은 노을빛을 받아 아름다움을 한층 뽐내고 있었다.

"허허허, 그렇구나. 정말 아름다운 노을이로다."

언제 고민했냐는 듯 에이프릴의 시선을 좇아 고개를 돌린 이스에게서 절로 감탄사가 흘러나왔다. 백두산의 화산 폭발 이후 언제나 뭔가에 쫓기는 것처럼 지냈던 이스였다. 대자연의 힘을 넘어서기 위해, 그리고 이곳 세이트란 대륙이란 곳에 도착한 후로 도난당한 목걸이의 행방을 찾기 위해 동분서주하다 보니 느긋하게 노을을 봤던 것이 언제였는지도 모를 정도였다.

"이스, 이스."

노을을 바라보며 상념에 잠겨 있던 이스의 어깨를 리켄이 흔들어댔다.

"이스, 계속 여기에 있을 거예요?"

"왜, 무슨 볼일이 있더냐?"

"더 있을 거라면 뭐라도 시키려고요. 아까부터 저 녀석들이 째려본다고요. 저놈들, 성질 같아선 그냥……!"

이스의 물음에 리켄이 뒤쪽을 가리키며 대답해 주었다. 일행들이 벤치에 자리를 잡고 늦은 점심을 먹은 지도 상당한 시간이 흘러 주변을 지나치는 종업원이나 멀리 서 있는 주인이 힐끔힐끔 이스 일행들을 쳐다보고 있었다. 더 있으려면 주문을 하던가, 아니면 나가라는 무언의 행동이었다.

"허허허, 이제 그만 일어나야지. 어느새 시간이 많이도 흘렀구나."

일행은 천천히 자리에서 일어섰다. 이미 배는 채웠고, 더 이상 앉아서 시간을 보내봤자 여관 잡는 데 힘들어질 뿐이었다.

"이곳 항구 도시 미렐리아드에는 저도 몇 번이지만 와본 적이 있습니다. 제가 멋진 곳으로 안내하겠습니다, 이스님."

모두가 자리에서 일어서자 이클립스가 앞장서며 일행들을 이끌었다. 얼마 전까지 마족의 절대적인 약속 때문에 멍하게 있던 이클립스 때문에 일행들은 어제까지 상당히 좋지 않은 여관에 묵었었다. 모두 처음 와본 도시였고, 마계에서 항구 도시 미렐리아드에 도착했을 당시엔 너무 늦은 저녁이었기에 가장 가까운 여관을 잡느라 좋지 않은 곳에 묵었던 것이다.

"오늘부턴 저곳에서 지내는 게 좋을 것 같습니다. 이 도시에서 가장 높은 건물의 여관이니 주변을 정찰하기도 수월할 것입니다. 그리고 다른 서비스도 우리 에이프릴 양의 마음에 들 정도로 상당히 훌륭한 수준이지요."

벤치에서 일어서 대략 10여 분쯤 걸었을 때 이클립스가 팔을 들어 앞쪽을 가리켰다. 7층이나 되는 상당히 높은 건물이었다. 외벽은 우윳빛 대리석으로 치장돼 있었고, 안으로 통하는 입구는 대낮처럼 밝은 불빛이 주변을 환하게 밝히고 있었다. 고급 유리로 된 출입문 양 옆으로 멋진 제복을 입고 있는 종업원이 둘이나 시립해 있었으며 로비까지 붉은 양탄자가 길게 깔려 있었다.

"어서 오십시오."

30대 초반으로 보이는 짙은 남색 제복의 종업원이 다가오는 일행들 가까이 걸어오며 익숙한 동작으로 허리를 숙였다. 원래 도어를 지키며 손님들의 짐을 들어주는 것이 주 임무였지만 지금처럼 하프 엘프 같은 천한 것들을 막는 것도 그들의 임무였다.

"죄송합니다만, 손님. 저희 호텔에는 노예나 하프 엘프는……."

역시 일행들에게 다가온 종업원은 에이프릴을 막으려 했다. 이클립스가 아무런 표정 없이 종업원의 턱을 부드럽게 잡으며 말했다.

"다시 한 번 말해 보도록."

"헉!!"

이클립스의 얼굴을 잠시 바라보던 종업원의 얼굴이 순식간에 땀으로 범벅이 돼버렸다. 높낮이가 느껴지지 않는 목소리였고, 턱을 잡고 있는 손에선 조금의 힘도 느껴지지 않았지만 이클립스의 무감정한 눈빛과 마주하자 전신에 소름이 돋았다. 찔끔하고 오줌도 나왔으며 전신이 부들부들 떨릴 정도였다. 잘못 말했다간 정말로 죽을 것 같은 느낌에 종업원은 곧바로 허리를 숙였다.

"죄, 죄송합니다, 손님. 제, 제가 손님을 못 알아뵙고… 어서, 어서 들어가시지요."

"문제는 없는 거겠지?"

"무, 물론입니다. 어느 안전이라고……."

지배인에게 한소리 듣겠지만 보통 사람은 분명 아니라 생각하며 종업원은 다시 한 번 직각으로 허리를 숙인 후 일행들을 안내했다. 제국 어딘가의 귀족일 것이며 무서운 실력자일 것이라 판단한 종업원이었다. 그렇지 않고서야 이런 무서운 기도를 풍기진 않을 것이기에 최대한 예를 갖추며 조심스럽게 일행들을 안내했다.

"어깨를 펴십시오, 에이프릴 양."

종업원의 안내를 따라 몇 걸음 걷던 이클립스가 에이프릴의 어깨를 토닥여 주었다. 이스 일행들과 함께한 이후로 처음으로 받았던 냉대였기에 그녀의 얼굴은 사뭇 좋지 않았다. 이클립스가 다시 말을 이었다.

"이 이클립스가 살아서 숨 쉬고 있는 한 그 어느 누구도 에이프릴 양에게 함부로 할 순 없을 것입니다."

"감사합니다, 이클립스님."

어두웠던 에이프릴의 얼굴이 조금이지만 밝아졌다. 부드러운 이클립스의 미소를 보자 강한 믿음이 생겨났다.

"허허허."

이클립스와 에이프릴의 모습에 흡족한 웃음을 터뜨리는 이스를 따라 일행들은 어느새 로비에 도착해 있었다.

"이야, 대단한데? 여기가 여관이었어? 난 관공서나 성(城)인 줄 알았지 뭐야. 헤헤헤. 이 정도면 몇백 명도 들어갈 수 있겠다. 그지, 이클립스?"

눈이 부시도록 화려한 로비의 모습에 리켄이 입을 벌리며 연신 감탄사를 토했다. 바닥으로는 최고급 대리석이 깔려 있었고, 그 위로 붉은색의 두터운 카펫이 계단까지 주욱 펼쳐져 있었다. 육중한 샹들리에는 금으로 치장돼 있었고, 군데군데 높다란 분수도 보였다. 드래곤의 레어에 비하더라도 그다지 손색이 없을 로비였기에 리켄은 믿을 수 없다는 듯 연신 주변을 둘러보았다. 이클립스가 비릿한 웃음을 지으며 입을 열었다.

"후후훗, 이 나라에서 이 정도 호텔은 어렵지 않게 찾을 수 있을 정도로 흔하다네, 리켄 군. 너무 그렇게 두리번거리면 촌놈으로 오해받아서 바가지 쓸지 모르니 적당히 좀 둘러보게. 오래전에 인간 세상을 여행했다면서 이런 곳도 한번 와본 적이 없었나? 쯧쯧."

"그래그래."

이클립스가 혀를 찼지만 주변을 둘러보느라 건성으로 대답하는 리켄이었다. 그가 이렇게 주변을 주의 깊게 둘러보는 건 훗날 자신의 레어로 돌아갔을 때 이곳과 비슷하게 꾸미고 싶은 마음 때문이었다. 사실 리켄이 인간 세상을 여행했을 당시에는 이런 커다란 건물들은 거의 없었다. 또, 있다고 하더라도 성이나 탑 정도였기에 지금처럼 화려하거나 멋들어지게 꾸며진 곳은 없었던 것이다.

"저쪽에서 숙박계를 쓰시면 됩니다, 손님."

정문을 지나 어느 정도 로비 안쪽으로 들어왔을 때 일행들을 안내하던 종업원이 한쪽을 가리켰다. 갈색의 고급 대리석으로 된 곳으로 깔끔한 외모에 20대 초반으로 보이는 여자 세 명이 서 있었다. 숙박계를 쓰고 열쇠를 주는 곳인 모양이었다.

"수고했소이다."

종업원에게 인사치레하면서도 이스의 시선 역시 리켄과 비슷했다. 그도 이런 곳은 처음이었던 것이다.

"흐음?"

숙박계를 쓰기 위해 걸어가던 이스가 돌연 미간을 좁히며 자리 멈춰서더니 곧 뒤를 향해 몸을 돌렸다.

"왜 그래요, 이스?"

"무슨 일이십니까, 이스님?"

"할아버지?"

이상한 이스의 반응에 리켄과 이클립스 역시 이스의 시선을 좇았다. 이스는 무슨 일인지 미간을 살짝 찡그리며 출입문을 바라보고 있었다. 커다랗고 투명한 유리 밖으로는 붉은 노을빛으로 물든 거리와 건물들의 모습밖에 보이지 않았다.

"흐음, 뭔가가……."

이스에게서 흘러나온 낮은 중얼거림 속에서 경계와 긴장이 느껴지자 이클립스와 리켄의 눈초리가 가늘어졌다. 그리고 그 순간,

쾅!

문밖 대략 10여 미터 거리에서 돌연 시커먼 연기와 함께 커다란 폭발이 대지를 뚫으며 터져 나왔다.

제14장 공포의 도시

"꺄아아악!"

로비와 거리에서 사람들의 비명 소리가 연이어 터져 나왔다. 갑작스러운 폭발의 여파로 출입문을 막고 있던 두터운 유리들이 산산조각으로 깨져 사방으로 퍼져 나갔으며 지진이라도 일어난 것처럼 건물이 흔들렸다. 천장에 매달려 있던 육중한 샹들리에도 흔들림을 이기지 못하고 바닥으로 떨어졌고, 곧 매캐한 검은 연기들이 시야를 막았다.

콰쾅! 콰콰쾅!

귀청을 찢을 것 같은 폭발은 한 번으로 끝나지 않고 연이어 들려왔다. 어떤 것은 상당히 먼 거리에서, 또 어떤 것은 가까운 거리에서 들려왔다. 겁에 질린 사람들은 도망치지 못하고 바닥에 잔뜩 웅크린 채 비명만 터뜨리고 있었다. 땅이 흔들리고, 폭발음이 이곳저곳에서 계속적으로 들려오자 어디로 도망쳐야 할지 갈피를 잡지 못하는 것이다.

그러나 이런 상황에서도 움직이는 사람들이 있었다. 바로 이스 일행들이었다. 일행들은 커다란 폭발음이 무색할 정도로 아무런 표정 없이 출입문 밖을 향해 달려나갔다.

"뭐야, 이게?"

밖으로 나온 일행 중 리켄이 가장 먼저 어이없다는 듯 중얼거렸다. 도시 전체에서 시커먼 연기들이 바람을 타고 하늘로 뭉실뭉실 떠다니고 있었다. 도시 전체가 검은 연기로 뒤덮인 것 같은 착각이 들 정도였다. 어림 잡아도 수백 곳에서 폭발이 일어난 것 같았다.

"도대체 어떤 놈이……?"

잠시 어이없다는 표정으로 주변을 둘러보던 리켄이 서둘러 고개 들어 하늘을 살펴보았다. 불과 몇 분도 되지 않는 짧은 시간 안에 지금 같은 장면을 연출하기 위해선 10만 이상의 정규군이 필요하며, 그것이 아니라면 마법일 것이 분명했다. 그리고 지금처럼 대단한 위력의 파괴력을 지닌 마법이라면 최소한 2천 년 이상 된 드래곤 정도의 마법력이 필요했기에 리켄은 드래곤의 존재를 확인하려는 것이었다. 그러나 하늘의 어디에서도 다른 드래곤의 모습이나 기척은 보이지도, 느껴지지도 않았다.

"응?"

잠시 하늘을 둘러보던 리켄이 미간을 찡그리며 시선을 내렸다. 앞쪽에서 뭔가 이상한 느낌이 들어서였다. 그와 이스, 그리고 이클립스에게서 대략 20여 미터 떨어진 곳에 커다란 구멍이 뚫려 있었다. 조금 전 일행들이 호텔 로비에 있을 때 터진 폭발로 뚫린 구멍이었다. 폭발의 위력에 건물들의 유리란 유리들은 모조리 깨졌으며 큰 소리만큼이나 구멍의 크기 역시 상당히 크고 깊숙이 파여 있었다. 대략적인 눈짐작으로도 직경이 50여 미터는 넘을 것 같았으며 깊이도 10여 미터가 넘을 것 같은 커다랗고 둥그런 폭발의 흔적이었다.

"뭐지?"

구멍을 바라보는 리켄의 미간이 점점 더 일그러져 갔다. 깊숙한 곳으로부터 느껴지는 음습하고 역겨운 기운 때문이었다.

"저, 저건?"

리켄의 옆에서 함께 구멍 속을 바라보던 이클립스가 눈을 치뜨며 하얀 이빨을 드러냈다. 구멍 깊숙한 곳의 흙더미가 갑작스레 꿈틀거리며 움직이더니 이내 괴상한 것들이 튀어나와서였다. 진뜩진뜩한 누런 진물이 흐르는 검회색으로 썩은 피부와 초점없는 퀭한 눈동자, 여기저기 보이는 하얀 뼈들과 누더기 같은 옷차림. 흑마법사들의 시술에 의해 움직이는 시체… 좀비였다.

"조, 좀비가 어째서?"

흙을 헤치며 튀어나온 것이 좀비라서 이클립스는 깜짝 놀라며 어리둥절한 표정을 지었다. 좀비를 다룰 수 있는 자는 오직 흑마법사이거나 마족들뿐이었다. 하지만 항구 도시 미렐리아드 내에선 흑마법사나 마족들의 기운은 그 어디에서도 느껴지지 않았다.

"어, 어떻게 좀비들이?"

전대 마왕의 아들인 이클립스에게는 마족들에 대한 명령권이 전혀 없었다. 그렇기에 도시 외곽을 둘러싸고 있는 마족들은 현 마왕의 명령만을 들었고, 그들에게 내려진 명령은 외곽을 둘러싸고 이상한 자들이 나타나면 이스 일행들에게 알리라는 말뿐이었다. 그렇기 때문에 마족들이 좀비를 다뤘을 리 만무했다.

"좀비가 무엇이더냐, 진아야?"

　이클립스에게 물어보는 이스의 표정 역시 좋지 못했다. 이미 죽어서 땅에 묻힌 사람들이 무덤에서 나와 이렇듯 거리를 활보한다는 것은 죽은 자에 대한 모독이었으며 산 사람들에겐 공포를 심어줄 것이었다.

　"허어……."

　이클립스의 대답을 기다리던 이스에게서 깊은 탄식이 흘러나왔다. 구덩이 속에서 기어나오는 좀비의 숫자가 너무도 많았기 때문이다. 처음엔 좀비 몇이 기어나와 대수롭지 않게 생각했던 일행들이었다. 그런데 조금 시간이 흐르자 커다란 구덩이를 수많은 좀비들이 순식간에 메우기 시작하며 괴성을 터뜨려 댔다. 일행들 앞에 있는 구덩이만이 아니었다. 수백 개가 넘는 구덩이들 모두가 좀비들로 가득 메워져 가더니, 이내 수십여 마리씩 거리로 쏟아져 나왔다.

　"좀비란 것은……."

　구덩이에서 쏟아지는 좀비들의 모습에 잠시 할 말을 잃은 표정이던 이클립스가 이내 냉정한 얼굴로 말을 이었다.

　"흑마법사라는 어둠의 힘을 사용하는 자들이 사술을 걸어 시체를 움직이는 것입니다. 움직이기는 하지만 살아 있는 것이 아니고, 빠르지도 않으며, 아무런 고통도 느끼지 못하는 것이 좀비라는 것입니다. 우리 마족들도 할 수 있는 능력이긴 하지만 제가 알기로 우리 마족들이 좀비를 사용한 것은 인간 세상의 시간으로 천 년도 더 전입니다. 마계의 시간으로는 일만 년도 더 전이지요. 쓸데없이 약한 좀비를 만들어 봤자 시간 낭비일 뿐이고, 긍지 높은 마족으로서 하찮은 좀비 따위 만들지 말라는 마왕님의 말씀이 있었기에 누구도 좀비를 만들려고 하지 않습니다. 그리고 좀 이상합니다."

　"이상하다니?"

조용히 듣고 있던 리켄이 궁금하단 표정을 지으며 가까이 다가왔다. 어느새 상당한 숫자의 좀비들이 구덩이에서 빠져나와 거리를 활보하고 있었다. 그 숫자는 가늠하기 힘들 만큼의 어마어마한 수였다. 눈에 보이는 거리란 거리가 모조리 좀비들로 뒤덮여 있을 정도였다. 이클립스가 미간을 잔뜩 찡그리며 대답했다.

"마계의 주인이신 마왕님께서도 저처럼 많은 좀비들을 만들 순 없어. 나 역시 마찬가지지. 그런데 어떻게 이런 숫자가?"

"흐음……."

이클립스의 설명에 이스가 무섭게 눈을 빛내며 고개를 흔들었다. 그가 중원을 활보했을 당시에도 '강시'라는 좀비와 비슷한 것들이 있었다. 흐느적거리며 느릿느릿 움직이는 좀비와 달리 잘 만들어진 강시는 고수조차 상대하기 버거웠지만 시체를 이용한다는 것은 똑같았다. 팔이나 다리가 잘려 나가도 아무런 고통을 느끼지 못하고, 으르렁거리며 사람들에게 달려드는 것 역시 강시와 좀비의 같은 점이었다. 그러나 강시는 아무리 숫자가 많아도 백을 넘기지 못했다. 만들기도 힘들었을 뿐더러 무림 고수를 상대하기 위한 시체의 조건이 까다로웠기 때문이다.

"어찌 죽은 사람들을 편히 놔두지 못하고……."

이스의 얼굴이 점점 더 무서워졌다. 그는 강시를 싫어했다. 아니, 정확히 말하자면 강시를 움직이는 사람들을 지독히 싫어했다. 주어진 삶을 마치고 무덤에 누워 편히 쉬어야 할 시체들을 끌어낸다는 건 절대 용서가 되지 않는 일이라고 항상 생각해 왔었기에 생명을 중히 여기는 그라도 강시를 움직이는 사람들에게만큼은 손속에 사정을 두지 않았다.

"엇, 저런!"

"까아아악!"

이스가 잠시 오래전 일들을 회상하고 있을 때 수백여 미터 떨어진 곳에서 도망치지 못한 여인 하나가 좀비들에게 습격을 당했다. 대다수의 사람들은 구덩이 속에서 쏟아져 나오는 좀비들을 피해 건물 옥상으로 피신하거나, 혹은 가까운 건물에 들어가 문을 닫아걸고 있었다. 하지만 도망치지 못한 사람도 많은 모양이었다. 여기저기서 사람들의 비명 소리가 끊이지 않았다.

쿠워어억!

"까아악, 할아버지!"

등 뒤에서 좀비들이 터뜨리는 괴성과 에이프릴의 찢어지는 비명 소리가 동시에 들려왔다. 일행들을 뒤따르던 에이프릴은 출입문 앞에서 멈춰 서 있었다. 이스와 리켄, 그리고 이클립스는 커다란 구덩이 가까이까지 다가갔지만 너무도 놀랍고 무서운 장면에 에이프릴은 그만 문 앞에서 다리가 움직여지지 않았던 것이다. 그런 에이프릴을 향해 어디서 다가왔는지 좀비 십여 마리들이 달려들고 있었다. 엘프의 피가 흐르는 에이프릴은 이스가 감탄할 정도로 빠른 몸놀림을 자랑했지만 무섭게 달려드는 좀비들의 기세에 잔뜩 겁에 질린 에이프릴은 비명만 터뜨릴 뿐이었다. 너무 무서워 몸이 굳은 모양이었다.

에이프릴의 비명이 터짐과 동시에 이스가 눈에 보이지 않을 정도의 속도로 뒤를 향해 돌아서서 에이프릴을 찾았다. 그의 시선으로 에이프릴에게 달려드는 십여 마리의 좀비들이 들어왔다. 순간 언제나 인자함을 머금고 있던 이스의 두 눈동자에서 그가 이 세계에 도착한 후 단 한 번도 보이지 않았던 무서운 살기가 번뜩였다.

"갈(喝)!!"

파파파팍—

이스의 기합이 터지자 에이프릴에게 달려들던 십여 마리의 좀비들이 파파팍 하는 소리와 함께 형체도 없이 사라져 버렸다. 영검(靈劍)을 사용한 것이다. 다른 방법도 없지 않았지만 더러운 좀비의 파편이 에이프릴에게 닿지 않도록 하기 위함이었다. 좀비들은 미세한 가루조차 남지 않았다.

"할아버지."

"아이구, 내 새끼. 할아비가 무심했구나."

겁에 질려 품속으로 안겨드는 에이프릴을 꼭 안아주며 이스가 그녀의 어깨를 토닥여 주었다.

"꿀꺽."

이스를 바라보던 리켄과 이클립스의 목에서 마른침이 넘어가는 거친 소리가 들려왔다. 단 한 차례뿐이었지만 둘 모두 이스의 힘을 몸으로 경험한 적이 있었다. 하지만 조금 전에 보여주었던 이스의 힘에 비하면 그것은 아무것도 아니었다. 이스가 좀비들을 상대로 영검을 사용한 순간 리켄과 이클립스 모두 흐릿한 영상처럼 좀비들의 몸을 가르는 무언가를 볼 수 있었다. 리켄과 이클립스의 눈으로도 따르지 못할 정도의 어마어마한 속도였기에 그저 흐릿하게만 보일 뿐이었다.

그것은 마치 빠르게 휘둘러지는 검의 궤적 같았지만 너무도 순식간이었고, 고작 몇 개밖에 보지 못했던 둘이었다. 리켄과 이클립스 모두 좀비들의 몸이 갈라질 것이라고 생각했다. 하지만 그들의 생각과 달리 좀비들의 몸은 흔적조차 남기지 않고 사라져 버렸다. 그것도 먼지 하나 남지 않았다. 고작 몇 개 정도 되는 검의 궤적이라 생각했는데 실상

은 천문학적인 검의 궤적이 좀비들을 먼지조차 남기지 못하도록 갈라
버린 것이며, 그것이 이뤄진 시간은 찰나였다.

또 하나, 둘을 멍하게 만든 것은 이스의 살기(殺氣)였다. 좀비들이
살아질 때처럼 순식간에 나타났다 없어진 이스의 살기였지만 팔을 뻗
으면 닿을 거리에 있던 이클립스와 리켄이었기에 찰나적으로 사라진
살기와 이스의 외침에 순간적으로 몸이 멈춰진 좀비들의 모습을 볼 수
있었다. 무서움이나 공포, 고통을 느끼지 못하는 좀비가 반응했다는
건 살기의 위력이 얼마나 대단한지를 반증하는 예였다. 또한 바로 옆
에 있던 이클립스와 리켄도 찰나적인 순간 온몸이 갈라지는 것 같은
고통이 느껴졌다. 자신들에게 직접 쏘아진 살기가 아닌데도 그 정도였
다. 만약 이스의 살기가 자신들에게 향했다면 어땠을지 생각하니 절로
마른침이 넘어가는 둘이었다.

캬오오오!

"응?"

잠시 멍한 표정으로 이스와 에이프릴을 바라보고 있던 리켄과 이클
립스를 향해 좀비들이 괴성을 지르며 덮쳐 왔다. 대부분의 사람들이
피해 있었기에 가장 쉬운(?) 상대를 향해 덮쳐 든 것이다. 정신을 차린
이클립스가 가까이 다가오는 좀비들을 향해 팔을 휘둘렀다.

쿠콰콰콰—

가벼운 손짓 한 번으로 이클립스 주변에 검은 파도가 생성되며 몰려
들던 좀비 떼들을 향해 쏘아졌다. 수십이 넘는 좀비들이 순식간에 죽
어 나갔다. 하지만 끝이 아니었다.

"뭐야, 이것들은?"

이클립스의 뒤편에서 리켄의 찢어지는 목소리가 들려왔다. 리켄 역

시 좀비들을 없애느라 고생하고 있었다.

"어떻게 이런 일이!"

냉정하게 대응하던 이클립스의 얼굴에 점차 당황스러움이 엿보이기 시작했다. 손짓 한 번으로 많은 좀비들을 없애 버렸지만 없애는 족족 다른 좀비들이 달려들었다. 마치 파도가 밀물처럼 밀려드는 것 같았다.

"이놈들이!!"

가벼운 손짓으로는 수십 정도밖에 없앨 수 없자 화가 난 이클립스가 팔 하나를 뻗어 힘을 쏟아 부었다. 그러자 앞을 가로막고 달려들던 수많은 좀비 떼들이 일순간에 사라졌다. 하지만 그것 역시 잠시였다. 순식간이라고 할 수 있을 정도의 빠르기로 다른 좀비들이 벌 떼처럼 달려들었다.

"도대체……."

이클립스의 미간이 잔뜩 좁혀졌다. 너무도 어이가 없었다. 자신은 마족이었다. 그것도 마계 서열 2위이며 마왕과 동등한 능력자인 어둠의 왕자였다. 좀비 역시 어둠에 속한 사술로 만들어진 존재이며, 마족에게만큼은 달려들지 않는다는 게 누구나 알고 있는 당연한 상식이었다. 좀비를 만든 흑마법사들이 아무리 강하다 할지라도 마족과 비견할 수 없으며, 어둠의 힘에 반응하는 좀비 역시 상대가 자신을 만든 자보다 어둠의 힘이 강하다면 절대 공격하지 않았다. 그런데 지금은 아니었다. 힘의 차이가 뚜렷한데도 좀비들은 막무가내로 덤벼들었다.

"허어, 해괴한 일이로다. 이 무슨 일이란 말인고."

고개를 절레절레 흔들면서 이스가 주변을 스윽 훑어보았다. 보이는 곳은 온통 좀비들로 가득 차 있었고 그것들은 건물 속으로 피한 사람들을 향해 달려들었다. 다행히 높은 건물에 올라가거나 문을 닫아걸고 있는 사람들은 안전한 것 같았지만 누가 보더라도 시간문제였다. 너무나 많은 숫자였기에 사람들이 감당하기엔 한계가 있었다. 또한 아직까지도 폭발로 인해 생성된 수백여 개의 구덩이에서는 물이 뿜어지는 것처럼 좀비들이 쏟아져 나오고 있었다. 이 상태라면 사람들은 건물 밖으로 단 한 발자국도 나올 수 없어 굶어 죽을 수밖에 없을 것 같았다. 하지만 이것은 어디까지나 좀비들을 막았을 때 해당되는 사항이었다.

"이런 젠장, 뭐가 이렇게 한도 끝도 없이 쏟아지는 거야? 이스."

"말해 보거라."

달려드는 좀비들을 향해 리켄이 마법을 쏟아 부으며 이스를 불렀다. 사람들이 가득한 건물들이 주변 곳곳에 있어 제대로 된 마법을 쓸 수 없기에 그 역시 당황하고 있었다.

"이스, 아무래도 여기를 모조리 날려 버리는 게 훨씬 좋을 것 같아요. 이래서는 한도 끝도 없이 몰려들 거예요. 그냥 눈 딱 감고 날려 버리는 게 어때요, 이스?"

도시 전체가 좀비들로 넘쳐 나고 있었다. 이런 상황에서라면 차라리 도시를 없애 버리는 것이 좋을 것 같았다. 이까짓 도시쯤이야 자신의 마법 한 방이면 흔적도 남기지 않을 수 있었다. 또한 파괴신의 부활을 위한 열쇠를 얻는 것도 수월할 것이다. 누가 가지고 있는지 모르는 상황이었지만 도시를 온통 잿더미로 만들어 버린 후 찾는 것이 훨씬 빠를 것 같았다. 부활의 열쇠가 마법으로 부서질 일은 없기 때문이다. 하지만 이스는 고개를 흔들었다.

"그리는 아니 된다, 홍아야. 저기를 좀 보거라. 아직도 사람들이 많이 살아남아 최선을 다해 싸우고 있지 않느냐? 사악한 사술로 움직이는 시체들 때문에 산 사람까지 죽게 할 수는 없는 일이니라. 절대로 그리해서는 아니 되느니라. 만약 그리하면 이 할아비가 용서치 않을 것이야."

"이런, 젠장! 언제까지 이렇게 시간만 끌고 있어봤자 죽을 게 뻔한 놈들이에요! 이래서는 우리도 시간만 낭비하는 것이라고요!"

"하늘이 무너져도 솟아날 구멍은 있다고 했다. 분명 무슨 방법이 있을 것이야."

"으이구!"

갑작스럽게 발생한 일이었지만 많은 사람들이 건물 속으로 들어가 집기나 다른 물건들로 방벽을 쌓고 결사적으로 싸우는 모습이 자주 눈에 띄었다. 제국의 여러 왕국에서 온 관광객과 여행자들, 그리고 모험가들이 많아서인지 마법을 쓰는 사람도 더러 보였으며 솜씨 좋은 검사들이나 기사들도 눈에 띄었다. 그러나 리켄의 말처럼 그들 역시 버티는 데에는 한계가 있을 것이다.

"어찌해야 할꼬. 흐음……."

안 된다고 말은 했지만 리켄의 말처럼 시간문제일 것 같았다. 이 정도 도시쯤은 이스 역시 쉽게 없애 버릴 수 있었다. 하지만 살아 있는 사람들이 문제였다. 한 군데 모여 있는 것이 아닌 커다란 도시의 거의 모든 건물 속에 사람들이 모여 있어 좀비들을 죽이는 것에도 문제가 있었다. 조금이라도 강한 힘을 쓰려다 건물에 해를 가한다면 무너질 수도 있기 때문이었다.

"하앗!"

잠시 생각에 잠겨 있던 이스가 기합을 터뜨리며 사방으로 손을 뻗었다. 그러자 거리를 가득 메우고 있던 어마어마한 숫자의 좀비들이 순간적으로 사라졌다. 에이프릴을 구하기 위해 사용했던 영검이었다.

"대, 대단……."

좀비들을 상대하던 이클립스가 순식간에 깨끗해진 주변의 모습에 놀란 표정으로 이스를 돌아보았다. 그가 놀란 것은 거리를 가득 메우고 있던 수많은 좀비들을 한순간에 없애 버린 것 때문이 아니었다. 그 정도는 이클립스 역시 할 수 있는 능력이었다. 하지만 들쭉날쭉하게 튀어나온 건물들에겐 조금도 손상을 입히지 않은 채 좀비들만을 없애 버리는 건 아무리 이클립스라고 해도 무리였던 것이다.

"그런 게 있으면 빨리빨리 써야죠, 이스!!"

리켄이 후련하다는 표정을 지으며 이스에게 다가왔다. 그러나 이스의 미간은 여전히 펴지지 않았다.

"아무래도 이런 방법으로는 도저히 끝이 나지 않겠구나."

이스의 말이 채 끝나기도 전이었다. 커다란 구덩이 속에서 튀어나온 좀비들이 어느새 거리를 가득 메우고 다시금 이스 일행들과 사람들이 들어가 있는 건물들을 공격하기 시작했다. 시선을 돌려 구덩이를 바라보니 아직까지도 밀물처럼 좀비들이 쏟아지고 있었다. 도무지 마르지 않는 샘물 같았다.

"하는 수 없지. 이곳은 이 할아비가 맡을 터이니 진아와 홍아는 어째서 이런 일이 벌어지는지 알아봐 주면 좋겠구나. 그럼."

뭔가 결심한 모양인지 이클립스와 리켄에게 잠시 시선을 주던 이스가 에이프릴을 한 팔에 안은 채 하늘 높이 날아올랐다.

"허어……."

"너, 너무 많아요, 할아버지."

하늘 높이 올라가자 커다란 항구 도시 미렐리아드의 전경이 고스란히 보였다. 그런데 도시의 거리란 거리는 좀비들로 가득 차 있었다. 족히 몇백만은 족히 넘을 것 같은 숫자였다. 짐작은 하고 있었지만 이렇게 눈으로 직접 보니 절로 한숨부터 터지는 이스였다. 하지만 언제까지 한숨만 쉬고 있을 시간이 없었다.

"흐음."

미간을 좁히고 두 눈에 잔뜩 신경을 집중시킨 이스가 한 손을 천천히 아래로 뻗었다. 순간 이스의 손을 중심으로 뭔가가 이글거리듯 모여들었다.

"핫!"

도시를 향해 손을 뻗은 이스에게서 잠시 후 낮은 기합이 터져 나왔다. 기합이라고 하기엔 너무 낮았고, 그 어떤 힘이나 위력도 느껴지지 않았다. 하지만 이스에게서 기합이 터진 순간 에이프릴에게서 커다란 외침이 터졌다.

"아앗?!"

도시의 거리란 거리를 시커멓게 메우고 있던 좀비 떼들이 눈 깜짝할 사이에 모조리 사라져 버렸다. 건물에 가려져 있거나 건물 속으로 들어간 좀비를 제외하고 거리에 있던 모든 좀비들이 사라진 것이다. 그렇다고 무너진 건물은 단 한 채도 보이지 않았으며 무너지기는커녕 손상된 곳 역시 한 군데도 보이지 않았다.

"세, 세상에……!"

믿을 수 없는 광경에 에이프릴은 팔을 들어 몇 차례나 눈을 비비고 또 비벼봤지만 절대로 꿈이 아니었다.

"대, 대단해요, 할아버지!"

"흐음."

밝게 편 얼굴로 에이프릴이 이스를 돌아봤다. 하지만 이스의 얼굴은 조금도 밝아지지 않고 더욱 어두워져 있었다.

"왜 그러세요, 할아버지… 아앗!"

이스의 어두운 표정에 에이프릴은 다시금 지상으로 시선을 돌렸다. 그런 그녀의 눈에 어느새 도시를 덮어가는 좀비들의 모습이 보였다. 도시의 이곳저곳에 파여 있는 구덩이 속에서 쏟아져 나오는 좀비들이 이스의 힘에 의해 없어진 좀비들의 자리를 대신하고 있었다. 환하던 에이프릴이 걱정스런 표정으로 이스를 돌아보며 말했다.

"어, 어떻게 해요, 할아버지?"

"허어, 글쎄다."

이스는 고개를 무겁게 저으며 한숨을 내쉬었다. 이래서는 방법이 없었다. 생각 같아선 자신이 직접 나서 지금 일어나고 있는 이 어처구니 없는 일을 조사하고 싶었지만, 그렇게 한다면 사람들이 위험했다.

"다른 방법이 떠오르지 않는구나. 허어, 그것참. 이 할아비는 이곳에서 떠날 수 없는 노릇이니 우리 진아와 홍아가 잘해주어야 할 터인데……."

중얼거리듯 조용히 입을 열며 이스는 다시금 영검을 준비했다. 영검을 시행하는 데에는 별다른 초식이나 준비 동작이 필요하진 않았다. 하지만 지금처럼 커다란 도시에, 그것도 사람들이 숨어 있는 건물들을 피해야 하는 영검이었기에 시간을 끌 수밖에 없었다. 조금이라도 실수를 하면 건물과 함께 그 안에 있는 사람들까지 한꺼번에 날려 버릴 수 있었기 때문이다.

"우와아아! 끝내준다. 역시 이스라니까! 아, 아니지, 아니야. 허이구,

저런 인간 같지도 않은 인간한테 걸리다니. 어쩌다 내 신세가 이렇게
됐을까.”

하늘 높이 올라가 있는 이스를 리켄은 좀비들을 없애는 와중에도 힐
끔힐끔 쳐다봤다. 그러다 거리의 모든 좀비 떼들이 이스에 의해 순식
간에 없어지자 환호성을 터뜨렸다. 마지막에 투덜거리긴 했지만 그의
미소는 여전히 지워지지 않았다.

“아직 끝나지 않았어, 리켄!”

“엥?”

이클립스의 목소리에 리켄이 그의 시선을 좇았다. 긴장이 가득한 이
클립스의 목소리가 예사롭지 않아서였다.

“뭐, 뭐야?”

리켄에게서 곧 비명 같은 외침이 터졌다. 이클립스가 바라보는 곳으
로 수많은 좀비 떼들이 어기적거리며 다가오고 있었다. 그리고 잠시의
시간이 흐르자 깨끗하던 주변이 다시금 좀비들로 메워졌다.

“뭐가 이렇게 끝도 없이 나오는 거야? 이런, 젠장!!”

짜증난다는 듯 한바탕 욕을 퍼부은 리켄이 다시금 공격 마법을 준비
하려 할 때였다. 이클립스가 무섭게 가라앉은 눈초리로 입을 열었다.

“리켄, 넌 이곳을 맡아라.”

“어떻게 하려고? 뭐 좋은 생각이라도 있어?”

리켄의 물음에 이클립스는 대답없이 스윽 고개를 돌려 한곳을 바라
보았다. 좀비들이 쏟아져 나오는 커다란 구덩이였다.

“저곳에 가봐야겠어.”

“뭐?”

이클립스의 말에 리켄이 깜짝 놀란 표정으로 구덩이와 이클립스의

얼굴을 번갈아 보았다. 그의 말은 좀비들이 쏟아져 나오는 구덩이 속으로 직접 들어간다는 말이었다.

"저, 정말이야?"

언제나 정갈하고 깨끗한 것을 좋아하던 이클립스가 보는 것만으로도 구역질이 나올 것 같은 구덩이 속으로 들어간다고 하자 리켄이 몇 번이나 반문하며 확인했고, 그때마다 이클립스는 고개를 끄덕였다.

"이곳을 맡긴다, 리켄. 그럼."

말을 마침과 동시에 이클립스는 몸을 날려 구덩이를 향해 달려갔다. 어느새 쏟아져 나온 좀비들이 벽처럼 앞을 가로막으며 그에게 달려들었지만 이클립스의 손짓 한 번에 모조리 죽어 나갔다.

"도대체 어떻게 이런 일이……."

이스의 부탁도 있었지만 이클립스 역시 궁금함을 참지 못했다. 도대체 어떤 자이기에 이런 엄청난 숫자의 좀비를 부릴 수 있는 것인지 확인하지 않고서는 직성이 풀리지 않을 것 같았다.

크워어어!

"비켜라, 이 벌레 같은 놈들!!"

구덩이 가까이 이클립스가 접근하자 주변에 가득하던 좀비들이 일시에 덤벼들었다. 이클립스는 끊임없이 손을 휘저으며 조금씩 앞으로 전진했다. 생각 같아선 한 방에 없애 버리고 구덩이 속으로 돌입하고 싶었지만 주변 건물엔 사람들이 있기 때문에 제대로 된 힘을 사용할 수 없었다. 힘 조절이 조금이라도 잘못되는 날이면 건물이 무너질 것이고, 그렇다면 힘없는 사람들이 죽을 것은 뻔한 이치였다.

마족의 절대적인 약속을 한 이클립스였기에 살아 있는 사람을 해할 수 없었다. 또, 하늘 높은 곳에는 이스가 버티고 있었다. 절대적인 약

속도 약속이었지만 이스의 실망하는 얼굴을 이클립스는 이상할 정도로 보고 싶지 않았다. 이런 생각 때문에 달려드는 좀비들을 상대할 때에도 이클립스는 가장 적은 힘으로써 상대할 수밖에 없었다.

"빌어먹을!"

어느새 구덩이 바로 앞까지 도착한 이클립스에게서 욕지거리가 절로 튀어나왔다. 족히 50여 미터는 넘을 것 같은 커다란 구멍을 좀비들이 가득 메우고 서로 먼저 빠져나오려 바동거리고 있었다. 그때마다 썩은 살점들이 사방으로 튀었으며 진뜩진뜩한 누런 액체들이 허공을 날아다녔다. 비위가 강한 사람이라도 지금의 장면을 본다면 허리를 숙이고 토할 정도로 역겨운 모습이었다.

"흐아아아!"

잠시 걸음을 멈춘 이클립스가 몸을 숙이며 기다란 기합을 토하자 반투명한 검은 기운이 그의 몸을 둥그렇게 덮어갔다. 힘의 원천인 어둠의 힘을 보호막처럼 몸에 두르는 기술이었다. 이것은 이클립스가 오래전에 개발한 것으로 겉모습은 보호막처럼 보이지만 표면에 상대의 몸이 닿는 순간 반투명한 둥그런 기운이 상대를 공격하는 기술이었다. 단점은 공격력이 강하지 않다는 것이고 지속하려면 상당한 힘을 필요로 했다. 아무리 마족 서열 2위인 이클립스라도 오래지 않아 지치고 마는 방법이었기에 개발하고도 거의 쓰지 않던 기술이었다.

꾸에에엑!

쿠워어억!

이클립스의 기대보다 훨씬 약한 공격력이었지만 좀비들은 검은 기운에 닿자 일순간에 사지가 잘라지며 퉁겨져 나갔다. 그러나 그것도 잠시였다. 좀비들은 끝없이 밀려들었다.

"하찮은 것들이……."

끊임없이 달려드는 좀비들의 모습에 드디어 이클립스가 하얀 이빨을 드러내며 분노를 터뜨렸다. 순간 이클립스를 감싸고 있던 반투명한 검은 기운이 몇 배나 커지며 한층 위력을 상승시켰다.

"어떤 놈이기에 감히……!"

피처럼 붉어진 눈초리로 이클립스가 성큼성큼 구덩이 속으로 들어갔다. 구덩이 속에 좀비를 부리는 자가 있단 보장은 없었지만 만약 만난다면 사지를 찢어버리고 싶은 심정이었다.

꾸웨에엑!

쿠워어억!

끊임없이 죽어가면서도 좀비들은 막무가내로 이클립스를 향해 달려들었다. 하지만 이내 이클립스를 둘러싸고 있던 검은 기운은 좀비들로 가득한 구덩이 속으로 빨려들듯 사라져 버렸다.

"우웨에~ 우우, 넘어올 것 같다."

처음부터 구덩이 속으로 모습을 감출 때까지 지켜보고 있던 리켄은 헛구역질까지 하며 정말로 토할 것 같은 얼굴로 연신 고개를 흔들어댔다. 바로 앞에서 개미 떼처럼 달려드는 좀비의 모습은 리켄조차 헛구역질이 올라올 정도였다.

"저길 가겠다고 안 한 게 천만다행이로구만. 휴우……."

잠시 고개를 흔들던 리켄은 가슴을 쓸어 내리며 안도의 한숨을 내쉬었다. 만약 자신이 이클립스처럼 했다면 분명 화를 참지 못하고 주변을 모조리 날려 버렸을 것 같았다.

"에구, 그럼 나도 움직여 볼까나."

먼지를 터는 것처럼 몇 차례 손바닥을 소리나게 치던 리켄이 주변을 두리번거렸다. 이클립스가 구덩이 속으로 들어갔으니 자신은 땅 위를 수색해 보려는 심산이었다. 수백 개의 구덩이 속에서 폭포수처럼 쏟아져 나오던 좀비들은 어느 정도 선에서 이스에 의해 없어져 버렸다. 그나마 다행인 것은 구역질나는 썩은 육체가 흔적조차 없다는 점이었다. 지금까지 얼마 되지 않은 시간이었지만 족히 몇백만 마리의 좀비들이 이스에게 죽어 나갔다. 그것들이 모두 처참하게 거리에 널브러져 있었다면 보기만 해도 구역질이 나오고 역겨운 냄새가 코를 마비시킬 것이었다.

"어디로 가야 하나?"

여기저기 둘러보고 온 신경을 집중하고 있지만 이상한 낌새나 기운은 전혀 느껴지지 않았다. 리켄은 천천히 대로를 따라 걸어갔다. 이제 이스도 손이 익은 모양인지 구덩이 근처를 제외한 다른 곳은 좀비들이 쏟아지기 무섭게 없애 버렸다. 리켄은 거의 아무런 저항 없이 거리를 걸어다닐 수 있었다. 가끔 건물 속에서 침입한 좀비들과 사람들이 치열하게 싸우는 장면이 보이긴 했지만 대부분의 건물들은 조용했다. 창문 밖으로 얼굴을 내밀어 주변을 살펴보는 사람들의 모습도 보였다. 그런 사람들 대부분이 겁에 질려 있거나 어리둥절한 표정들이었다. 좀비들의 으르렁거리는 소리가 이스에 의해 갑작스레 사라졌다가 다시 이어지는 이상한 현상 때문이었다.

"에이, 젠장. 이거 어디로 가야 되는 거야? 뭐가 뭔지 알아야 뭘 하든가 말든가 할 것 아니냐고요. 으이구!"

한동안 거리를 걷던 리켄이 투덜거리기 시작했다. 이렇게 계속 걷다가는 아무것도 찾지 못할 것 같았다. 그렇다고 이클립스처럼 좀비들이 쏟아지는 구덩이 속으로는 절대 들어가고 싶지 않았다. 할 수 없이 리켄은 하늘을 향해 외쳤다.

"이스!"

하늘 위에서 지금까지 지상을 보고 있던 이스였기에 뭔가 이상한 것을 봤다면 알고 있을 것 같았다. 또한 이스의 이목은 그 누구보다 뛰어났기 때문에 자신이 느끼지 못한 기척도 느낄 수 있을 것 같았다.

"무슨 일이냐, 홍아야?"

"엥? 바로 옆에서 말하는 것 같네."

있는 힘껏 고함을 친 것에 비해 이스의 목소리는 바로 옆에서 들리는 것처럼 조용하고 부드러웠다. 어떻게 한 것인지 궁금했지만 지금은 그럴 때가 아니라고 생각했는지 다시 외치는 리켄이었다.

"이스, 뭐 이상한 거 본 것 있으면 말해요!"

이스를 향해 외치면서도 리켄은 마법을 이용해 천천히 공중으로 몸을 띄웠다. 이스가 모른다면 자신이 직접 주변을 날아다니면서 찾을 생각이었다. 다행히 이스는 곧바로 대답해 주었다.

"홍아야, 네가 있는 곳에서 서쪽으로 계속 가보거라. 아까부터 이상한 기운이 느껴지는구나. 이 할아비는 이곳에서 움직일 수 없을 것 같다."

"오! 그래요? 알았어요. 맡겨보라구요!"

리켄은 신난다는 표정으로 이스가 가리킨 곳을 향해 적당한 속도로 날아갔다. 구역질나는 구덩이 속으로 들어간 이클립스, 나약한 인간들을 위해 하늘에서 좀비들을 없애는 이스의 모습에서 리켄은 약간이지만 찔리는 것이 있었다. 다들 열심히 움직이는데 자신만 가만히 있는다는 건 위대한 드래곤으로서 체면이 서지 않았다. 그리고 이번 기회에 좀비들 부리는 놈을 확실히 잡아서 뽐내고 싶은 마음도 있었다. 이런 마음 때문인지 하늘을 날아가는 리켄의 속도가 점차 빨라져 갔다.

하늘을 마음대로 날아다닐 수 있는 비행 마법은 세이트란 대륙에 몇 없다는 마법사들도 제대로 시행하기 힘든 마법이었다. 인간이 터득할 수 있는 마법의 경지는 6서클이었다. 간혹 대마법사라는 거창한 칭호로 세상에 명성이 자자한 마법사도 있지만 그들 역시 7서클을 넘어서지 못했으며 리켄처럼 빠른 속도로 비행 마법을 시행할 수도 없었다. 비행 마법은 4서클 마스터 마법사부터 사용할 수 있는 능력이었지만 그 지속 시간이 짧고 많은 마력을 필요로 하기 때문에 보통 5서클 마스터 마법사들이 주로 사용했다. 하지만 그들 역시 몇 분을 넘기지 못했다. 바로 드래곤과 인간의 차이였다.

"흐음."

리켄은 지상에서 대략 20여 미터 상공을 날고 있었다. 얼마든지 하늘 높은 곳에서 날아갈 수도 있지만 상대방이 눈치 채고 도망칠지 모르는 일이기에 조심하려는 행동이었다.

"호오~"

조금씩 리켄의 얼굴에 놀라움이 번지기 시작했다. 이스가 가리킨 방향으로 가까이 다가갈수록 이상한 기운이 느껴져서였다. 좀비들에게서 느껴지는 사악한 기운과 비슷한 것 같기도 했지만 어찌 보면 완전히 다른 것 같은 이상한 느낌이었다. 무겁고, 사악하면서도 밝은 듯한 묘한 기운이었다.

"뭐, 뭐지, 이 묘한 느낌은?"

리켄의 얼굴에서 장난기가 완전히 사라졌다. 거리가 가까워질수록 느껴지는 묘한 느낌 때문이었다. 조금 전까지만 해도 대수롭지 않을 정도로밖에 느껴지지 않던 것이 이제는 신경이 바짝 곤두설 정도로 느껴졌다. 최고의 공격력을 자랑하는 리켄에게조차 결코 가볍게 느껴지지 않는 느낌이었다.

"뭔가가!!"

다시 조금의 시간이 흘렀을 때였다. 멀찌감치에서 느껴지던 묘한 기운이 확연할 정도로 피부에 와 닿았다. 이제는 어느 정도 위치까지 알 수 있을 정도였으며, 단 하나의 무언가에서 뿜어져 나오는 기운이란 것도 알 수 있었다. 리켄의 얼굴로 점차 긴장이 어리기 시작했다.

"흥."

낮은 콧방귀와 함께 리켄은 비행 고도와 속도를 조금씩 늦췄다. 느껴지는 기운이 예사롭지 않았기에 최대한 조심을 기하려는 행동이었다.

"부탁해요, 마법사님!"

"살려주세요!"

커다란 건물 모퉁이를 돌 때였다. 창문 밖으로 상황을 지켜보던 사람들 중 몇몇이 날아오는 리켄을 발견하고 환호성을 터뜨리며 손을 흔들었다. 하늘을 자유로이 날아다니는 리켄의 모습에 그를 마법사라고 생각한 것 같았다.

"젊은이, 젊은이만 믿겠네!"

"이 도시를 구해주세요!"

"부탁해요!"

리켄의 모습이 보이지 않을 때까지 사람들은 손을 흔들며 응원했다. 갑작스런 폭발과 그 뒤를 이은 좀비 떼의 습격. 항구 도시 미렐리아드에는 관광객들이 많이 찾고 높다란 건물들도 많았다. 사람들은 살려는 본능을 좇아 건물 위로 올라가 집기며 가구들로 좀비들의 습격을 막고 있었다. 하지만 좀비들의 힘은 보통 사람들보다 훨씬 강하고 집요했다. 하지만 어느 순간 거리를 가득 메우고 있던 좀비들이 순식간에 사라졌으며 뒤이어 기어나오는 좀비들 역시 얼마 가지 못하고 없어져 버렸다. 사람들은 잠시 어리둥절한 표정으로 상황이 어떻게 돌아가는지 둘러보았고, 오래지 않아 몇 명의 인물들을 발견할 수 있었다.

고작 네 명의 인물들이 사람들의 눈에 들어왔다. 이스와 에이프릴, 그리고 이클립스와 리켄이 바로 그들이었다. 이스 일행을 발견한 사람들은 그들을 대단한 마법사라고 생각했다. 하늘 높은 곳에서 작은 꼬마 아이와 함께 대지를 향해 손을 뻗고 있는 노인과 좀비들이 쏟아져 나오는 구덩이 속으로 목숨(?)을 걸고 돌진하는 검은 머리의 청년, 그리고 하늘을 유유히 날아다니는 리켄. 사람들은 이 네 명의 인물들이 자신들을 위해 좀비들과 사투를 벌이고 있는 것이라 생각해 어떤 이는 환호를 터뜨렸고, 어떤 이는 검을 들고 건물 내부에 침투해 있는 좀비들을 상대했다. 이스 일행들의 모습에서 용기를 얻은 것이다.

"까아아악!"

"까아아악, 너무 잘생겼어요! 사랑해요, 마법사님!"

리켄이 거리를 날아갈 때마다 여기저기서 환호성이 터져 나왔다. 남자들이 건투를 비는 데 반해 소녀들이나 처녀들은 리켄의 외모에 비명을 터뜨리며 얼굴을 붉혔다. 바람에 날리는 붉은 머릿결, 심각한 표정으로 미간을 찡그린 모습과 우수에 젖은 눈동자가 영웅의 모습처럼 비춰졌기 때문인 것 같았다. 리켄에게선 보기 드문 모습이었다.

"으이구, 시끄러. 머리 복잡해 죽겠는데 소리 지르고 난리야. 내가 어쩌다 저 하찮은 것들 때문에… 으이구, 드래곤 가문에 망신살이 뻗첬지."

투덜거리긴 했지만 리켄은 창문에서 손을 흔드는 여자들을 향해 찡 긋하고 한쪽 눈을 감아 보였다. 하지만 그것도 잠시, 높다란 건물 하나 를 지나치자 이상한 기운이 더욱 강렬하게 느껴졌다. 살갗이 따끔거릴 지경이었다.

"빌어먹을."

욕지거리가 절로 입 밖으로 튀어나왔다. 피부로 느껴지는 기운은 결 코 얕잡아볼 수준이 아니었다. 얕보기는커녕 오히려 위협적으로 느껴 질 정도였다. 지금까지 인간의 모습으로 세상을 돌아다니면서도 리켄 은 단 한 번도 위협을 느낀 적이 없었다. 또, 인간의 모습으로 다른 드 래곤들과 대적할 때도 마찬가지였다. 그런데 지금은 아니었다. 몸이 저절로 움츠러들 정도였다. 리켄은 조용히 방어 마법을 시행해 몸을 보호했다.

"제길."

최강의 생명체인 드래곤이 누구인지도 모르는 상대 때문에 방어 마 법을 펼쳐야 한다는 것이 기분 나쁜 모양인지 리켄의 얼굴은 점차 굳 어가고 있었다.

제15장 **위험한 싸움**

"크아아아~!"

리켄이 하늘을 유유히 날아가고 있을 때 이클립스는 혼신의 힘을 다해 좀비들을 헤치며 조금씩 앞으로 걸어가고 있었다. 그의 온몸이 마치 물속에 들어갔다 나온 것처럼 흠뻑 젖어 있었다. 땀이 아니었다. 마족이 어둠의 기운을 평균 이상으로 발휘할 때 보이는 수분 증가 현상으로 지금의 모습이 되어버린 것이며, 그 주된 원인은 그의 몸을 둥그렇게 둘러싸고 있는 검은 기운 때문에 꽤 힘의 소모가 극심해서였다.

"도대체……."

구덩이 속으로 들어온 지도 벌써 많은 시간이 흘러 있었다. 또, 그가 걸어온 거리만 해도 2천 미터가 족히 넘어 있었다. 그런데도 끝이 보이지 않았으며 좀비들 역시 마르지 않는 샘물처럼 끊임없이 달려들었다.

"뿌득."

이클립스의 하얀 이빨 사이로 섬뜩한 소리가 울려 퍼졌다. 전신이 흠뻑 젖을 만큼 힘을 소비하고 있었지만 절대 포기하지 않겠다는 오기가 생겼다. 무엇이든 시작이 있으면 끝이 있을 것이며 좀비들이 나오는 구덩이 역시 마찬가지일 것이다. 여기서 포기한다면 아무것도 알아낼 수 없을 뿐더러 자존심이 허락지 않았다.

"제기랄!"

한차례 욕지거리를 내뱉은 이클립스가 다시금 힘을 모아 전진하자 그의 주변을 둥그렇게 둘러싼 검은 기운이 몇 배나 커지며 위력을 더했다.

"하아, 하아!"

다시 오백여 미터를 전진했을 때였다. 아무리 마족 최강의 전사라 해도 한계는 있는 듯 이클립스의 입에서 거친 숨이 토해지기 시작하며 얼굴 역시 지쳐 보였다. 하지만 눈빛만큼은 매섭게 빛나고 있었다.

"엇!"

얼마쯤 걸었을까, 이클립스의 얼굴이 조금이지만 밝아졌다. 달려드는 좀비들의 숫자가 현저히 줄어들었기 때문이다.

"흐음, 거의 다 온 것 같군."

좀비들의 숫자가 줄어들었다는 건 그만큼 좀비들이 쏟아지는 근원지에 가까이 다가온 것이라 할 수 있었다. 이클립스는 잠시 걸음을 멈춘 후 몇 차례 숨을 골랐다. 지금 상태라도 천계 최고의 전사 수십여 명은 상대할 수 있었지만 보다 안정을 기하기 위해서였다.

"훗."

고작 몇 차례 숨을 고르며 잠시 쉰 것뿐인데도 그의 몸을 흠뻑 적시고 있던 물기들이 순식간에 말라 버리며 지쳐 보이던 얼굴도 안정을 되찾았다. 이클립스는 몸 상태가 좋아지자 다시금 전진했다.

꾸웨에엑!

조금 전까지만 해도 끊임없이 들리던 좀비들의 괴성이 현저하게 줄어들어 걸음을 옮기고 다시 십여 미터를 걸었을 때는 한 손으로 셀 수 있을 정도로 좀비들의 숫자가 줄어들어 있었다.

"호오~"

그리 오래지 않아 좀비들이 나오는 근원지가 이클립스 앞쪽으로 모습을 드러냈다. 벽처럼 앞을 가로막고 있는 검정색 막에서 좀비들이 하나둘 튀어나왔다. 이클립스는 천천히 검은 막 가까이 걸어갔다.

"뭐지?"

검은 막 가까이 다가간 이클립스는 그것을 향해 슬쩍 손을 내밀어 표면을 살며시 만져 보았다. 순간 이클립스의 눈초리가 가늘어졌다. 액체였다. 마치 벌꿀이나 잼을 만지는 것처럼 끈적거림이 느껴졌으며 손끝으로도 검은 이물질이 묻어 나왔다.

"이, 이게 도대체?"

손가락 끝에 묻어 있는 이물질을 바라보던 이클립스의 미간이 한껏 일그러졌다. 이물질로부터 이상한 기운이 느껴져서였다. 마족에게서 풍기는 어두운 느낌과 천족들에게서 풍기는 밝은 느낌, 이 두 가지가 혼합된 듯한 이상한 기운이었다. 밝은 기운보다 어둡고 사악한 기운이 더욱 강하게 느껴졌지만 이런 이상하고 묘한 기운은 이클립스로서도 처음 느끼는 기운이었다. 또한 어떻게 액체처럼 된 막에서 이런 이상한 기운이 흘러나오는 것인지 너무도 이상했다. 이런 것은 마계에서 태어나고 자란 이클립스조차도 들어본 적이 없었다.

"으음……."

가로막고 있는 검은 막 바로 앞에서 이클립스는 생각을 정리했다. 갑작스런 폭발과 뒤이은 좀비들의 습격, 그리고 나타난 이상한 장벽, 마족 최강의 전사인 자신에게조차 강렬하게 다가오는 이상한 느낌. 궁금함이 솟아오르는 한편 위험도 감지되고 있었다.

"훗."

이클립스는 곧 한쪽 입꼬리를 말아 올리며 비웃듯 낮은 웃음을 흘렸다. 아무리 오랫동안 생각해도 결론은 하나였다. 이스를 제외한 그 누구도 자신에게 위협적으로 다가올 것은 없을 것이다. 또한 마계와 천계, 그리고 드래곤 종족 이외에 비슷한 전투력을 가지고 있는 종족 역시 있을 수 없을 것이다.

"흐아아아!"

이클립스는 곧 커다랗게 기합을 터뜨리며 만약의 사태에 대비한 후 천천히 검은 막 속으로 걸음을 옮겼다.

구르륵, 구르륵.

파치지지지—

이클립스를 둘러싸고 있는 검은 기운이 막과 맞닿자 듣기 싫은 소리가 끊이지 않고 들려왔다. 마치 이클립스가 들어오는 것을 결사적으로 막는 듯한 느낌이었다. 하지만 이클립스는 아무런 저항 없이 검은 막 속으로 이내 자취를 감췄다.

"응?"

대략 열 걸음 정도 걸었을 때 앞이 환해지며 커다란 공동이 나타났다. 이클립스는 잠시 걸음을 멈추고 주변을 둘러보았다. 족히 5백여 미터가 넘을 것 같은 커다란 공간이었다. 천장은 둥그런 공을 반으로 쪼개 엎어놓은 것처럼 보였으며 바닥은 아무런 굴곡도 보이지 않는 평지

였다. 천장이며 바닥 모두가 검정색으로 이루어져 있었지만 엷은 푸른
빛이 사방에서 뿜어지고 있어 사물을 판별하는 데에는 어려움이 없었
다.

"호오~"

무감정한 표정으로 주변을 둘러보던 이클립스의 시선에 뭔가가 들
어왔다. 대략 2백 보 정도의 거리였다. 모든 곳이 평지인 반면 이클립
스가 바라보는 곳으론 뭔가가 볼록 솟아 있었다. 그곳으로부터 지독한
기운이 느껴졌다.

저벅저벅.

의도적으로 발자국 소리를 크게 하며 이클립스가 천천히 걸음을 옮
겼지만 앞에 보이는 볼록한 무언가는 조금의 움직임도 보이지 않았
다.

"놀랍군."

대략 백 보 정도 거리를 둔 채 이클립스가 자리에서 멈추며 상대를
노려보았다. 뒷모습이 바위나 나무 같았지만 가까운 거리에서 보니 나
무나 바위가 아니라는 걸 알 수 있었다. 짙은 흑갈색 로브를 입고서 누
군가가 쭈그려 앉아 있는 뒷모습이었다.

"인간인가?"

그냥 잡아버릴까 생각하던 이클립스였지만 조금 더 말을 시켜 상
대를 정확히 파악하는 게 먼저일 것 같았다. 어느새 이클립스의 모습
은 평소처럼 돌아가 있었다. 조금 전까지 핏빛으로 빛나던 눈도, 몸
을 둘러싸고 있던 검은 기운도 모두 사라져 있었다. 하지만 만반의
태세로 준비하고 있었다. 다만 그것을 몸 밖으로 드러내지 않고 있을
뿐.

"좀비들을 부리는 것이 네놈인가?"

이클립스의 두 번째 말에 로브가 살짝 옆으로 돌려졌다. 보이는 것은 입밖에 없었지만 인간이라는 것을, 그것도 남자라는 것을 알 수 있는 데에는 충분했다. 코밑과 턱에 듬성듬성 자라난 짧은 수염이 보였기 때문이다.

"큭."

이클립스의 미간이 좁혀졌다. 그저 살짝 고개를 돌렸을 뿐 로브의 사내가 다시 아무런 말 없이 원래대로 고개를 돌려서였다. 마계 서열 2위이자 마족 최강 전사의 말을 무시한 것이다.

"이놈이!!"

이클립스의 두 눈에 다시금 핏빛이 번지기 시작했다. 생각 같아선 목부터 뽑아버리고 싶었지만 마족의 절대적인 약속이 있던 터라 그렇게 할 수도 없었다. 하지만 이클립스는 팔과 다리를 모두 잘라 버리리라 다짐하며 천천히 로브의 사내를 향해 걸음을 옮겼다. 하지만 이클립스의 움직임은 이내 멈춰졌다.

"크크크."

로브의 사내에게서 음산한 웃음소리가 흘러나왔다. 그 순간 사내의 몸 주위에 검은 기운들이 느린 속도로 소용돌이치며 모여들었다.

"호오, 제법인걸?"

터지려는 분노를 억눌러 참으며 이클립스가 비릿한 미소를 머금었다. 상대에게서 느껴지는 기운은 분명 인간이라고 하기엔 터무니없을 정도로 강했다. 하지만 이클립스에게는 턱없이 모자랐다. 그러나 이클립스는 상대가 자신을 얕잡아보도록 가만히 지켜보고 있었다.

"크크크, 마족 나부랭이인가?"

"훗, 제법이로군."

음산한 웃음을 흘리며 로브의 사내가 느린 움직임으로 자리에서 일어나 천천히 이클립스를 향해 돌아섰다. 175㎝ 정도 되는 키에 전체적으로 마른 체구의 사내였다. 또한 로브를 깊이 눌러써 입밖에 보이지 않는 모습이었다.

"크크크, 이상하군. 어째서 마족 따위가 이곳에 나타난 거지? 그것도 제법 거물인 것 같은데 말이야. 마계 서열 2천위 정도 안에 드는 놈인가?"

로브의 사내는 이클립스가 마족이란 것을 단번에 알아보았다. 또한 마족이란 것을 알고도 태연한 목소리였다. 이클립스가 제법 놀랐다는 눈빛으로 대답했다.

"후훗, 그것보다는 조금 높다면?"

"웃기는 놈이로군. 크크크."

이클립스의 웃음에도 사내의 한쪽 입꼬리가 묘하게 올라갔다. 이클립스가 힘을 숨기고 있단 사실을 모르는 모양이었다. 조금 더 거리를 좁혀 대략 50보 정도까지 다가선 이클립스가 입을 열었다.

"네놈이 쿠르디르드 제국 수도에서 대신관의 목걸이를 훔친 놈인가?"

"크크크, 그렇다면?"

비웃는 사내의 웃음에도 이클립스는 최대한 분노를 억누르며 조금 더 가까이 다가섰다. 백 퍼센트 확실한 건 아니었지만 로브의 사내나 그 일행들이 대신관의 목걸이를 훔쳐 간 것 같다는 느낌이 들었다. 하지만 아직까지 정확한 것은 아니었기에 사내에게서 조금 더 정보를 얻어야 했다.

“파괴신을 부활시킬 생각인가? 고작 그 실력으로?”

“크크크, 정말 가소롭게 노는 마족이로군. 그렇다면 어쩌겠나? 고작 너 정도 마족 따위가 감히 우리들의 일을 어떻게 할 수 있다고 생각하는가 본데, 네놈 말을 고스란히 돌려주지. 고작 그 따위 실력으로 나를 상대할 수 있을 것 같은가?”

이클립스의 얼굴이 꿈틀거렸다. 사내에게서 정보를 유도하기 위해 의도적으로 힘을 숨기고 있는 이클립스였다. 그런데 사내의 말이 점점 이클립스의 신경을 건드렸다. 하지만 이클립스는 이내 평정심을 되찾았다.

“좋아. 그래, 파괴신을 부활시켜서 어쩌겠다는 것인지 모르겠군. 인간이 아무리 강해도, 아니, 그 무엇도 파괴신을 상대할 자는 없다. 설마 아무것도 모르고 일을 벌이는 것인가? 그런 것인가?”

정말로 파괴신을 부활시키려는 것인지, 아니면 다른 의도로 대신관의 목걸이를 훔친 것인지, 그것부터 확인할 필요가 있었기에 이클립스는 부드러운 목소리로 로브 사내의 대답을 유도했다. 그러나 사내는 곧 커다란 웃음을 터뜨렸다.

“크카카! 정말 웃기는 마족이로구나. 내가 언제 파괴신을 부활시킨다고 했었나? 대신관의 목걸이를 가져왔다고 말한 기억은 없는데 말이야. 크크크. 어리석은 마족이여, 그 따위 가소로운 유도 심문에 걸릴 이 몸이 아니시다. 까불지 말고 어서 썩 꺼지거라. 이 몸이 지금은 조금 바쁘니 목숨만은 보전해 주겠다.”

“큭!!”

애써 평온함을 유지하던 이클립스가 결국 참지 못하고 하얀 이빨을 드러내며 사내를 노려보았다. 상대는 이미 이클립스가 의도적으로 정보를 유도하고 있다는 걸 알고 있었다. 그렇다면 대화로써 정보를 얻는다는 건 더 이상 불가능했다. 이제 힘으로써 사내를 제압해 일행들에게 데리고 가야 할 일만 남아 있었기에 굳이 참을 필요도 없었다.

"네놈의 두 팔과 다리를 잘라서 가지고 가야겠다. 크크크, 천하에 이 이클립스를 비웃는 인간이 있을 줄이야."

이클립스의 얼굴이 점차 무서워지고 있었다. 두 눈은 핏빛으로 물들고 불 같은 검은 기운이 그의 몸 주위에서 타는 것처럼 이글거렸다. 더 이상 힘을 숨길 필요가 없기에 이클립스는 자신의 모든 힘을 사내에게 보여주려 했다.

"흐흐흐."

쿠쿠쿠쿠—

낮은 웃음과 함께 이클립스에게서 지독한 기운이 사방으로 흘러 나갔다. 순간 커다란 반구형 공간 전체가 큰 지진이 일어난 것처럼 심하게 흔들렸다.

"어엇?!"

깊이 눌러쓴 로브 아래로 보이는 사내의 입이 커다랗게 벌려졌다. 상당히 놀란 듯한 모습이었다. 이클립스가 제법 서열이 높은 마족이라고 생각했던 로브의 사내였지만 지금 느껴지는 기운은 자신이 살아오며 단 한 번도 느껴보지 못한, 끔찍할 정도의 기운이었다.

"네, 네놈은 누구냐?!"

외침에 가까운 사내의 물음. 이 짧은 외침에서 이클립스는 사내가 잔뜩 긴장하고 있다는 걸 알 수 있었다. 커다랗게 외치는 사내의 목소리가 상당히 떨렸기 때문에 누구라도 알 수 있을 정도였다. 이클립스가 하얀 이빨을 드러내며 중얼거리듯 대답했다.

"크크크, 벌레 같은 쓰레기 놈에게 위대한 마족의 이름을 알려줘 봤자 쓸데없는 짓. 크크크. 네놈의 그 입만큼이나 실력도 봐줄 만한지 궁금하군."

파치지지—

말을 마치며 이클립스가 한 손을 천천히 어깨 높이까지 들어 올렸다. 그러자 그의 손을 중심으로 작은 공만한 검은 기운이 둥그렇게 생성됐고, 그것을 중심으로 푸른 뇌전이 강렬하게 번뜩였다.

"어디 실력 좀 감상해 볼까?"

손을 감싸고 있는 검은 기운을 한차례 바라본 이클립스가 슬쩍 팔을 흔들었다. 그러자 그의 손에서 작고 둥그런 검은 기운이 눈부신 속도로 로브의 사내를 향해 쏘아졌다. 공기를 가르는 소리도 없었지만 무서운 속도였다.

"치잇!"

피할 수 없다고 생각했는지 로브의 사내는 한쪽 팔을 들어 이클립스가 쏘아 보낸 검은 기운을 막았다.

콰쾅!

검은 기운과 사내의 팔이 맞닿았고, 이내 지축을 울리는 커다란 굉음이 터져 나왔다. 어린아이 주먹보다 조금 커 보이는 작은 기운이었지만 그 위력만큼은 엄청났다. 사내가 있던 바닥이 크게 파일 정도였다.

"호오, 제법인걸?"

시커먼 연기가 사라질 무렵 상대를 확인한 이클립스가 어깨를 으쓱하며 놀라는 시늉을 해 보였다.

"끄으으… 끄으으으……."

사내는 공중에 둥실 떠 있었다. 깊이 눌러쓴 로브 밑으로 하얀 이빨이 아랫입술을 터질 것처럼 문 채 연신 커다란 신음을 토하고 있었다. 사내의 오른쪽 팔이 어깨부터 보이지 않았다. 이클립스의 검은 기운을 막으려다 결국 오른쪽 팔을 잃은 모양이었다.

"크크크, 고작 그 정도 가지고 뭘 그렇게 호들갑을 떠는지 모르겠군. 아직 시작도 하지 않은 것을 말이야."

대략 오십 보 정도 떨어진 사내를 향해 이클립스가 잔인한 미소를 머금으며 천천히 걸음을 옮겼다. 사실 마음만 먹었다면 얼마든지 로브의 사내를 죽일 수 있던 이클립스였다. 또, 조금 전 쏘아 보낸 검은 기운 역시 상당한 위력을 포함하고 있었다. 하지만 이클립스는 사내의 오른쪽 팔 하나만을 취한 후 그것을 없애 버렸다. 그렇지 않았다면 사내는 이미 이 세상 사람이 아니었을 것이다.

"끄으으, 이 빌어먹을 마족 놈이!!"

"크크크, 아직 입은 살아 있군 그래."

"끄으으……."

지독한 고통 때문인지 로브로 가려지지 않은 사내의 얼굴 여기저기에 굵은 심줄이 흉측하게 튀어나왔다. 마족에게 당해 상처를 입으면 검이나 다른 것으로 당했을 때보다 더욱 지독한 고통이 뒤따른다. 또한 상처의 치유 역시 상당한 시간을 필요로 한다. 상처를 치유하기에 앞서 우선적으로 마족 특유의 기운을 없애야 치유가 되기 때문이다.

"끄으아악! 끄으, 내 팔, 내 팔……."

이클립스에게 당한 팔에 점차 고통이 심해지자, 로브의 사내는 몸까지 부들부들 떨어가며 고통스러워했다. 이클립스가 이빨을 번뜩이며 입을 열었다.

"엄살을 피우려면 조금 후에 하는 것이 좋을 것이야. 아직 나머지 한쪽 팔과 두 다리가 남아 있으니까. 크크크."

무섭고 음산한 웃음소리를 시작으로 이클립스의 어두운 기운이 더욱 위력을 더해갔다. 순간 연신 신음을 흘리던 로브의 사내에게서 헛바람 들이키는 소리가 들려왔다. 이클립스의 어마어마한 모습에 고통조차 잊은 것 같았다.

"이런."

이빨을 갈며 로브의 사내가 아쉬운 듯 주변을 슬쩍 둘러보았다. 뭔가 결심하려는 것 같은 행동이었다. 그리고 잠시 후, 사내에게서 낮은 웃음이 흘러나왔다.

"크크크, 더러운 마족 놈이 힘 좀 쓴다고 잘도 나불거리는군."

"응?"

한쪽 팔을 완전히 잃어버리고도 웃음을 터뜨리는 사내의 모습에 이클립스가 미간을 좁히며 빠르게 주변을 둘러보았다. 완벽한 힘의 차이를 보이고 있는 데도 자신있다는 사내의 웃음이 이상해서였다. 하지만 주변 어디에서도 함정이나 이상한 낌새는 보이지 않았다. 이클립스는 곧 사내에게 고개를 흔들며 입을 열었다.

"어이, 미치지 말라고. 네놈이 미치면 내가 곤란하거든."

가끔 자신이 모든 힘을 보여줬을 때 정신이 이상해졌던 인간들이 생각났다. 공포와 두려움이 한계를 넘어서면 가끔 보이는 인간들의 모습이었다.

"아쉽지만 어쩔 수 없지."

입맛을 다시며 이클립스는 원래의 모습으로 돌아가 천천히 사내를 향해 걸음을 옮겼다. 두 팔과 두 다리를 잘라 버린 후 일행들에게 데려 갈 생각이었지만 이대로 계속했다가 사내가 완전히 미쳐 버리면 곤란 했다. 대신관의 목걸이에 대한 행방과 이상한 기운, 그리고 인간이라 고는 믿을 수 없을 정도의 힘에 대해 물어봐야 했다.

"크크크, 이곳이라면 더러운 마족 놈의 무덤으로 어울리는 곳이지. 잘 들어라, 마족 놈아. 이곳이 네놈의 무덤이 될 것이다. 이 몸께서 직 접 내리시는 선물이니라. 크크크. 그럼 잘 가거라, 더러운 마족 놈아."

"엇?"

이클립스가 십여 보 정도 다가왔을 때 로브의 사내가 즐거운 듯 중 얼거리더니 순식간에 자취를 감춰 버렸다. 워프였다.

"이, 이런. 어떻게 인간이 워프를?"

인간이 워프를 했다는 사실이 믿기지 않는지 이클립스는 멍한 표정 으로 주변을 두리번거렸다. 하지만 어디에서도 사라진 사내의 기운은 느껴지지 않았다. 워프는 8서클에 해당하는 마법으로 무서운 정신력과 마법력을 필요로 했다. 또한 시행하는 중에 조금이라도 집중력이 흐트 러지거나 마법력의 안배가 불균형을 이룬다면 워프를 시행한 자는 영 원히 세상에 모습을 드러내지 못하는, 무서운 위험이 따르는 마법이었 다. 하지만 로브의 사내가 했던 것은 군더더기없는 완벽한 워프였다. 상대를 앞에 두고, 그것도 지독한 고통 속에서 말을 끝마침과 동시에 워프했다는 것은 웬만한 정신력이 아니고선 할 수 없는 일이었다.

"후훗, 한 방 먹었군."

사내의 행동에 화를 참지 못하고 팔다리를 잘라 버리기 위해 시간을 끈 것이 결국 이런 결과를 가져왔다. 하지만 후회했을 땐 이미 상대가 모습을 감춰 버린 후였다. 아쉬웠지만 다음 기회를 노릴 수밖에 없었다.

"훗, 후후후, 인간들이란……."

아쉬움을 달래며 이클립스는 천천히 몸을 돌렸다. 그런 그의 얼굴로 비릿한 미소가 피어올랐다. 도망치면서 이곳이 자신의 무덤이 될 것이라고 말한 사내의 재미있는 말 때문이었다. 한쪽 팔을 잃고, 거기에 도망까지 치면서 그런 말을 내뱉은 것에 이클립스로선 절로 웃음이 터질 지경이었다.

"응?"

몇 걸음 걷던 이클립스가 돌연 미간을 찡그리며 하늘을 향해 고개를 들었다. 반구형으로 볼록 솟은 천장이 살아 움직이는 것처럼 꿈틀거리고 있었다.

"뭐지? 응?"

천장이 꿈틀거리고 다시 조금의 시간이 흐르자 이번에는 바닥까지 움직였다. 이클립스는 다시 한 번 주변을 주의 깊게 관찰했다. 이런 이상한 곳이 있다는 것, 그리고 지금 보이는 움직임 모두가 그로서는 처음 보는 것이다.

파치지지―

"엇!"

천장 부근에서 돌연 굵은 뇌전들이 나타나 소름 끼치는 소리를 터뜨리며 춤을 추듯 꿈틀거렸다. 뇌전 하나의 크기가 이클립스의 몸통보다 굵어 보였으며 점차 바닥으로 번지고 있었다. 그러나 이클립스는 잠시 당황했을 뿐 곧 침착함을 되찾았다. 뇌전들이 굵고 강해 보였으며 셀 수 없을 정도로 많은 숫자였지만 이클립스를 어떻게 할 수 있는 것은 아니었다. 이클립스는 비릿한 미소를 머금으며 허공으로 몸을 띄웠다. 바닥이 너무 심하게 움직여 걷기가 불편해서였다. 바로 그때였다.

쿠쿠쿠!

"아니?"

천장과 바닥이 굉음과 함께 움직이며 이클립스를 향해 거리를 좁혀 왔다. 로브의 사내가 말한 무덤이란 것이 바로 이것을 두고 한 말인 것 같았다.

"이, 이런!!"

점차 거리가 좁혀지며 느껴지는 기운 역시 강해졌다. 뇌전들은 더욱 무섭게 요동 쳤으며 굵기 역시 빠른 속도로 굵어졌다. 이클립스조차 위협을 느낄 정도였다.

"흥, 어쩔 수 없군. 워프하는 수밖에."

피부로 와 닿는 지독하고 강렬한 느낌에 이클립스는 워프를 선택했 다. 생각 같아선 모든 걸 부숴 버리고 지상으로 올라가고 싶었지만 그 렇게 한다면 지상에 있는 건물들이 상당수 무너질 염려가 있었고, 분명 사람 역시 죽을 것이었다. 자존심이 상하긴 했지만 마족의 절대적인 약속을 어길 순 없기에 다른 방법이 없었다. 이클립스는 이내 워프를 시행했다.

"응?"

조용히 워프 주문을 중얼거리던 이클립스가 깜짝 놀란 표정으로 두 손을 바라보았다. 이상했다. 언제나 하는 워프였고, 조금 전 역시 한 치의 오차 없는 워프 주문이었다. 그런데 워프가 통하지 않았다. 몸속 에 흐르는 어두운 기운과 마력은 여전했으나 주문이 도통 먹히지 않는 것이다. 이클립스는 곧 정신을 차리고 재차 워프를 시행했다. 하지만 몇 번을 해도 결과는 마찬가지였다.

"이, 이게 도대체 어떻게 된……? 그렇다면…….”

워프가 되지 않자 이클립스는 마족 중 마왕과 자신만이 할 수 있는 '위치 이동'을 시행했다. 우선 마계로 갔다가 다시 이 공간으로 돌아올 생각이었다. 하지만 위치 이동 역시 워프와 마찬가지의 결과를 가져왔다.

"서, 설마?!”

어느새 백여 보 가까이 다가와 있는 천장과 바닥 때문에 이런 믿을 수 없는 일이 벌어진다고밖에 달리 설명이 되지 않았다. 하지만 어떻게 저런 것 따위가 자신의 워프와 위치 이동을 막을 수 있는지 도무지 이해가 가지 않았다.

"이곳이 네놈의 무덤이 될 것이다.”

"이놈이!!”

로브를 깊숙이 눌러쓴 사내가 했던 마지막 말이 떠오르자 이클립스의 두 눈이 핏빛으로 물들었다. 지금쯤 어딘가에서 비아냥거리고 있을 사내를 생각하자 가슴에 터질 것 같은 분노가 솟아올랐다.

"빌어먹을!!”

분노에 휩싸였던 이클립스였지만 이내 원래의 모습으로 돌아왔다. 지금은 분노를 터뜨리고 있을 시간이 없었다. 어떻게든 방법을 찾아 이곳을 벗어나는 것이 먼저였다.

"어찌한다?”

냉정하게 주위를 살펴봐도 좋은 방법이 떠오르지 않았다. 워프와 위치 이동은 듣지도 않았으며 이곳을 뚫고 나간다면 대지가 흔들릴 것이고, 그렇게 된다면 건물이 무너지고 사람들이 죽을 것이다.

"이런 빌어먹을!!"

나오는 것은 욕밖에 없었다. 아무리 생각해도 방법이 떠오르지 않았다. 지금으로선 리켄이나 이스의 도움을 기다리는 수밖에 없을 것 같았다.

파치치치—

이클립스의 몸통보다 두 배는 커다란 뇌전들이 어느새 십여 걸음 앞에서 뱀처럼 꿈틀거리며 다가오고 있었다.

*　　　　*　　　　*

"저놈이군."

이클립스가 로브의 사내를 발견한 것처럼 리켄 역시 이상한 기운이 느껴지는 자를 찾을 수 있었다. 높다란 건물의 열려진 창문에 엉덩이를 걸치고 있는 사람이었다. 리켄은 몸을 숨기고 접근하려던 계획을 바꿔 곧장 날아갔다. 상대가 인간의 모습이었기에 위험은 없을 것이라 생각했다.

"엇, 여자?"

거리가 좁혀지고 상대의 모습이 한눈에 들어오자 리켄은 깜짝 놀라며 자리에서 멈춰 섰다. 이상한 기운이 느껴지는 인물은 분명 리켄이 바라보는 여자였다. 허리 아래까지 내려오는 기다란 금발에 적색이 감도는 검정색 원피스 차림이었다. 얼굴로 가면 무도회에서나 볼 수 있을 법한 화려한 가면이 둘러져 있어 확실한 얼굴의 모습은 볼

수 없었지만 굴곡이 완연한 자극적인 몸매는 누가 보더라도 여자임이
분명했다. 여자는 창문가에 앉아 한 손을 지상으로 뻗은 채 입을 들
썩이고 있었다. 좀비들을 부리거나, 아니면 다른 뭔가를 하는 것 같
았다.

"어떻게 저런 인간 여자가?"

리켄의 얼굴로 놀라움이 스쳐 지나갔다. 드래곤인 자신조차 위협을
느낄 것 같은 지독하고 이상한 기운의 진원지가 호리호리한 인간일 줄
은 꿈에도 몰랐다는 표정이었다. 분명 다른 드래곤이 인간의 모습으로
변한 것은 아니었으며, 그렇다고 마계나 천계의 인물도 아니었다. 그
들에게선 창문가에 앉아 있는 여자와 같이 이상한 기운은 절대 느껴질
수 없기에 더욱 어리둥절한 리켄이었다.

"어머?"

리켄이 삼십 보 정도 가까이 다가갔을 때 여자가 흠칫 놀라는 목소
리로 고개를 돌렸다. 가느다란 목소리 역시 여자의 그것이었다.

"당신, 드래곤인 것 같은데 맞나요?"

"제법인걸?"

"어머, 세상에. 드래곤을 이렇게 직접 보게 될 줄은 몰랐어요. 인간
의 모습을 하고 있는 드래곤을 만나다니, 이거 정말 놀라운걸요?"

놀랐다고 말하면서도 여자는 어깨를 한 번 들썩였을 뿐 이내 태평한
모습으로 미소까지 머금고 있었다. 의도적으로 태연을 가장한 것은 아
니다. 너무도 침착하고 조용한 모습의 여자는 오히려 리켄을 유혹하듯
혀를 내밀어 윗입술을 한차례 핥는 여유까지 보이고 있었다. 리켄이
오히려 할 말이 없다는 표정으로 멍하게 여자를 바라보았다.

"어머!"

리켄에게서 잠시 말이 없을 때였다. 여자가 순간 깜짝 놀란 표정으로 고개를 내렸다. 구덩이에서 쏟아진 좀비들이 이스에 의해 순식간에 없어진 것 때문이었다.

"어, 어떻게 이, 이런 어이없는 일이……."

이번엔 사뭇 놀란 듯 가면에 뚫려 있는 곳으로 보이는 여자의 두 눈동자가 심하게 흔들렸다. 하지만 그것은 오래지 않아 사라졌다. 여자는 천천히 고개를 들어 리켄의 뒤편 허공을 바라보았다. 아주 먼 거리였지만 이스의 모습이 보이고 있었다. 여자의 눈이 가늘어졌다. 리켄이 침묵을 깨고 입을 열었다.

"야, 인간아. 네가 도시를 이렇게 만들었냐? 앙?"

"대단하군요. 저 사람, 아니, 저곳에 떠 있는 분이 혹시 드래곤 로드라는 분이신가요? 제 생각에는 그럴 것 같은데?"

리켄의 물음에 이스를 바라보던 여자가 시선을 내리며 반문했다. 리켄의 미간과 어깨가 순간 움찔했다. 자신의 질문을 다른 질문으로 대답하는 여자의 태도가 마음에 들지 않아서였다. 그러나 리켄은 성질을 꾹 눌러 참으며 말을 이었다.

"드래곤 로드하고는 차원이 다르지. 그것보다 인간아, 내가 먼저 물어봤을 텐데? 이 도시를 네가 이렇게 한 건가? 그리고 또 하나, 네놈들이 쿠르디르드 제국 수도에서 대신관의 목걸이를 훔쳤나? 앙?"

이클립스처럼 리켄 역시 정보를 위해서 성질까지 참고 있었다. 이클립스가 허탕을 친다면 자신이라도 알아야 했기 때문이다. 또, 많은 정보를 알아내야 파괴신을 부활시키려는 계획을 막을 수 있기에 나름대로 부드럽게 여자를 대하고 있었다.

"호호호!"

리켄의 질문에 여자는 간드러지는 웃음을 터뜨리며 말을 이었다.

"세상에, 드래곤들은 뭐든지 다 알고 있다고 들었는데 아닌가 보지요?"

"이, 이년이! 바른대로 대답하지 못해?!"

여자가 두 번이나 대답을 회피하자 드디어 리켄의 눈에서 불꽃이 번뜩였다. 지독한 살기가 사방으로 뻗어 나갔으며 무서운 기운이 리켄의 주변으로 폭풍처럼 모여들었다. 심장이 약한 사람이라면 보는 것만으로도 기절할 것 같은 무서운 모습이었다. 그러나 여자는 태연하게 웃음을 터뜨렸다.

"어머어머, 무섭기도 하여라. 호호호."

"이, 이게!"

더 이상 참지 못하고 리켄이 여자를 향해 손을 뻗었다. 그러자 그의 손에서 순식간에 커다란 불덩이가 생성됐다.

"익!!"

그러나 리켄은 불덩이를 날리지 못했다. 터질 것 같은 분노가 머리 끝까지 솟아올랐지만 이것을 쏘아 보낸다면 여자는 분명 재조차 남지 않고 죽어버릴 것이다. 아직 물어봐야 할 것이 많았기에 어쩔 수 없이 리켄은 손끝에 생성된 커다란 불덩어리를 없애 버린 후 여자를 향해 주문을 외웠다.

"루디라 수리프스 나이르."

인간 마법사들이 흔히 상대를 잠재울 때 사용하는 마법과 똑같은 능력을 발휘하는 드래곤들의 마법이었다. 하지만 그 위력은 인간들의 것보다 수십, 수백 배 이상 차이가 났다. 지금 리켄에게서 흘러나오는 마법은 3천 년 이하의 드래곤들조차 일순간 깊은 잠에 빠지게 할 수 있는 위력이었다.

"억?"

"호호호!"

그러나 여자는 잠은커녕 오히려 더욱 커다랗게 웃음을 터뜨렸다. 리켄의 두 눈이 찢어질 것처럼 커다랗게 변했다. 같은 드래곤조차 잠에 빠지게 할 수 있는 위력적인 마법을 여자는 가볍게 물리친 것이다. 아니, 물리쳤다기보다 리켄의 마법이 여자에게 닿자 일순간에 사라진 느낌이었다.

"어, 어떻게?"

"호호호, 놀라는 모습이 무척 귀엽군요, 드래곤님. 그런데 어쩌죠? 저에게 그런 정신계 마법은 동하지 않는답니다."

"어, 어떻게 인간 따위가!"

리켄은 좀처럼 정신을 차리지 못했다. 여자에게서 느껴지는 기운은 분명 인간이라고 생각하기 힘들 정도로 예사롭지 않았으며 그로서도 처음 느껴보는 이상한 기운이었다. 하지만 리켄과는 상당한 차이가 있었다. 비록 본체가 아닌 인간의 모습이긴 하지만 상대를 잠재울 수 있는 마법은 본체에서나 지금이나 같은 위력이었다. 그런데도 여자에게는 먹히지 않았다. 어떻게 인간이 드래곤의 마법을 무용지물로 만들 수 있는지, 리켄은 지금까지의 일들이 마치 꿈처럼 느껴졌다.

"어머어머, 우리 귀여운 드래곤님께서 충격받으셨나 보군요? 어쩌겠어요, 세상엔 믿을 수 없는 일들이 자주 일어나니 그런가 보다 하며 살아야죠. 호호호."

"큭!!"

여자의 가소롭다는 듯한 목소리에 리켄은 생포하려던 것을 포기했다. 저런 여자 하나쯤 죽여도 대신관의 목걸이는 다른 곳에서 찾으면 그만이라고 생각해 버린 리켄이 곧바로 괴성을 터뜨렸다.

"크아아아! 이런 젠장, 감히 나를 비웃는다? 그래, 좋다. 그렇게 나왔다 이 말이지?! 그럼 어디 이거 하나 받아봐라!"

정신계 마법이 통하지 않는다면 물리적인 것은 통한단 말이었다. 리켄은 괴성을 터뜨리며 모든 힘을 두 손에 모았다. 순간 집채만한 커다란 불덩어리 두 개가 리켄의 양 옆에 하나씩 생성되며 무섭게 타올랐다. 근처 건물 외벽이 불덩어리의 화력 앞에 주르륵 녹아 내릴 정도였다.

"젠장, 욕 조금 먹고 말면 그만이지!"

생성된 두 개의 불덩어리 하나만으로도 주변 몇백여 미터가 초토화될 위력이었지만 리켄은 더 이상 참을 수 없었다. 뒤에 있을 이스의 추궁이 약간 걸리긴 했지만 어쩔 수 없었다고 변명하면 그만이라고 생각했다.

"어머어머, 어떻게 저처럼 연약한 여자에게 그런 험한 마법을 쓰려는 거지요? 호호호, 무서워서 저는 이만 가봐야겠군요."

맹렬하게 회전하는 두 불덩어리의 모습에 지금까지 계속 앉아 있던 여자가 천천히 자리에서 일어섰다. 지상에서 20여 미터나 떨어져 있는 허공이었지만 여자는 아무렇지도 않게 행동했다. 여자는 바닥으로 떨어지지 않고 허공에 둥실 떠 있었다. 마법을 능숙하게 다루는 마법사인 모양이었다.

"그럼 안녕히. 다음에 봐요, 귀여운 드래곤님."

허공에 선 자세로 여자가 리켄을 향해 손을 흔들며 작별을 고한 순간 그녀의 모습이 순간적으로 자취를 감춰 버렸다.

"엇! 저, 저건?"

폭발할 것처럼 얼굴을 붉히고 있던 리켄이 무표정한 얼굴로 중얼거렸다. 사라진 여자가 사용한 마법은 워프였고, 그것을 리켄이 모를 리없었다. 자신의 슬립 마법을 받아낸 여자이니 워프에 대한 조심을 했어야 했지만 이미 여자는 사라진 후였다.

"칫!"

아쉬운 듯 손가락을 한차례 퉁긴 리켄은 옆에서 불타오르는 두 개의 불덩어리들을 없애 버린 후 주변을 둘러보았다. 셀 수 없이 쏟아져 나오던 좀비들이 모습을 감췄다. 또한 쏟아져 나오는 좀비들의 근원지인 수백 개가 넘는 커다란 구덩이에서도 좀비의 모습은 더 이상 보이지 않았다. 리켄은 조금 전에 사라진 여자가 좀비들을 움직인 것이라고 생각했다. 그녀가 사라지자 좀비들 모두가 없어진 것이 그것을 반증하고 있었다.

"쳇, 싱겁게 끝나 버렸군."

말과 다르게 리켄의 눈동자는 궁금함으로 가득 차 있었다. 분명 사람이었지만 상상을 초월한 능력자였다. 드래곤의 슬립 마법이 통하지 않았으며 믿을 수 없을 만큼의 좀비들을 가볍게 부렸다. 어떻게 이런 일이 가능한 것인지, 아무리 머리를 쥐어짜도 해답이 나오지 않았다. 그리고 여자가 과연 대신관의 목걸이를 훔친 도둑인지, 만약 그렇다면 파괴신을 부활시킬 수 있는 열쇠를 가지고 있으면서 왜 이런 일을 벌인 것인지도 의문이었다.

"에구, 머리 아프다."

잠시 생각에 잠겼던 리켄은 이내 고개를 흔들며 생각을 지워 버렸다. 이런 골치 아픈 일들은 이클립스가 좋아하는 일이었기에 그를 만나 상의할 생각이었다.

"이 녀석은 들어간 지가 언젠데 아직도 안 나오는 거야?"

이클립스를 찾을 요량으로 리켄은 잠시 도시를 둘러보았다. 구덩이 속으로 들어간 것이 제법 시간이 흘렀으니 이제 나올 때가 됐다고 생각해서였다. 도시는 어느새 조용하게 돌아와 있었다. 제법 하늘이 어두워졌지만 무수히 많은 가로등이 밝은 빛을 뿜고 있어 거리는 대낮처럼 밝았다. 거리 여기저기 사람들의 시체가 처참하게 널브러져 있었다. 습격한 좀비들이 물어뜯은 모양인지 제대로 형체를 유지하고 있는 시체를 찾아보기 힘들 정도였다. 그나마 이스가 힘을 썼기에 이 정도였다. 그렇지 않았다면 거리는 시체들로 가득했을 것이다.

"우아아아!"

좀비들이 사라진 것을 확인한 사람들이 함성을 터뜨리며 건물 밖으로 쏟아져 나왔다. 건물 속까지 침투한 좀비들과 사투를 벌이던 기사들과 여행자들이 하나둘 검을 치켜들며 함성을 터뜨렸고, 그것이 일반 시민들에게 번져간 것이다.

"쳇! 에이구, 이놈들아. 죽은 놈들 생각 좀 해라. 쯧쯧, 죽은 놈들은 생각도 안 나나? 한심한 것들. 에구, 이놈은 땅속에다 살림 차렸나. 이스한테나 가야지."

한동안 이클립스를 기다리다 지친 리켄은 이내 몸을 돌려 이스를 향해 날아갔다. 아무래도 일은 완전히 틀어진 것 같았다. 도시 외곽을 마족의 정예들이 지키고 있다곤 하지만 상대가 워프를 사용한다면 그들은 허수아비나 마찬가지이다.

"으휴, 그나저나 이제부터 어찌하나."

저 멀리 있는 이스를 향해 비행 마법을 펼쳐 날아가는 리켄의 어깨가 처진 듯 보였다. 그나마 마족들이 나서서 여기까지 올 수 있었는데 결과는 더욱 알 수가 없게 돼버렸다. 이제는 이클립스가 뭔가 알아오기만을 기대할 수밖에 없었다.

"천계 놈들은 뭐 하고 있는 거야? 후딱 와서 목걸이나 가지고 갈 것이지."

리켄의 분풀이 상대가 어느새 천계로 넘어가고 있었다. 얼마 전에 그들이 보낸 메시지는 분명 천계 역시 이번 일에 관여하고 있다는 것을 알려주고 있었다. 하지만 천족들은 단 한 명도 보이지 않았다. 도시가 좀비들로 넘쳐 나고 사람들이 파리처럼 죽어 나가는 데도 그들은 전혀 관여하지 않았다.

"설마 천계 놈들이 이 일을 꾸민 건가?"

이스를 향해 날아가며 리켄은 혹시 천계가 이번 일에 개입되어 있는 건 아닌지 생각해 보았다. 하지만 마족들처럼 앞뒤가 꽉 막힌 천족들이 사악한 기운이 넘치는 자들과 함께한다는 것은 있을 수 없는 일이었다. 그렇다면 어째서 메시지를 보낸 것인지 그 이유가 무엇인지 궁금했다.

"으윽, 머리 아프다. 그만 생각하고 이스한테나 가자. 에구구."

여러 가지 이상한 것들과 의문점을 생각하던 리켄은 결국 혀를 내두르며 고개를 흔들었다. 이것 역시 모두와 함께 의논해 봐야 할 것 같았다.

"응?"

비행 마법으로 날아가던 리켄이 돌연 움직임을 멈추며 이상하다는 표정으로 주변을 둘러보았다. 대지가 순간적으로 들썩인 것 같아서였다.

"뭐가 또 있는 건가?"

대지에서 조금씩 강렬한 기운이 느껴지고 있었다. 리켄은 날카로운 눈초리로 주변을 빠르게 살펴보았다.

제16장 부상

쿠쿵!

다시 한 번 도시 중앙 부근이 울리는 소리와 함께 들썩였다. 이번엔 하늘에 떠 있는 리켄에게도 확연히 느껴지는 흔들림이었다. 리켄의 눈 초리가 더욱 가늘어졌다.

'뭔가가 있다.'

확실히 이상했다. 지진이라고 하기엔 이상한 점이 너무도 많았다. 마치 뭔가가 땅속에서 밖으로 튀어나오려는 것 같았다. 리켄은 신경을 곤두세운 채 조용히 주변을 지켜보았다. 그때였다.

파치치—

"엇?"

도시 저편에서 갑자기 굵은 뇌전 하나가 대지를 뚫고 하늘로 치솟아 오르며 무섭게 요동 치기 시작했다. 그리고 다시 조금의 시간이 흐르자 도시 이곳저곳에서 뇌전들이 솟아올랐다.

"이, 이게 뭐야, 도대체?"

리켄은 놀라움을 넘어서 경악에 가까운 표정으로 도시에 가득한 뇌전들을 바라보았다. 먹구름이 끼고 번개가 치는 것은 봤지만 아무런 이상 없이 갑작스레 대지에서 번개들이 솟는다는 건 들어보지도 못했다.

쿠쿵! 쿠쿠쿵!

리켄이 어리둥절한 표정으로 주변을 둘러보고 있을 때 다시금 커다란 울림이 대지에서 들려왔다. 땅이 갈라지기 시작했고 높다란 건물들이 모래성처럼 무너져 내렸다. 거리로 쏟아져 나와 환호성을 터뜨리던 사람들 대부분이 갈라진 땅속으로 떨어져 죽거나 무너지는 건물 더미에 깔려 죽었다.

"이건 지진 같은 게 아니야."

하얗게 드러낸 이빨을 무섭게 갈아대며 리켄이 살기 가득한 눈초리로 대지를 바라보았다. 분명 지진이 아니었다. 대지가 흔들리고 땅이 갈라지는 것은 지진과 분명 같았으나 뭔가가 불룩불룩 튀어나오는 것처럼 도시의 이곳저곳이 무너져 내린다는 것은 리켄으로서도 난생처음 보는 장면이었다.

"설마 그놈들?"

아까 전에 사라졌던 가면으로 얼굴을 가리고 있던 여자와 그 일당의 짓이라고밖에 달리 설명이 되지 않았다. 여자 또한 대단했지만 분명 다른 일당이 있을 것이라고 리켄은 생각했다. 그렇지 않고서야 이런 엄청난 일들이 동시다발적으로 나타날 순 없기 때문이었다. 또한 여자가 사라지며 좀비 떼들이 없어졌다. 그리고 난 후에 도시가 무너져 내리고 있었다. 이런 일들이 우연으로 일어나지는 않을 것이다.

쿠쿠쿠쿠—

"꺄아아악!"

"으아악!"

도시는 아비규환으로 변해 버렸다. 많은 관광객이 찾고 무역업이 발달한 도시답게 고층 건물들이 많아 좀비 떼들의 습격은 어느 정도 피할 수 있었지만 지금은 그 고층 건물들이 사람들의 생명을 위협하고 있었다. 쩍쩍 갈라지는 땅은 피해도 소나기처럼 떨어지는 건물들의 잔해들로 인해 사람들은 너무도 쉽게 죽어 나갔다. 불과 1분도 되지 않아 항구 도시 미렐리아드는 폐허로 변해 버렸다.

쿠느느드—

지상 위의 모든 건물들이 무너지고 조금의 시간이 흘렀을 때였다. 도시 중앙이 불룩하게 솟아오르기 시작했다.

"으억? 뭐야, 저건?"

땅이 갈라지며 둥그런 것이 모습을 드러냈다. 표면이 시커먼 그것은 둥그런 형태였으며, 주변에서 수많은 뇌전들이 무섭게 요동 치고 있었다.

"리켄 오빠."

"어? 에이프릴, 이스!"

리켄을 찾아왔는지 한쪽 팔에 에이프릴을 안고 있는 이스가 어느새 리켄의 뒤에 도착해 있었다.

"빨리 좀 올 것이죠. 이……."

이스의 모습에 반가운 얼굴로 다가가던 리켄의 움직임이 멈춰졌다. 무섭게 굳어 있는 이스의 표정에 말을 붙일 엄두가 나지 않았다. 리켄이 지금까지 보아왔던 이스의 얼굴 중에서 지금처럼 무섭게 느껴졌던 적은 단 한 번도 없었다. 입은 굳게 닫혀 있고 미간도 조금밖에 일그러지지 않았다. 하지만 기다란 수염이 부르르 떨리고, 눈으로 보는 것만으로도 소름이 끼칠 만큼 지독한 살기가 번들거리고 있는 이스의 모습이었다. 지금 보이는 모든 상황을 리켄과 대적하고 있던 여자와 그 일행들이 저지른 것으로 생각한 모양이었다. 생각 같아선 리켄이 여자와 마주했을 때 이스는 자신이 직접 나서 여자를 잡고 싶었지만 사람들을 위해 좀비들을 없애느라 그렇게 할 수 없었다. 또, 여자가 사라진 이후 대지 속에서 갑자기 느껴진 지독한 기운 때문에 잠시 바라보고 있느라 시간을 소비하고 있었다. 그리고 이스가 정신을 차려 사람들을 한 사람이라도 구하려 했을 때, 이미 살아 있는 사람은 단 한 명도 남아 있지 않은 상태였다.

"이, 이런 천인공노할……."

굳게 닫혀 있던 이스의 입에서 무거운 목소리가 흘러나왔다. 리켄에게도 확연히 들릴 정도로 이스의 목소리는 사뭇 떨리고 있었으며 무서운 분노까지 느껴질 정도였다.

"으음."

도저히 더는 보지 못하겠다는 듯 이스는 결국 무겁게 고개를 흔들며 시선을 돌려 버렸다. 무슨 이유 때문에 이렇게 많은 사람들을 죽이는 것인지, 어째서인지 안타까울 뿐이었다. 이스와 리켄, 그리고 에이프릴은 조용히 침묵을 지키며 무너져 가는 도시를 바라보았다.

"참!"

에이프릴이 돌연 침묵을 깨고 리켄을 향해 외치듯 입을 열었다.

"이클립스님은 어딜 가신 거예요?"

"응? 아!"

에이프릴의 말에 리켄이 깜짝 놀란 표정으로 주변을 두리번거렸다. 갑작스런 주변 상황에 잠시 깜빡한 모양이었다.

"이클립스는……."

폐허처럼 변해 버린 도시의 어디에서도 이클립스의 모습은 보이지 않았다. 또, 이클립스가 들어간 구덩이 역시 마찬가지였다. 무너진 건물 잔해들이 도시를 온통 뒤덮고 있었기 때문이다.

"서, 설마?"

도시 중앙에 솟아오르는 거대한 구 모양의 물체를 리켄은 떨리는 눈으로 바라보았다. 이클립스는 좀비들이 쏟아지는 구덩이 속으로, 즉 땅속으로 들어갔다. 그리고 지금까지 연락이 없었으며 땅속에서 거대한 구가 솟아올랐다.

"진아에게 무슨 일이라도 있는 게냐?"

리켄의 표정이 심상치 않자 이스가 가까이 다가가 대답을 재촉했다. 언제 미간을 찡그리고 있었냐는 듯 이스의 얼굴은 걱정으로 가득했다. 마치 전쟁터에 나간 손자를 걱정하는 할아버지 같았다.

"그, 그게……."

리켄은 이스가 하늘로 올라간 이후의 일들을 대략적으로 설명했다. 모든 말을 전해 들은 이스가 고개를 흔들며 입을 열었다.

"충분히 이해가 가는 일이었다만 무턱대고 구덩이 속으로 들어가다니, 무슨 일이 생길 줄 알고 그리했다는 말이냐? 너와 진아가 강하다는 것은 알고 있다만 세상일은 모르는 일이니라. 언제 어떤 위험이 나타날지 모른다는 말이야."

"아, 알았어요, 이스. 그나저나 이클립스 녀석, 설마 저것 속에 들어 있는 것 아닐까요? 제가 만난 이상한 여자, 마법이 통하지 않았는데. 어쩌면…….”

아무래도 점차 커지는 거대한 검은 구 속에 이클립스가 있을 것 같았다. 그렇지 않고서야 이클립스 특유의 기운이 느껴지지 않을 리 없었다. 또, 좀비들도 사라지고 그것을 부리는 여자도 워프를 통해 없어졌다. 도시 전체는 폐허로 변해 버렸고 아직도 커지는 거대한 검은 구는 그나마 남아 있던 도시의 잔재를 모두 부숴 버리고 있었다. 그런데도 이클립스가 나타나지 않는 것에 리켄은 점점 걱정스러워졌다.

“홍아야.”

“왜요?”

이스는 잠시 거대한 검은 구를 바라보다 리켄에게 에이프릴을 넘겨주며 말을 이었다.

“이 아이를 데리고 잠시 물러서 있어야겠구나.”

“에? 아, 알았어요.”

이스가 직접 나서려 한다고 생각한 리켄은 두 말 없이 에이프릴을 안아 들고 이스에게서 멀어졌다. 이클립스가 만약 커다란 검은 구 속에 들어 있다면 자신이 하는 것보다 이스가 나서는 것이 훨씬 좋을 것 같았다. 검은 구에서 느껴지는 기운은 보통이 아니었다. 저 정도라면 아무리 리켄이라도 상당한 힘을 쏟아야 할 것 같았고, 그렇게 하다 자칫 잘못하는 날이면 이클립스가 위험에 처할 수 있었기에 순순히 물러서선 것이다.

“흐음.”

리켄과 에이프릴이 제법 거리를 두고 떨어지자 이스는 곧 거대한 검은 구를 향해 날아갔다.

쿠쿠쿠쿠……

이스가 대략 2백 보 정도 다가갔을 때 거대한 구는 도시의 3분의 1을 집어삼키며 더욱 커다랗게 변해 있었다. 넓이도 넓이였지만 높이 역시 백여 미터는 충분할 것 같았다.

"세상에, 이런 것이 있을 줄이야."

빠른 속도로 커지는 몸집도 몸집이었지만 검은 구에 내재돼 있는 사악한 기운의 증가 역시 이스를 놀라게 하고 있었다.

쿠쿠쿠… 치이이—

검은 구의 표면에 닿는 건물 잔해들이나 사람들의 시체가 순식간에 녹아내리고 있었다. 뜨거운 열기는 조금도 느껴지지 않았는데도 표면에 닿는 순간 모조리 녹아버리는 것이다.

"허어, 우리 진아가 저곳에 있을지 모르는 일이거늘."

도시는 이미 폐허로 변해 버렸고, 살아 있는 사람도 없기에 도시가 녹아버리거나 타버리는 것 따위는 이스의 관심 밖이었다. 문제는 이클립스였다. 오랜 은둔을 깨고 처음으로 인연을 맺어서인지 리켄과 이클립스가 남처럼 느껴지지 않았다. 처음에는 당분간 함께 다니며 둘의 못된 성격이 고쳐지는 대로 보내줄 심산이었던 것이 어느새 깊은 정이 들어버린 모양이다. 이스는 자신보다 강한 상대를 절실히 원하는 것처럼 어쩌면 가슴 깊은 곳으로부터 사람에 대한 정을 원하고 있었는지도 모르겠다고 생각했다.

"죽지는 않았을 것이야."

이클립스에 대한 걱정 때문에 쉽게 손을 쓰지 못하는 이스였다. 만약 검은 구 안에 이클립스가 있다면 더욱 조심해야 했다.

"흐음."

잠시 생각하던 이스가 뭔가 결심한 듯 고개를 끄덕이며 두 손을 가슴 앞으로 올려 손바닥이 서로 마주 보도록 했다.

휘이이잉―

이스의 손바닥 사이에서 순간적으로 공기가 생성되며 느린 속도로 둥그렇게 맴돌았다. 어린아이 주먹만한 작은 소용돌이였다.

쒸이이잉… 파치치치―

공기의 흐름이 점차 커지며 이스의 앞쪽으로 움직였다. 그 순간 어린아이 주먹만하던 공기의 흐름이 커다란 수박만큼 커졌으며 눈부신 뇌전들이 모여들었다. 처음 눈에 보이던 공기의 흐름 역시 맹렬한 기세로 소용돌이치고 있었다.

"흐으음."

어느 정도 만족한 듯 이스가 시선을 돌려 앞쪽에 보이는 거대한 검은 구를 무섭게 노려보았다. 마치 급소를 찾는 듯한 매서운 눈초리였다.

"하앗!"

피슈웃―

이스에게서 낮은 기합이 터지자 앞쪽에 있던 둥그런 공기의 흐름이 눈부신 속도로 거대한 검은 구를 향해 쏘아져 갔다.

"저런 조그만 걸로 뭘 하려고?"

멀리서 이스의 행동을 지켜보던 리켄과 에이프릴의 얼굴로 의아함이 피어올랐다. 이스에 의해 쏘아지는 수박 크기의 둥그런 바람 때문이었다. 위력도 그리 느껴지지 않았고, 무엇보다 도시를 초토화시키는 검은 구와 크기에서 너무 차이가 나서였다. 그러나 둘의 이런 생각은 오래가지 않았다.

번쩍!

이스가 쏘아 보낸 바람이 검은 구의 표면에 닿자 눈부신 빛이 사방으로 뻗어 나갔다. 그 순간이었다.

쿠콰콰콰—

도시의 절반만한 검은 구 전체를 바람이 감싸 버렸으며 사방으로 날카로운 바람이 맹렬하게 뻗어 나갔다. 바람이 스치는 곳은 흔적조차 남지 않고 모조리 사라졌으며 점차 위력을 더해가더니 급기야 도시 전체를 둘러싸 버렸다. 셀 수 없이 많은 뇌전들이 도시 전체에서 소름 끼치는 소리를 퍼뜨리며 요동 쳤고, 대지는 커다란 지진이 일어난 것처럼 흔들렸으며, 강물이 허공을 날아다녔고 바닷물은 수백여 미터나 치솟았다.

"으아아악, 으아아!"

이상하다는 표정으로 이스가 쏘아 보낸 바람을 의심하던 리켄은 비명을 터뜨리며 연신 방어 마법을 펼쳤다. 그의 얼굴이 사색이 돼버렸다. 갑작스레 눈부신 빛이 퍼진 순간, 리켄은 전신에 소름이 끼치는 것을 느낄 수 있었다. 그 순간 그는 최고의 방어 마법을 수십여 개나 펼쳐 자신과 에이프릴을 감쌌다. 본능적으로 위험을 느껴 자신도 모르게 펼친 방어 마법이었다. 그런데 방어 마법에 한줄기 바람이 스쳐 지나가자 방어막 두 개가 동시에 와해돼 버렸다. 그 모습에 리켄은 생명에 위협까지 느끼며 이렇게 끊임없이 방어막을 펼치고 있는 것이다.

"이, 이거 언제까지 계속되는 거예요? 너, 너무 무서워요."

"으아아~ 몰라, 말시키지 마! 이스, 바보!"

리켄은 방어 마법을 펼치느라 제정신이 아닌 것 같았다. 에이프릴은 어서 빨리 주변을 가득 메우고 있는 무서운 바람이 사라지기를 빌었다.

휘이이잉—

에이프릴의 바람이 이루어진 듯 영원할 것 같던 폭풍이 서서히 잠잠해졌다. 무섭게 번뜩이던 뇌전들도 하나둘 모습을 감춰갔으며 흔들리던 대지의 움직임도 조용해졌다.

"하악, 하악… 어이구, 젠장. 돌아가시는 줄 알았네. 제길."

주위를 맴돌던 바람이 약해지고 다시 십여 분이 흐르자 어느새 하늘은 예전처럼 돌아가 있었다. 조금 전에 있었던 무서운 폭풍이 마치 거짓말처럼 느껴질 정도였다.

"하아, 하아… 아이구, 죽겠다."

전신이 땀으로 범벅이 된 리켄은 허리를 숙이고 거칠게 숨을 내쉬었다. 시간상으로 10분도 되지 않는 짧은 시간이었지만 그에게는 10년보다 더욱 길게 느껴졌다. 1초에 서너 개씩의 방어막이 스치는 바람에 없어져 버리는 상황이라 리켄은 숨조차 제대로 쉬지 못하고 방어 마법을 펼쳐야 했다. 이렇게 많은 방어막을 펼쳐 본 건 알에서 태어난 후 오늘이 처음일 것이었다.

"에구, 이렇게 살다간 내가 제 명에 못 죽지."

한동안 숨을 고르던 리켄이 허리를 펴고 주변을 둘러보았다. 끝없이 펼쳐진 평지가 시야에 들어왔다. 모든 것이 사라져 버렸다. 제국 쿠르디르드에서 손꼽히는 항구 도시이자 휴양지의 모습은 그 어디에서도 찾아볼 수 없었다. 대지는 짙은 황토만이 주욱 펼쳐져 있었으며 제국 여러 곳으로 흐르는 강 역시 흔적도 없었다. 검은 구로 인해 무너져 내린 건물 잔해들이며 사람들의 시체들. 모두가 흔적도 없이 사라져 버렸다.

"리켄 오빠, 저기!!"

멍한 표정으로 주변을 둘러보는 리켄의 어깨를 흔들며 에이프릴이 한곳을 손으로 가리켰다. 리켄이 정신을 차리고 에이프릴이 가리키는 곳으로 시선을 가져갔다.

"이클립스!!"

대지 위에 누워 있는 이클립스와 그의 곁에 앉아 있는 이스의 모습이 들어오자 리켄은 깜짝 놀란 표정으로 그들을 향해 날아갔다. 이클립스는 평온한 모습으로 반듯하게 누워 있었다. 다른 어떤 특이점도 없어 보였으며 마치 깊은 잠에 빠져든 것 같았다. 하지만 곁에 있는 이스의 고개가 연신 흔들리고 있었다. 상태가 나쁘지 않고서야 그럴 일이 없었다. 리켄의 날아가는 속도가 더욱 빨라진 것은 바로 그 때문이었다.

"어, 어떻게 된 거예요, 이스? 설마 죽은 건 아니겠죠?"

순식간에 이클립스에게 다가온 리켄이 잔뜩 긴장한 표정으로 이스의 어깨를 흔들었다. 하지만 이스는 고개만 흔들 뿐이었다.

"이클립스! 야, 임마. 이클립스?!"

이스에게서 대답이 없자 리켄이 이클립스의 몸을 부여잡고 몇 차례 흔들어봤지만 대답은 나오지 않았다. 평온한 모습이었으며 다친 곳은 한곳도 보이지 않았다. 그런데도 움직이지 못하는 이클립스의 모습에 리켄의 두 눈이 점차 붉어졌다.

"아주 지독한 것에 당한 듯 보이는구나."

"에?"

침묵을 깨고 이스가 입을 열자 분노를 터뜨리려던 리켄이 고개를 돌렸다. 이스의 말이 이어졌다.

"흐음, 진아의 몸속에 흐르는 기운은 다행히 멈추지 않은 것 같다는 말이다. 하지만 점차 약해지고 있으니 큰일이로구나.”

“그렇다면 무슨 수를 써야죠, 이스.”

죽지 않았다는 말에 안도하던 리켄이 이클립스의 기운이 약해진다는 말에 금세 걱정스러운 표정으로 돌아가 이스의 어깨를 흔들었다. 하지만 이스 역시 어떻게 해야 할지 좀처럼 좋은 방법이 떠오르지 않았다. 사람도 아닌 마족이었기에 이스로서는 손쓸 방도가 없었다.

“으음, 어떻게 한다……”

미간을 좁히며 정신을 집중해 봤지만 역시 마찬가지였다. 에이프릴이 이스에게 다가오며 입을 열었다.

“할아버지, 이클립스님은 마족이시니까 마계로 가면 되지 않을까요?”

“오호~”

에이프릴의 말에 이스와 리켄의 굳었던 표정이 순간 밝아졌다. 사람이 다치면 병원이나 의원을 찾는 것처럼 에이프릴의 말대로 마계에 간다면 뭔가 수가 생길 것 같았다. 이스가 자리에서 일어나 리켄을 향해 말했다.

“애, 홍아야. 이 도시 외곽에 마족들이 진을 치고 있다고 했으니 한 번 가서 찾아보고 있다면 이곳으로 빨리 와야 할 것이야. 우리 아가의 말처럼 마계라는 곳으로 가는 것 말고는 다른 길이 없는 것 같구나. 어서 서두르거라.”

“알았어요, 이스.”

도시 전체가 폐허로 변하고 엄청난 폭풍이 있어 마족들이 아직 있을지 미지수였지만 리켄은 곧바로 대답하며 워프를 통해 사라졌다. 비행 마법을 최대한 빠른 속도로 시행해도 됐지만 조금이라도 시간을 아끼려는 행동이었다.

"허어."

리켄이 사라지자 이스는 조용히 주변을 둘러보았다. 보이는 것은 널 따랗게 펼쳐져 있는 황토빛 대지뿐이었다. 바로 얼마 전까지 유명한 도시 하나가 있었다고는 누구도 믿지 않을 주변 모습에 절로 한숨이 터져 나오는 이스였다. 에이프릴이 안타까워하는 이스의 품속으로 안겨들었다.

"무서워요, 할아버지."

지금까지 겪었던 모든 일들이 에이프릴에게는 꿈처럼 느껴졌다. 무서운 좀비들과 도시의 멸망, 그리고 이클립스를 구하기 위해 보여줬던 이스의 엄청난 힘과 쓰러진 이클립스. 이 모든 것이 그녀에겐 현실이 아닌 것처럼 느껴졌다. 하지만 이스의 한숨 소리가 그녀의 정신을 현실로 가져오게 했다. 슬픔과 분노가 교차하는 이스의 한숨 소리가 곁에 있는 그녀에게까지 전달된 것 같았다.

"허허허, 무서워할 필요 없느니. 이 할아비가 이렇게 멀쩡히 살아 있는데 어느 놈이 감히 우리 귀여운 강아지를 해코지하겠누?"

"할아버지……."

안타까운 표정을 애써 지우며 에이프릴의 머리를 쓰다듬어 주던 이스는 아무래도 그녀에게 호신술 정도는 가르쳐야겠다고 생각했다. 좀비들이 처음 습격을 시작했을 때 그녀의 비명 소리가 없었더라면 큰일이 벌어졌을 것이다. 그런 일이 또 벌어지지 않으리라는 보장도 없었고, 언제까지나 함께할 수 없을 것이기에 시간이 나는 대로 그녀에게 가벼운 호신술을 가르쳐 혼자가 되더라도 충분히 자신을 보호할 수 있게 하는 것이 좋을 것 같았다.

“찾았어요, 이스.”

이스가 에이프릴에 대한 생각을 정리했을 때 리켄이 누군가와 함께 모습을 드러냈다. 이클립스와 비슷한 부류의 기운이 느껴지는 20대 중반 정도의 여성 마족이었다. 머리 뒤에서 하나로 묶어 내린 길고 붉은 머리에 날카롭게 올라간 눈매, 흑적색 바지와 타이트한 가죽 상의 차림이었다. 그녀의 이름은 ‘세리아나’. 마왕 직속 4대 친위대 중 하나이며 마계 서열 4위의 실력자였다.

“어서 마계로 갈 준비를 해주시오.”

“알겠습니다, 이스님.”

이미 이스의 이름을 알고 있는 듯 세리아나는 허리 숙이며 대답한 후 곧바로 마계로 갈 수 있는 차원 이동 홀을 만들었다.

“어서 가자꾸나. 서두르거라, 홍아야.”

“걱정 말아요.”

이스의 재촉에 리켄이 이클립스를 안고 차원 이동 홀 속으로 들어갔고 이스와 에이프릴, 그리고 세리아나가 뒤를 이었다.

파파팟.

이스 일행들이 들어간 차원 이동 홀이 사라지는 것과 동시에 하늘 위에서 다섯 개의 빛덩어리들이 나타났다.

“정말 믿을 수 없을 정도로 대단하군. 설마 저 정도까지 힘을 쓸 수 있는 인간이 세상에 존재하고 있을 줄이야.”

빛이 사라지며 다섯 명의 여자들이 모습을 드러냈다. 세 명은 금발머리였으며 나머지 둘은 은발이었다. 모두가 몸에 걸치고 있는 건 수영복처럼 된 반투명한 옷밖에 없었다. 모두 천계의 인물이었으며 가장 가운데 인물이 천계의 수장이라는 에리엘이었다. 이클립스와의 싸움에서 얻은 상처를 모두 회복한 모습이었다.

"카린느."

"넷, 에리엘님. 말씀하십시오."

에리엘의 말에 그녀의 왼편에 서 있던 카린느라는 여인이 절도있는 모습으로 대답하며 가까이 다가왔다. 대략 20대 중반 정도로 보이는 외모였다. 사방으로 뻗친 짧은 금발 머리에 커다란 눈망울이 귀여워 보이는 얼굴이었다. 천계 서열 2위이자 천계 8대 수호 전사 중 가장 뛰어난 실력자였다.

"저 노인에 대해서, 그리고 사라진 여인에 대해서 알아보세요. 시간은 많이 드릴 수 없겠군요. 최대한 서둘러 주세요."

"알겠습니다, 에리엘님."

카린느의 대답을 끝으로 다섯 천계인들 모두가 나타날 때처럼 순식간에 모습을 감췄다.

휘이이잉―

바람이 이는 대지 위로 뿌연 흙먼지들이 하늘 높이 솟아올랐다. 제국에서도 유명한 항구 도시 미렐리아드는 아무것도 남기지 못하고 대륙에서 자취를 감춰 버렸다. 남아 있는 것은 오직 짙은 황토빛 대지와 그 위를 거칠게 훑어가는 스산한 바람밖에 없었다.

*　　　*　　　*

어두운 밀실.

이끼가 잔뜩 끼어 있는 벽면으로 기다란 탁자가 붙어 있었으며 의자 하나가 덩그러니 놓여 있을 뿐 밀실 안에 다른 집기는 보이지 않았다.

바닥에 작은 촛불이 있기는 하지만 주변 모든 것을 밝히진 못했다.

"끄으으, 끄어어, 으으윽……."

밀실 한쪽 구석에서 깊숙이 로브를 눌러쓴 누군가가 잔뜩 몸을 웅크린 채 고통에 찬 신음을 흘리고 있었다. 그런 그의 오른쪽 팔이 어깨부터 잘려 나가 다른 손으로 어깨 부근을 누르곤 있지만 붉은 피는 뭉클뭉클 솟아나고 있었다. 이클립스에 의해 팔이 잘린 로브의 사내였다.

"시끄럽군."

누군가 어둠 속에서 걸어나와 탁자에 걸터앉으며 중얼거렸다. 높낮이가 느껴지지 않는 무감정한 목소리의 주인공은 190cm의 커다란 키에 쭉 빠진 몸매의 남자였다. 뒷머리는 짧았지만 앞머리는 입술 바로 위까지 내려뜨린 모습이기에 사내의 얼굴은 입과 턱만이 보일 뿐이었다.

"끄, 끄어. 죄, 죄송합니다, 크레이스님……."

탁자에 걸터앉은 사내 크레이스의 말에 로브의 사내가 웅크린 채로 뒤로 돌아 머리를 조아렸다. 혼신의 힘을 다해 고통을 참는 모습이었다.

"이제야 오는군."

잠시 로브의 사내를 보던 크레이스가 앞쪽으로 고개를 돌렸다.

덜컹.

크레이스가 고개를 돌리자 덜컹하고 쇠문이 열리며 누군가가 밀실로 들어왔다. 허리 아래까지 내려오는 기다란 금발 머리에 적색이 감도는 검정색 원피스 차림, 거기에 화려한 가면을 얼굴에 두른 리켄과 마주했던 여자였다.

"어머, 모두 벌써 도착한 거예요?"

크레이스와 로브의 사내를 발견한 여자가 놀랍다는 듯 과장된 몸짓을 보이며 다가와 탁자 근처에 있는 의자를 꺼내 앉았다. 크레이스가 여자를 향해 입을 열었다.

"언제까지 가면을 쓸 건가, 라이제스?"

"호호호, 제 얼굴을 보신다면 크레이스님께서 제 미모에 반할 것 같아 계속 쓰고 있는 것이랍니다."

"후후."

여자, 크레이스에게 라이제스라는 이름으로 불린 여자는 교태스런 몸짓으로 웃음을 터뜨렸다. 라이제스가 말을 이었다.

"그런데 저도 크레이스님의 머리카락에 숨은 진짜 얼굴이 보고 싶은 걸요? 어때요, 우리 서로 얼굴 보여주기 할까요?"

"까불지 마라, 라이제스."

크레이스의 무감정한 목소리에 라이제스가 흠칫 몸을 떨었다. 하지만 그것은 오래가지 않았다. 라이제스는 곧 애교 떠는 것처럼 어깨를 흔들며 입을 열었다.

"아이잉~ 동료끼리 그럴 수도 있지. 너무 화내지 말아요, 크레이스님."

"흥."

더 이상 상대하기 싫은 모양인지 크레이스는 낮은 콧방귀를 끼며 자리에서 일어나 촛불의 불빛이 닿지 않는 구석으로 걸어갔다. 그가 몸을 돌렸을 때 가면 속 라이제스의 눈이 순간 날카로운 빛을 머금다 사라졌다.

"끄으……."

"어머?"

로브의 사내가 흘린 신음에 라이제스가 의자에서 일어나 사내에게 다가가며 말을 이었다.

"어머, 세상에! 마지앙님, 어쩌다 이런 무서운 일을 당하신 거예요?"

로브의 사내 마지앙의 상처를 본 라이제스가 깜짝 놀랐다는 듯 두 팔로 자신의 어깨를 감싸 안으며 뒤로 한 걸음이나 떨어졌다. 하지만 그녀의 몸짓은 너무나 과장돼 보였으며 얼굴에는 미소까지 머금고 있었다.

"도대체 무슨 일을 당하셨기에?"

"비, 빌어먹을……."

바닥에 잔뜩 웅크린 채 마지앙이 말을 이었다.

"마족이… 그것도 믿을 수 없을 정도로 강한 마족이 나타났다. 크윽, 그, 그놈 때문에 이렇게… 끄으으."

마족이라는 말에 드디어 라이제스의 얼굴에서 미소가 지워지며 가면 속 눈동자가 떨리고 있었다. 하지만 그녀는 곧 침착한 모습을 되찾았다.

"세상에, 마족에게 당하셨다면 당분간 치료도 못할 텐데… 힘내세요, 마지앙님."

언제 놀랐냐는 듯 라이제스는 안타깝단 표정을 지으며 마지앙의 어깨를 부드럽게 쓰다듬었다. 마지앙이 마족을 만난 것처럼 그녀는 드래곤을 만났었다. 그것도 보통 드래곤이 아닌 상당한 위력을 뿜어내는 드래곤이었으며 드래곤 로드로 짐작되는 자까지 모습을 드러냈다. 하지만 라이제스는 그 사실을 말하지 않은 채 품속에서 손수건을 꺼내 마지앙의 상처를 감싸주었다.

"한 며칠 이렇게 있다가 치료받으면 될……."

상처를 감싸고 위로의 말을 건네던 라이제스가 순간 말을 멈추며 자리에서 일어났다. 그녀의 얼굴은 잔뜩 긴장한 것 같았으며 마지앙 역시 웅크린 채 창문조차 없는 밀실 출입문 쪽으로 몸을 돌렸다.

"흐으음."

가래 끓는 듯한 소리가 들리며 누군가 촛불 가까이 걸어나왔다. 아주 작은 키였다. 140㎝도 되지 않을 것 같은 작은 체구에 마지앙보다 더욱 깊숙이 로브를 눌러쓴 인물이었다.

"히익!! 용서해 주십시오, 테라님."

웅크리고 있던 마지앙이 무릎으로 기어 로브의 인물 테라라는 자에게 다가가 머리를 조아렸다. 하지만 테라는 미동조차 하지 않았다.

"마족이 나타나 실패했습니다. 이, 이걸 보십시오. 그 더러운 마족 놈 때문에 팔도 잃어버렸습니다. 용서해 주십시오, 테라님."

"실패?"

움직이지 않을 것 같던 테라가 고개를 돌렸다. 지독하게 쉰 듯한 목소리였다. 목소리로 테라가 남성이란 것은 알 수 있었지만 노인인지 중년인인지는 도무지 가늠할 수 없을 정도로 잔뜩 쉬어버린 목소리였다.

"무엇이 실패했다는 말이냐?"

"히익, 그, 그게… 그게……."

테라의 물음에 마지앙은 눈에 보일 정도로 몸을 떨었다. 뭔가 말하려는 것 같았지만 그것 역시 조금도 이어지지 않았다.

"죄송합니다. 용서해 주십시오, 테라님. 다, 다음에는… 다음번에는 반드… 끄아악!"

용서를 구하며 연신 머리를 바닥에 박아대던 마지앙이 순간 비명을 터뜨리며 하나밖에 남지 않은 왼손으로 얼굴을 가렸다.

"끄, 끄아악!"

툭.

마지앙의 로브 속에서 뭔가가 튀어나와 바닥을 굴러다녔다. 시뻘건 피가 홍건하게 묻어 있는 눈알이었다. 테라는 미동도 하지 않았는데 마지앙의 눈알이 빠져나갔다. 마지앙은 이내 힘없이 바닥으로 쓰러졌다. 오른팔에 이어 한쪽 눈까지. 지독한 고통을 이기지 못하고 기절한 것 같았다.

"라이제스."

"넷, 테라님. 말씀하십시오."

테라가 고개를 돌리며 자신을 부르자 라이제스의 얼굴에 땀방울이 맺혔다. 대답하는 목소리 역시 잔뜩 굳어 있었고 부자연스러웠다. 테라의 말이 이어졌다.

"그들에 대해 알아보라."

"네, 알겠습니다."

"그럼."

라이제스가 허리를 숙이며 대답한 순간 테라의 모습이 사라져 버렸다.

"빌어먹을."

구석 어둠 속에서 크레이스의 낮은 욕지거리가 흘러나왔지만 라이제스는 여전히 허리를 숙인 채 움직이지 않았다. 하얀 그녀의 이빨이 부서질 것처럼 맞닿아 있었다.

마계 전체에 일급비상경계령이 내려졌다. 서열 2만위 이내의 마족들은 마왕의 다른 지시가 떨어지기 전까지 마왕성 내부에서 명령을 기다려야 했으며 10만위까지는 마왕성 밖에서 대기해야 하고, 그 밖에 서열 10만위 이하부터 최하급 마물까지 각자의 영역을 벗어나지 못하는 것이 일급비상경계령이었다. 이것은 천계와의 전쟁이 있던 전대의 마왕 이후 처음으로 선포된 경계령이었기에 마계는 다른 어느 때보다 긴장감이 감돌고 있었다.

"도, 도저히 안 되겠습니다, 마왕님."

대머리가 잔뜩 벗겨진 뚱뚱한 사내가 고개를 흔들며 뒷걸음질쳤다. 160cm의 작은 키에 배가 산처럼 불룩 튀어나와 있었으며 허벅지 하나가 에이프릴의 몸통보다 두 배는 넘을 것 같았다. 40대 중반 정도의 외모였으며 코는 뭉툭하고 축 처진 눈매는 비굴해 보이기까지 했다. 그러나 이자는 마계 서열 12위의 무서운 실력자였으며 재생이 되지 않는 마족들의 상처를 돌보는 의사 역할을 해 '닥터 루드리오' 라 불리는 마족이었다

"그게 무슨 말이냐, 네가 고치지 못하다니?"

닥터 루드리오의 말이 끝나기가 무섭게 마왕의 무서운 추궁이 뒤따랐다. 이클립스가 누워 있는 침대를 중심으로 마왕과 그의 4대 친위대, 이스 일행들, 그리고 점차 기운을 잃어가는 이클립스의 치료를 위해 불려온 닥터 루드리오, 이렇게 도합 9명의 인물이 둥그렇게 모여 있었다.

이클립스의 모습을 본 마왕은 그 자리에서 일급경계령을 내려 모든 마족들을 불러 모아놓고 만약의 사태에 대비케 했다. 천계와의 문은 앞으로 20년 이후에 열리지만 혹시 모르는 일이기에 내린 경계령이었다. 그런 후 리켄에게서 대략적인 이야기를 들은 마왕은 곧바로 닥터 루드리오를 불러 이클립스의 상태를 파악하게 했지만 결과는 좋지 못했다. 닥터 루드리오를 바라보는 마왕의 얼굴이 분노로 가득 찼다.

"고치지 못하는 것이 아닙니다, 마왕님."

소름이 끼칠 정도로 무섭게 변한 마왕의 추궁에도 닥터 루드리오는 침착한 모습으로 설명을 이었다.

"우리 마계의 영광스런 전사이신 이클립스님의 몸 안으로 이상한 것들이 침투한 것 같습니다. 그런데 그것이 무엇인지 상태를 파악할 수 없도록 제 능력을 막고 있습니다."

"뭣이?!"

시뻘겋게 달아올랐던 마왕의 얼굴이 놀라움으로 변해 버렸다. 닥터 루드리오의 치료 능력은 우선 그 자신의 기운을 상대에게 흘려보내 상태를 파악하는 것이다. 그런데 그것이 듣지 않는다는 말이었다. 상태

조차 알지 못하니 당연히 처방을 할 수 없는 일이었다. 지금까지 '닥터'라는 명칭을 얻은 마족이 이런 현상과 만났다는 이야기는 마왕 역시 처음 듣는 일이었다. 닥터 루드리오의 말이 이어졌다.

"이상한 기운이 이클립스님의 몸속에 가득합니다. 우리 마족들과 비슷한 것 같지만 확연히 다른 것입니다."

"계속하라."

마왕 역시 그 정도쯤은 느낄 수 있었다. 마족과 비슷하지만 조금 더 지독한 느낌과 함께 밝은 빛 계열의 기운까지 느껴지는 이상한 기운이었다. 닥터 루드리오의 말이 이어졌다.

"제 생각으로는 우선 최대한 빨리 이클립스님의 몸속에 들어가 있는 이상한 기운을 없애 버려야 할 것 같습니다. 제 미천한 생각으론 그것 때문에 이클립스님의 힘이 점차 약해지는 것 같습니다만 저로서는 도무지 손쓸 방법이 없습니다. 죄송합니다. 용서해 주십시오, 마왕님."

"그, 그런!!"

뿌득 이빨을 갈아대는 마왕의 얼굴로 짙은 슬픔이 피어올랐다. 다른 마족이라면 모를까 이클립스에게만큼은 그 역시 아무런 힘을 쓸 수 없었다. 자신과 힘도 비슷할 뿐더러 이클립스는 전대의 마왕에게서 태어난 마족이었다. 자신에 의해 만들어진 마족이 아니고선 어떠한 힘도 쓸 수 없는 게 마계의 법칙이었다.

"방법을, 무슨 수를 써서라도 방법을 알아내야 한다. 내 작은아버지를 이렇게 보내 드릴 순 없다. 마왕으로서 부탁만 했지, 작은아버지를 위해서 나는 아무것도 하지 못했다. 아무것도……."

오랫동안 이클립스를 안타깝게 지켜보던 마왕이 이빨을 앙다문 채 말하자 그의 4천왕과 닥터 루드리오 모두의 얼굴이 침울해졌다. 모습만 봐도 싸늘한 느낌이 들 정도로 냉막하던 이클립스였지만 마계의 자랑거리임에는 틀림없었다. 또한 마족 모두가 이클립스를 존경하고 있었다. 그런 그가 아무런 대책이 없을 정도로 위급했으며 마왕과 닥터조차 속수무책으로 바라만 보고 있었다. 이젠 이렇게 지켜볼 수밖에 없다는 말이었다.

쏴아아아―

마계의 여름철에 흔히 볼 수 있는 지독한 빗소리가 멀리서 들려왔지만 이클립스가 누워 있는 침대 주위로는 무거운 침묵만이 이어질 뿐이었다.

"마왕님."

"네, 말씀하십시오, 이스님."

오랜 침묵을 깨고 이스가 마왕에게 다가가자 모두의 시선이 그에게로 집중됐다. 이클립스의 머릿결을 쓰다듬으며 이스가 조용히 말을 이었다.

"이 아이가 이렇게 된 것에는 이 늙은이의 책임 또한 큽니다. 마왕님과 다른 분들께서는 손을 쓰지 못하신다고 하니 이 늙은이에게 한번 맡겨보시는 것이 어떻겠습니까, 마왕님."

"바, 방법이 있는 것입니까, 이스님?"

이스의 말에 마왕이 깜짝 놀란 얼굴로 그의 어깨를 잡았다. 믿을 수 없는 힘을 보여준 이스라면, 마왕과 마족 최강의 전사, 그리고 최고의 레드 드래곤인 리켄조차 상대가 되지 않는 이스라면 뭔가 방법이 있을 것 같자 희망이 샘솟는 마왕이었다. 이스가 심각한 표정으로 대답했다.

"이 늙은이가 알고 있는 방법이 통할진 알 수 없는 일이지만 그것 말고는 다른 방도가 없는 듯합니다.”

“부탁드립니다. 지금 우리 마족에게는 방법이 없습니다. 그리고 이스님이시라면 믿을 수 있습니다. 부탁드립니다, 이스님.”

간절한 표정으로 재촉하는 마왕의 표정에서 이스는 그가 진심으로 이클립스를 걱정하고 있다는 걸 알 수 있었다.

“그럼 조금 물러서 기다리시지요. 위험하지는 않을 것 같지만 혹여 모르는 일이니.”

“아, 알겠습니다.”

파천마검(破天魔劍)이라는 검술을 보여줬을 때 이미 충분히 이스의 힘을 경험한 마왕은 곧 백여 미터나 물러섰고 다른 일행들 모두 마왕을 따랐다.

“허어……..”

모두가 적당한 거리를 두고 떨어졌으나 이스는 좀처럼 움직이지 않은 채 한숨만을 내쉬었다. 오래전 햇수조차 기억하지 못할 예전의 일이 떠올랐다.

“아미타불. 빈도의 흡마공(吸魔功)을 그처럼 완벽히 재연하실 줄은 몰랐습니다. 이제 빈도는 세인들 앞에서 함부로 흡마공을 시연할 수 없을 것 같습니다. 만약 철검 시주의 흡마공을 세인들이 본다면 아마도 빈도가 대협의 무공을 훔쳤을 것이라 생각할 테니 말입니다. 허허허.”

무림의 태산북두(泰山北斗) 소림사. 그 소림사의 방장보다 배분이 세 단계나 높으며 천하삼대고수 중 첫손가락에 꼽히는 혜성 대사의 말이 떠올랐다. 세월이 너무도 많이 흘러 지금은 얼굴조차 가물가물하지만 혜성 대사가 그에게 남긴 말은 뇌리에 각인된 듯 조금도 잊혀지지 않았다.

"빈도가 마교에 대항하기 위해 없는 재주를 부려 생각해 낸 것이지만 철검 시주께선 절대 잊지 말아야 할 것이 있습니다. 사람들은 그들을 마(魔)의 무리들이라 하여 이 세상에서 씨를 말려야 한다고들 하지만 그들 역시 인연의 굴레 속에서 힘겹게 살아가는 불쌍하고 가여운 사람들입니다. 비록 쌓은 업보가 태산처럼 크고 바다처럼 깊다고 해도 그들의 연이 그리 된 데에는 남모를 깊은 사연이 있는 것이지요. 제가 이런 말씀을 드리는 것은 흡마공을 펼친 이후 이어질 무서운 결과 때문입니다, 철검 시주. 만약 이 흡마공을 마교의 교도들에게 펼치시려거든 그에 앞서 3일 동안은 깊이 생각하신 이후에 행하십시오. 이 흡마공이라는 것은 마교도들의 마기(魔氣)를 모두 흡수해 더 이상 마공을 펼치지 못하게 하지만, 흡마공에 당한 사람은 평생 아무런 기력도 쓰지 못하고 가만히 앉아 죽음을 기다려야 하는 가여운 삶을 살아가야 합니다. 또한 자칫 안배를 잘못하다간 그들의 생명을 앗아갈 수도 있는 일이지요. 아무리 악인이고 큰 죄를 지은 사람이라도 그들의 죄를 우리 사람들이 생명을 취하는 것으로써 벌하는 것은 부처님의 뜻에 어긋나는 일입니다. 그리고 지독한 마교도나 마인이라 하여도 언젠가는 자신의 잘못을 뉘우치고 스스로 참회하여 참된 삶의 도리를 깨우칠 것이라는 것이 빈도의 미천한 생각이니 시주께선 부디 빈도의 말씀을 잊지 말아주시면 고맙겠습니다."

소림사의 생불(生佛)이라는 혜성 대사에게 흡마공을 배워 완벽히 터득했을 때 그가 자신에게 해준 말이 떠올랐다. 당시 혜성 대사는 몇십 년 동안이나 천하삼대고수의 반열에 들어 있었으나 소림사에서 무공을 배운 이후 살생을 단 한 번도 하지 않았으며 말년에 터득한 흡마공 역시 문파가 다른 이스에게만 전해줬을 뿐 그 누구에게도 보여주거나 전수하지 않았었다. 당시 이스의 나이 67세, 혜성 대사가 125세였다. 나이 차이가 상당하고 배분의 차이가 엄청났지만 혜성 대사는 단 한 번도 이스를 하대하지 않았으며 마치 자식처럼 아꼈고, 만날 때마다 자신의 모든 것을 전해주려 노력했었다. 이스 역시 언제나 자애롭게 대해주는 혜성 대사를 마음 깊이 흠모하고 존경했으며 시간이 날 때마다 그를 찾아 함께 시간을 보냈었다. 그런 혜성 대사와의 오랜 만남이 이스에게 영향을 주어 생명을 소중히 여기게 하는 결정적인 역할을 한 것인지도 몰랐다.

'이제 남아 있는 것은 흡마공밖에 없으니 안타까운 일이로다. 혜성 대사님의 말씀처럼 무서운 위험이 따르겠으나 진아의 것이 아닌 그 속에 침투한 마기(魔氣)만을 흡수한다면 충분히 가능성이 있을 것이야. 분명히.'

이클립스가 누워 있는 침대에서 대략 네 걸음 정도 뒤로 물러선 이스는 좀처럼 손을 쓰지 못했다. 아주 조그만 실수라도 이클립스의 생명을 위태롭게 할 수 있었다. 흡마공(吸魔功)의 장점은 상대의 마기를 흡수할 수 있다는 것이지만 단점도 있었다. 그것은 한 번 상대의 마기가 흡수되면 그것이 모두 사라질 때까지 멈출 수 없다는 점이었다. 지금 이클립스의 몸 안에는 그의 기운과 다른 기운이 함께 흐르고 있었다. 만약 다른 기운을 흡수하다 이클립스의 것이 조금이라도 흡수되면 사태는 더욱 악화될 수 있었다. 하지만 이제 다른 방법이 없었다.

"후우……."

길게 숨을 내쉬며 이스가 천천히 두 팔을 이클립스를 향해 뻗었다. 순간 이스와 이클립스를 중심으로 수십여 걸음에 걸쳐 보이지 않는 무언가가 공기를 짓누르는 것 같은 위압감이 퍼져 나갔다. 멀리 떨어져 있는 마왕과 다른 일행들 모두가 그 위압감에 몇 걸음이나 뒤로 물러설 지경이었다.

쿠우우—

이스가 팔을 뻗고 다시 조금의 시간이 흘렀을 때였다. 침대 주변으로 수십 개의 푸른 빛덩어리들이 나타나며 느린 속도로 이클립스의 몸 주위를 맴돌았다. 가장 작은 것은 손가락 마디 하나만했고 제일 큰 것은 어린아이 주먹만했다.

"저, 저게 뭐지?"

멀리서 지켜보던 사내 하나가 깜짝 놀라며 이스와 이클립스에게 가려 했다. 짧은 머리에 20대 후반으로 보이는 얼굴이었다. 2미터의 큰 키에 떡 벌어진 어깨, 우락부락해 보이는 네모난 턱이 부리부리한 눈과 어울려 강인함이 절로 느껴지는 모습이었다. 몸에 달라붙는 가죽 상의는 우람한 근육에 터질 것처럼 부풀어 있었으며 등 뒤로 그의 키만한 커다란 장검을 메고 있었다. 마계 서열 5위이자 마왕의 4대 친위대 중 하나인 유리칸이었다. 그는 갑작스레 침대 주변으로 푸른 빛무리들이 나타나자 이클립스가 위험하지 않을까 해서 달려가려 했다. 하지만 마왕의 굵은 팔이 어느새 그의 가슴 앞을 가로막았다.

"유리칸, 다시 한 번 그 입을 연다면 새로운 친위대를 만들 것이다."

"죄송합니다, 마왕님."

새로이 친위대를 만든다는 말은 유리칸을 소멸시키고 그렇게 한다는 말이었다. 유리칸은 곧바로 대답하며 물러섰다.

"이스님을 믿을 수밖에."

유리칸을 물러서게 했지만 마왕 역시 불안함을 감추지 못하고 있었다. 난생처음 보는 이상한 장면이었기에 이클립스가 잘못되지 않을까 하는 생각이 계속 그를 괴롭혔다. 하지만 이미 이스에게 맡긴 상태였고 이스만이 유일한 희망이었기에 마왕은 침묵을 지키며 조용히 이스의 움직임을 주시했다.

쿠우우우—

시간이 갈수록 공기를 짓누르는 느낌이 더욱 강해졌으며 이클립스의 주위를 맴도는 푸른 빛무리의 움직임도 빨라졌다.

'흡마공.'

"하아앗!"

어느 순간 이스가 머리 속으로 흡마공을 외치며 커다란 기합을 터뜨렸다. 그러자 주위를 맴돌던 푸른 빛덩어리들이 눈부신 속도로 이클립스의 몸속으로 들어갔고, 그 직후 이클립스의 몸 전체에서 강렬한 푸른 빛이 사방으로 퍼져 나왔다.

쿠쿠쿠쿠—

푸른 빛이 퍼진 순간 이클립스의 몸속으로부터 검은 기류가 빠져나와 뻗고 있는 이스의 팔 바로 앞쪽에서 둥그렇게 모여들었다. 마치 검은 연기가 이클립스의 몸에서 이스의 손까지 주욱 연결된 것 같았다.

쿠쿠쿠쿠—

항구 도시 미렐리아드를 파괴시킨 검은 구 속에 있을 때 얼마나 많은 기운이 들어갔는지 이클립스에게서 쏟아져 나오는 검은 기류는 도무지 멈출 줄 모르고 이어졌다. 그러나 이스는 단 한 번도 눈을 깜빡이지 않고 무서운 눈초리로 이클립스를 지켜보고 있었다. 이제부터가 더욱 중요한 순간이었기에 최대한 정신을 집중한 것이다.

　스르르르.

　흡마공을 펼치고 십여 분이 흐르자 이클립스의 몸에서 빠져나오는 검은 기류가 눈에 띄게 약해지며 점차 가늘어졌다. 그렇게 시간이 흐르고 검은 기류가 눈에 보이지 않을 때였다.

　"하앗!"

　다시 한 번 이스에게서 커다란 기합이 터져 나왔다. 순간 세찬 바람이 이클립스에게서 사방으로 퍼져 나가며 내성을 가득 메우고 있던 푸른 빛이 사라졌다. 이스의 흡마공이 끝난 것이다.

　"이스님!"

　"어, 어떻게 됐습니까?"

　흡마공이 모두 끝나자 멀리서 지켜보던 마왕과 일행들이 이스에게 달려왔다. 침대에 걸터앉아 이클립스의 머릿결을 쓰다듬던 이스가 고개를 돌리며 말했다.

　"성공인 것 같습니다만… 이 아이, 도무지 깨어나지를 않는군요."

　이클립스의 몸속에는 마족 특유의 기운만이 느껴지고 있었다. 다른 것은 흡마공에 의해 완벽히 제거되었다. 하지만 이클립스의 모습은 조금도 변함이 없었다.

　"닥터!"

　마왕은 곧바로 닥터 루드리오를 찾았다. 그가 느끼기에도 이클립스는 언제나와 같은 모습이었다. 다른 이상한 기운도 느껴지지 않았고 이클립스가 가지고 있는 어둠의 힘 역시 더 이상 약해지지 않았다. 그럼에도 눈조차 뜨지 못하고 있다면 다른 무언가가 문제라는 뜻이었기에 닥터 루드리오를 급히 찾은 것이다.

“이제부터 제가 맡겠습니다.”

마왕이 부르기 무섭게 달려온 닥터 루드리오가 이클립스의 상태를 살펴보기 위해 두 눈을 감은 채 손을 뻗었다. 그렇게 조금의 시간이 흘렀을 때였다.

“마, 마왕님.”

“말해 보라.”

이클립스의 상태 파악을 모두 마친 닥터 루드리오의 표정이 좋지 못했다.

“제가 알기로 지금 이클립스님의 몸 상태는 자폭하기 바로 직전에 멈춰 있는 것입니다. 아마도 조금 전 이스님께서 없애 버리신 그 이상한 기운이 이클립스님께서 자폭하기 직전이거나 이미 들어온 상태에서 자폭을 막은 것으로 보여집니다. 다행히 그것 때문에 자폭이 이루어지진 않았으나 이 상태라면 영원히 이클립스님께선 깨어나지 못합니다.”

“뭣이?”

닥터 루드리오의 말이 끝난 순간 마왕의 얼굴이 경악으로 변해 버렸으며 주변에 있던 4대 친위대들 모두 같은 표정이었다. 천하의 이클립스를 자폭까지 생각할 정도로 몰아간 상대가 천계 전사를 제외하고 있다는 사실이 도저히 믿어지지 않는 모양이었다. 하지만 지금은 그것이 중요한 게 아니었다.

“그, 그렇다면 작은아버지를 깨울 방도가 없다는 말이더냐?”

지금 다른 무엇보다 마왕에게는 이클립스의 생명이 중요했다. 닥터 루드리오가 고개를 흔들며 말을 이었다.

“아닙니다, 마왕님. 걱정하지 마십시오. 이클립스님의 의식을 돌아오게 할 수 있는 약은 충분히 만들 수 있습니다. 다만 그렇게 하기 위해선 일곱 가지 약재가 필요한데 다섯 가지 약초는 제게 있으나 나머지 두 가지가 없습니다. 하지만 그것이… 하나는 '선택의 꽃'이고 다른 하나는 '생명의 물'입니다."

"으음."

닥터 루드리오의 말에 마왕이 심각한 표정을 지으며 리켄에게 고개를 돌렸다. 순간 리켄의 얼굴이 잔뜩 일그러졌다.

"싫어! 절대 싫어! 절대!!"

"리켄 아저씨."

"싫다니깐! 다른 드래곤 알아봐, 짜샤! 난 죽었다 깨어나도 싫어!!"

마왕의 간절한 부탁에도 리켄은 고개를 세차게 흔들었고, 이내 귀를 틀어막으며 내성 밖으로 도망쳐 버렸다. 이클립스의 머릿결을 쓰다듬던 이스가 자리에서 일어나 마왕에게 걸어가며 입을 열었다.

"도대체 무슨 일이데 저 아이가 저리도 싫다는 것입니까, 마왕님?"

"휴우……."

이스의 물음에 마왕은 한차례 긴 한숨을 내쉰 후 말을 이었다.

"선택의 꽃 때문입니다, 이스님. 선택의 꽃은 모든 드래곤들의 수장인 드래곤 로드만이 피울 수 있는 꽃입니다. 그런데 원래부터 드래곤 로드와 리켄 아저씨는 상당히 사이가 좋지 못해서 저렇게……."

"저 아이가 싫다면 굳이 부탁할 것이 아니라 이곳 마계에서 인편을 보내 그것을 부탁해서 얻어오면 되지 않겠습니까?"

천계가 아닌 인간계로는 언제든지 오갈 수 있는 마족들이기에 굳이 리켄에게 부탁하려는 마왕의 마음을 이해하지 못했다. 마왕이 고개를 흔들며 대답했다.

"그것이 그렇게 할 수 없으니 리켄 아저씨에게 부탁할 수밖에 없는 것입니다. 오래전, 그러니까 천계와의 전쟁이 벌어졌을 때 저와 작은 아버지가 드래곤 로드께 신세를 졌지요. 한데 그 사실을 어떻게 알았는지 천계 놈들이 알고는 드래곤 로드께 위협을 가했다고 합니다. 다행히 증거가 없어 천계와 드래곤 간의 전쟁은 피할 수 있었지만 그 이후 천계에서는 항시 드래곤 로드님의 레어 주변에 첩자들을 배치시켜 놓았다고 합니다. 그 수법이 워낙에 은밀한지라 드래곤 로드께서도 첩자들의 위치를 모르시는 것 같았습니다. 그러니 우리 마계 쪽에서 갈 수 없는 것입니다. 혹여 발각이라도 된다면 드래곤 로드께 큰 피해를 입힐 테니까요. 그래서 리켄 아저씨께 부탁드린 것입니다."

"허어, 그런 일이 있었군요."

마계와 천계의 전쟁 때 드래곤 로드에게 몸을 의탁한 사실은 이클립스에게 전해 들었지만 첩자에 대해선 처음이었다. 사실 리켄이 이클립스와 만나는 것은 천계에서도 알고 있었지만 그것 가지고 드래곤 로드를 추궁하기엔 무리가 있었다. 그들이 그저 마음이 맞아 잠시 동행하는 것이라고 말한다면 달리 할 말이 없기 때문에 드래곤 로드의 레어 근처에서 완벽한 증거를 잡아야 했던 천계였다. 섣불리 드래곤 로드를 건드려 봤자 천계만 손해이기 때문이다.

"허허허, 그런 것이라면 걱정하지 마십시오. 홍아 녀석은 이 늙은이가 알아서 할 터이니 말입니다."

"정말이십니까, 이스님?"

"걱정 마십시오, 마왕님. 친구가 아파 드러누웠는데 저렇게 나 몰라라 하는 녀석에게는 매가 약이지요. 저 녀석이 저리도 천방지축이지만 이 늙은이가 한번 매를 들면 순한 양처럼 말을 잘 듣는답니다. 허허허."

"풋."

마왕의 표정이 멍한 반면 뒤에 있던 4대 친위대들은 혼신의 힘을 기울여 웃음을 참는 모습이었다. 드래곤 최강의 공격력을 자랑하는 리켄을 혼내준다는 것이 놀랍고 대단하긴 했지만, 이스에게 매를 맞는 리켄을 상상하니 절로 웃음이 터지는 모양이었다.

"참, 그건 그렇고."

잠시 미소 지으며 즐거워하던 이스가 뭔가 다른 것이 생각났는지 다시금 마왕을 향해 입을 열었다.

"선택의 꽃은 해결된 것이나 다름없으니 안심할 수 있겠지만, 그 '생명의 물' 이라는 것은 어떻게… 마왕님께서 나서실 것입니까?"

"그것은… 죄송합니다만 이스님께 부탁드리려 했습니다."

"그렇습니까? 허허허, 우리 진아를 위하는 일인데 이 늙은이가 무엇인들 못하겠습니까. 생명의 물이라는 것이 어디에 있는지 어서 알려주십시오, 마왕님."

"아!!"

허허 웃으며 고개를 끄덕이는 이스의 말에 말을 잇지 못하는 마왕이었다. 가식이라고는 조금도 느껴지지 않는 말이었고 웃음이었다. 이클립스를 '우리 진아' 라고 부르는 것에선 마치 친손자를 부르는 것 같은 착각이 들 정도였으며 인자한 눈웃음과 너그러운 목소리에서는 마왕조차 푸근함을 느낄 수 있었다.

얼마 전 이스가 처음으로 마계에 들어왔을 때 그를 대하는 이클립스의 모습은 마왕도 놀랄 정도로 친근해 보였었다. 그런 이클립스의 행동이 당시엔 어리둥절하고 이상하게 보였지만 이제는 어느 정도 이해가 가는 마왕이었다. 마계를 떠나지 못하는 마왕의 신분이 아니라면 그 역시 이스와 함께 다니고 싶을 정도였기 때문이다.

"인간들이 세이트란 대륙이라고 부르는 곳에서 동남쪽으로 상당히 먼 곳까지 계속 가시다 보면 '아이들의 섬'이라는 곳이 있습니다, 이스님."

말을 잊은 듯 한동안 지그시 이스를 바라보고 있던 마왕이 심각한 표정으로 설명을 이었고 이스는 연신 고개를 끄덕이며 주의 깊게 경청했다.

"킬리오드, 네가 이스님과 함께하거라."

"네, 마왕님."

설명을 모두 마치고 마왕이 마계 서열 3위의 킬리오드에게 명령했다. 마계와 인간 세상을 드나들 수 있는 차원 이동 홀을 오직 마족만이 할 수 있기에 킬리오드를 찾은 것이다.

"얘야, 에이프릴."

"네, 할아버지."

이스는 곧바로 떠나지 않고 에이프릴에게 다가가며 말을 이었다.

"이 할아비가 서둘러 다녀올 터이니 너는 이곳에서 진아를 돌보는 것이 좋을 것 같구나. 그리하겠니?"

시간을 아끼는 것도 중요하지만 혹시나 있을지 모를 다른 변수를 생각해 에이프릴은 이곳에 남겨두려는 이스였다. 항구 도시 미렐리아드에서 좀비들이 습격했을 당시의 생각에 에이프릴이 걱정되는 모양이었다. 다행히 에이프릴은 곧바로 대답하며 고개를 끄덕였지만, 마계에 혼자 남는다는 생각이 무서운 모양인지 그녀의 눈망울이 사뭇 떨렸다.

"마왕님, 이 늙은이에게도 한 가지 청이 있습니다만……."

"처, 청이라니요, 당치도 않습니다. 무엇이든 말씀하시면 이 마왕이 무슨 수를 써서라도 해드리겠습니다."

에이프릴과 잠시 이야기하던 이스가 걱정스런 표정으로 마왕에게 말했다.

"이 아이를 잠시 이곳 마계에 남겨두어야겠으나 이곳에 혼자 남겨지는 것이 무서운 모양입니다. 이 늙은이의 청은 다른 것이 아니라 이 아이가 안심하고 이곳에서 지낼 수 있게 해주셨으면 해서……."

"이 마왕이 미덥지 않으신 것입니까, 이스님? 하하하. 이 마왕이 살아 있는데 이스님의 어여쁘신 손녀 분에게 그 어느 누가 감히 해코지를 하겠습니까. 정 미덥지 않으시다면."

말을 마침과 거의 동시에 마왕은 왼팔을 다른 손으로 잡았다. 그리곤 망설임없이 잡아당겼다.

푸직.

"아니!!"

"꺄아아악!"

마왕의 두터운 팔이 어깨부터 뜯겨지는 모습에 이스와 에이프릴이 깜짝 놀라며 비명을 터뜨렸다. 마왕은 그러나 웃음을 터뜨렸다.

"하하하, 이것은 저에겐 별일도 아니니 그리 놀라지 마십시오."

"허어."

마왕의 말이 끝나기도 전에 뜯겨졌던 그의 팔이 완벽히 재생됐다. 천계의 수장인 에리엘과의 싸움에서 상처 입은 이클립스가 재생되는 장면을 옆에서 지켜보긴 했지만 마왕은 거의 눈 깜짝할 사이에 재생됐다.

"그동안 이스님께 많은 신세를 졌는데 보답할 길이 없었습니다."

아직까지도 놀라고 있는 에이프릴을 바라보며 마왕이 말을 이었다.

"하지만 이스님께는 마왕으로서 아무것도 해드릴 수 없으니 이스님의 어여쁜 손녀 분께 이 마왕이 조그마한 선물을 드리지요."

"허허허, 신세는 오히려 이 늙은이가 지고 있지요. 아무튼 마왕님께서 우리 아이에게 선물을 하신다니 기대가 됩니다."

이스는 마왕의 선심을 사양하지 않았다. 자신을 위한 것이라면 모를까 에이프릴을 위한 것이니 그녀에게 분명 필요한 것일 테고, 유용하게 쓰일 것 같아서였다. 어느새 뜯겨졌던 마왕의 손은 바닥에서 두 걸음 정도 허공에 뜬 채로 모습을 바꾸고 있었다. 강철 같은 근육이 붙어 있던 팔이 검은 기류로 변해 둥그렇게 뭉쳐 있었다.

"에이프릴 양의 피가 한 방울 필요할 것 같군요."

"네? 아, 네."

마왕의 말에 에이프릴은 두렵기도 했지만 묘한 설레임이 앞섰다. 이스와 이클립스에게 선물이란 것을 몇 번 받아본 그녀였지만 언제 받아도 선물을 받는다는 건 좋은 것 같았다. 이스를 만나기 전까지는 선물이 무엇인지조차 알지 못했던 그녀였기에 조금 무섭기는 했지만 손을 내미는 에이프릴이었다. 마왕은 곧 부드러운 미소를 지으며 에이프릴의 손을 향해 시선을 주었다. 그러자 에이프릴의 손에서 한 방울의 피가 솟아나더니 공중을 날아 마왕의 팔에서 변한 검은 기류 속으로 들어갔다. 상처 하나 없는 손에서 한 방울이지만 피가 솟았는데도 에이프릴은 조금의 통증도 느끼지 못했다.

"자, 그럼."

에이프릴의 피가 들어가자 마왕은 곧바로 검은 기류를 향해 몸을 돌리고는 팔을 뻗었다.

슈우우우—

둥그렇게 뭉쳐 있는 검은 기류를 향해 마왕이 손을 뻗자 공중에 멈춰 있던 검은 기류가 순간 길쭉하게 변하며 형태를 이뤄갔다.

"아!!"

두려움 반, 셀레임 반의 표정이던 에이프릴의 얼굴이 점차 놀라움으로 변해갔다. 길게 변하던 검은 기류가 어느 순간 사라지며 사람의 형체를 갖췄기 때문이었다. 대략 170㎝ 정도의 키에 늘씬한 몸매, 20대 초반 정도로 보이는 얼굴의 여인이었다. 허리까지 내려오는 기다란 흑발 머리에 몸에 들러붙는 타이트한 가죽 상의와 조금 헐렁한 가죽 바지에 같은 검정색의 기다란 가죽 코트 차림을 한, 얇지만 선명한 눈썹에 가늘지만 지적인 눈매를 한 미모의 여인이었다. 마왕이 새롭게 탄생한 여인을 향해 말했다.

"너는 누구인가?"

"제 이름은 에이라."

에이라라고 자신의 이름을 밝힌 여인은 마왕의 물음에도 에이프릴만을 바라보며 대답했다. 부드럽고 조용조용한 목소리였다. 마왕이 말을 이었다.

"너는 누구를 위해 존재하는가?"

"저는 마왕님께서 만들어주신 존재이지만 에이프릴님만을 위해 싸울 것이고 함께 살아갈 것입니다."

"하하하."

에이라의 대답이 흡족한 모양인지 마왕에게서 커다란 웃음이 터져 나왔고 이스도 미소 지으며 고개를 끄덕이고 있었다.

"에이프릴 양."

어리둥절한 표정으로 제대로 말을 잇지 못하는 에이프릴에게 다가오며 마왕이 말을 이었다.

"여기 있는 에이라는 오직 에이프릴 양을 위해 존재하는 마족입니다. 에이프릴 양의 피와 함께 만들었기에 에이라는 에이프릴 양이 죽으면 함께 소멸될 것이고, 그 어떤 위험에서도 에이프릴 양을 위해 목숨을 바쳐 싸울 것이랍니다. 비록 겉모습은 여인이지만 우리 마계의 4대 친위대와 싸운다 하더라도 절대 뒤지지 않을 것이지요. 어떻습니까? 이 마왕의 선물이 마음에 드십니까, 에이프릴 양?"

"아……."

에이프릴은 이 상황을 어떻게 받아들여야 할지 몰랐다. 언제나 노예보다 천한 취급을 받았던 그녀였기에 어떻게 대답해야 할지 난감한 표정이었다. 또한 마족이긴 하지만 겉모습은 엄연한 여인이었다. 살아 있는 사람을 선물이라고 할 수 있을지, 여기서 수락하면 에이라가 어떻게 생각할지 등등 머리가 마치 엉킨 실타래처럼 복잡했다.

"허허허."

이스가 웃으며 다가와 에이프릴의 어깨를 토닥이며 입을 열었다.

"잘됐지 않느냐? 마왕님 덕분으로 친한 언니가 한 명 생겼으니 이보다 더 좋은 일이 어디 있겠느냐. 어서 마왕님께 감사의 말씀을 드려야 착한 아이지?"

"아?"

이스의 말에 드디어 에이프릴의 얼굴이 밝아졌다. 자신을 위해 존재하든, 죽는다면 함께 죽음을 맞이하든지 간에 마왕이 자신을 위해 만들어주었다면 사이좋게 지낼 수 있을 것 같았다. 이스의 말처럼 언니가 생겼다고 생각하니 에이프릴의 얼굴이 환하게 밝아졌다.

"감사합니다, 마왕님. 정말 감사드려요."

"하하하. 에이라, 어서 너의 새 주인에게 인사를 올리거라."

마왕의 지시에 조용히 서 있던 에이라가 걸어나와 에이프릴 앞에서 무릎을 꿇으려 했다. 첫 대면이니 예의를 갖추며 인사하려 했던 모양이었다. 에이프릴이 에이라의 몸을 잡아 일으켜 세우며 말했다.

"아니에요, 이러실 필요 없어요. 그냥… 그냥 에이프릴이라고 편하게 불러주세요."

누구에게 '님' 이라는 존칭을 받아본 적이 없던 에이프릴은 얼굴을 붉히며 부끄러운 듯 말까지 더듬었다. 잠시 이상하다는 표정을 짓던 에이라는 그러나 곧 부드러운 미소를 지으며 자리에서 일어났다.

"그럼 에이프릴, 이스님의 말씀처럼 에이프릴을 동생처럼 생각할게. 하지만 나는 언제나 에이프릴과 함께할 거야. 어떤 명령이라도 나는 기꺼이 따를 것이니 하고픈 명령이 있으면 망설이지 말고 해줘."

"아, 네."

아직까지는 어색한 모양인지 에이프릴의 대답과 행동은 상당히 부자연스러웠다. 마왕에 의해 탄생한 에이라는 마계에 대한 지식과 에이프릴의 기억을 함께 가지고 있었다. 그것은 마왕이 에이프릴의 피와 함께 에이라를 만들었을 때 의도적으로 그렇게 한 것이었다. 그래야만 주인을 이해하는 것에 도움이 되기 때문이었다.

원래 마왕에 의해 탄생한 마족은 마왕이 죽으면 함께 소멸되는 것이 정상이었지만 지금처럼 특별한 방법을 사용해 에이프릴의 생명이 끝날 때까지 살게 만들 수도 있었다.

"허허허, 그럼 이제 우리 에이프릴에 대한 걱정은 없어졌으니 이 늙은이는 그만 볼일을 봐야겠습니다."

이스는 에이프릴의 머리를 잠시 쓰다듬은 후 걸음을 옮겼다. 우선 리켄을 협박(?)해 선택의 꽃을 얻어오라고 한 뒤 생명의 물을 찾으러 떠날 생각이었기에 내성 밖으로 걸음을 옮기는 이스였다.

"할아버지, 조심해서 다녀오세요."

"오냐, 잘 놀고 있거라."

에이프릴을 향해 몇 차례 손을 흔들어준 이스는 이내 몸을 돌려고 킬리오드가 그의 뒤를 따라갔다.

*　　　　*　　　　*

"바로 저곳입니다, 이스님."

"호오~"

보이는 것은 잔잔히 일렁이는 검푸른 바다와 파란 하늘, 그리고 멀리 떨어져 있는 커다란 섬뿐이었다. 리켄을 설득하고 곧장 차원 이동 홀을 통해 도착한 것이 어느새 새벽 동이 트고 제법 많은 시간이 흐른 뒤였다. 항구 도시 미렐리아드에 있을 때가 저녁나절이었으니 12시간 이 조금 더 지난 이후였다.

이렇게 시간이 흐른 것은 마계에서 5일이 넘도록 리켄을 설득하느라 시간을 잡아먹어서였다. 이스의 무서운 위협(?)에도 리켄은 5일이 넘 도록 버틴 것이다. 하지만 리켄은 결국 이스에게 굴복당해 축 처진 어 깨를 하며 드래곤 로드에게 갈 수밖에 없었다.

"저는 이곳에서 기다리겠습니다. 부탁드립니다, 이스님."

"걱정하지 마시고 이 늙은이를 믿어주시게. 그나저나……."

말끝을 흐리며 이스가 킬리오드 뒤편 하늘을 향해 고개를 들었다. 시리도록 파란 하늘만이 펼쳐져 있었는데도 무슨 일인지 이스의 미간은 사뭇 좁혀져 있었다. 킬리오드가 씨익 웃으며 말을 이었다.

"걱정 마십시오. 이미 숱하게 겪었던 일입니다."

"허허허, 그러시면 이 늙은이는 먼저 가보지요."

"부탁드립니다."

이스는 곧바로 몸을 돌려 멀리 떨어져 있는 섬을 향해 날아갔다. 킬리오드는 그가 보이지 않을 때까지 허리를 숙이고 있다 천천히 몸을 돌려 하늘을 바라보았다. 한쪽 얼굴을 가리는 언밸런스한 머릿결이 잔잔한 바람에 부드럽게 흩날렸다.

"이봐, 언제까지 숨어 있을 건가?"

허공을 향해 외치는 킬리오드의 말에 놀랍게도 반응이 나타났다. 킬리오드로부터 대략 백여 미터 상공에서 눈부신 빛이 번쩍이며 누군가 모습을 드러냈다. 사방으로 뻗친 짧은 금발 머리에 커다란 눈망울, 천계 8대 수호 전사 중 하나인 카린느였다. 천족들이 항상 입는 속이 비치는 수영복 대신 발목까지 내려오는 새하얀 원피스 차림이었다.

"이거이거, 오랜만이라고 해야 하나, 말아야 하나? 그런데 어쩌지? 나는 하나도 반갑지 않으니 말이야."

킬리오드는 천천히 하늘 위로 몸을 띄워 카린느와 눈 높이를 같게 했다. 거리 또한 십여 보 정도로 가까웠다. 천계 서열 2위라는 엄청난 실력자임에도 킬리오드의 표정은 태평해 보였으며 여유롭기까지 했다. 반면 카린느는 아무런 말도 하지 않은 채 귀여운 미간을 잔뜩 찡그리고 있었다. 킬리오드가 다시금 말을 이었다.

"흐음, 내가 이곳에 오는 것을 어떻게 알았을까? 설마 우리 미족 중에 변절자가 있지는 않을 터인데… 이상한 일이로군."

카린느는 찡그린 얼굴로 킬리오드와 이스가 날아간 방향을 흘깃거리고 있을 뿐 이번에도 대답이 없었다. 킬리오드가 씨익 웃으며 말했다.

"설마 천하의 카린느님께서 아이들의 섬에 볼일이 있어 오신 건가?"

이번 역시 대답이 나오지 않았으나 카린느의 몸이 순간적으로 움찔거렸고, 그것을 놓치지 않은 킬리오드가 커다란 웃음을 터뜨렸다.

"이래서 내가 카린느님을 좋아한다니까. 하하하!"

"이……."

생각을 들켜서인지 카린느의 얼굴이 금세 홍당무처럼 변해 버렸다. 하지만 그것은 그리 오래가지 않았다. 카린느는 곧 무표정한 모습으로 침착하게 입을 열었다.

"하나 물어보고 싶은 게 있는데."

"호오, 웬일이실까? 카린느님 같은 고매하고 우아하신 천계의 전사 분께서 나처럼 더러운 마족 따위에게 질문이란 걸 하다니. 이것 재밌군. 하하하."

한쪽 눈썹이 잠시 파르르 떨렸을 뿐 이번에는 내색하지 않은 채 이스가 사라진 곳을 바라보며 카린느가 말을 이었다.

"저 노인, 누구죠?"

"이런이런."

과장된 동작으로 어깨를 으쓱하며 혀를 차는 킬리오드의 눈빛이 순간적으로 무섭게 번뜩이다 사라졌다. 하지만 이스가 갔던 방향을 보느라 카린느는 그것을 조금도 눈치 채지 못했다.

"알려주면 고맙겠군요."

"호오, 천계 수장나리께서 명령이라도 내리신 건가?"

"그래요."

비아냥거리듯 비릿한 미소를 머금고 있던 킬리오드의 얼굴에서 미소가 사라졌다. 순순히 고개를 끄덕이며 대답하는 카린느의 말 때문이었다. 천족과 마족은 앙숙이었다. 그것도 서로를 지독히 싫어했으며 끔찍할 정도로 증오했다. 그렇기에 마족과 천족이 만나면 거의 대부분 싸움이 시작됐고, 그것은 상대가 치명적인 상처를 입거나 더는 싸우지 못할 때까지 계속되었다. 카린느 역시 마찬가지였다. 킬리오드와 그녀는 인간 세상의 시간으로 100년도 훨씬 전부터 서로를 상대했으며 셀 수 없을 만큼의 치열한 싸움을 벌였었다. 그런 카린느가 마족에게 자존심을 꺾고 도움을 요청하고 있었다.

"미안하지만 나도 잘 몰라. 우리 마계의 자랑이자 내가 제일 존경하는 이클립스님께서 모시고 온 손님이라는 것밖에."

놀라운 일이 연이어 벌어지고 있었다. 마족에게 천계 서열 2위가 도움을 요청하고 마족이 거짓없이 대답했다. 리켄이 만약 이들 옆에 있었다면 분명 '네놈들, 정말 천족이고 마족이냐?' 라고 할 정도의 대단한 일이었다.

"정말 모르는 건가요?"

"그래."

"휴우……."

마치 킬리오드의 말을 모두 믿는 것처럼 카린느는 고개를 저으며 한숨을 내쉬었다. 항구 도시 미렐리아드에 있던 가면의 여자도 그렇고 이스도 마찬가지였다. 알 수 있는 것이 하나도 없었다.

"응?"

카린느의 몸 주변이 밝아지자 킬리오드가 깜짝 놀라며 말을 이었다.

"싸우지 않고 그냥 가는 건가? 몸에 마족의 냄새가 배었을 텐데?"

　마족이 차원 이동 홀을 사용할 때와 달리 천족이 사라질 때는 아주 미세한 빛이 천족의 몸을 감싼다. 그것은 웬만큼 강한 마족이라도 보기 힘들 정도로 순식간에 일어나는 일이며 은밀한 현상이었다.

　"호호호, 저도 아쉽지만 지금은 시간이 없군요. 하지만 다음 번에 만나면 그 목을 반드시 베어드리죠. 그럼."

　킬리오드를 향해 생긋 미소를 지으며 말하던 카린느의 모습이 이내 허공에서 자취를 감춰 버렸다. 천계나 다른 곳으로 가버린 모양이었다.

　"훗, 아쉽군."

　어쩔 수 없다는 듯 고개를 흔들며 몸을 돌리는 킬리오드의 입가로 보일 듯 말 듯한 미소가 피어올랐다. 웬일인지 킬리오드의 미소가 씁쓸한 느낌을 주었지만, 그 미소마저 이내 사라졌다.

제18장 아이들의 섬

스스스……

 나뭇가지들이 춤을 추듯 움직이고 나뭇잎들이 부딪치며 시원한 소리를 냈다. 어디서나 볼 수 있는 나무들의 모습이었다. 깨끗한 모래들과 시원한 실록의 숲. 모래사장을 걷던 이스는 잠시 걸음을 멈추고 주변을 놀랍다는 표정으로 바라보고 있었다.
 "보지 않았다면 믿지 않았을 것이야."
 멀리서 봤을 때는 그저 다른 섬과 차이가 없는 흔한 모습이었다. 하지만 가까이 다가온 이스는 모래사장에서 걸음을 멈출 수밖에 없었다. 너무도 놀라운 모습. 머리카락 한 올 흔들리지 않을 정도로 바람은 미세하고 은은했다. 그럼에도 나뭇가지들은 세차게 흔들리고 있었다. 게다가 나뭇가지 하나하나가 각기 다른 방향으로 움직였다. 어떤 것을 동쪽으로, 어떤 것은 남쪽으로. 돌개바람이 불지 않는 한, 아니, 돌개바람이 분다 해도 지금 같은 움직임은 보이지 않을 것 같았다.

"허허허."

한동안 그 자리에 멈춰 주변을 둘러보던 이스는 낮은 웃음과 함께 걸음을 옮겨 숲 속으로 향했다. 부드러운 모래사장에 그의 발자국이 남지 않았다. 너무도 깨끗하고 정갈한 모래사장이었기에 의도적으로 발자국을 남기지 않는 이스였다.

스스스스……

숲 속에 들어서자 시원한 바람이 얼굴을 훑어갔다. 바람은 없었으나 춤추듯 움직이는 나뭇가지들에 의해 생긴 바람이었다. 이스의 얼굴에서 미소가 더욱 짙어졌다. 나뭇가지가 움직여 인공적으로 생기는 바람이었지만 싱그러운 나뭇잎 냄새와 숲의 상쾌한 내음이 절로 느껴지는 모양이었다.

『우아~』

『노인이다. 이야~』

『꺄르르르~』

숲으로 들어온 지 얼마 지나지 않았을 때였다. 여기저기에서 치기 어린 목소리가 들려왔다. 섬의 이름처럼 아이들의 목소리였다. 이스를 발견해 놀라워하는 목소리도 들려왔지만 대부분 서로 장난치며 웃고 떠드는 시끌벅적한 목소리들이었다. 하지만 주위엔 흔들리는 나뭇가지들과 제멋대로 자라난 풀들밖에 보이지 않았으며 그 어디에서도 아이들의 모습은 머리카락 한 올 보이지 않았다. 이미 마왕에게서 이곳에 대한 설명을 들었던 이스는 당황하거나 놀라지 않았다.

"허허허, 무릉도원(武陵桃源)이 따로 없구나."

따스한 대지와 잘 익은 과일들이 가득한 과수들, 즐겁게 노니는 듯

한 아이들의 목소리. 무릉도원이 있다면 바로 이런 곳일 것 같았다. 이스는 뒷짐을 진 채 연신 싱글거리며 조금씩 섬 중앙을 향해 나아가고 있었다. 그렇게 한참 걷고 시원하게 흐르는 계곡을 지나 다시 십여 분 가까이 걷자 나지막한 산으로 주욱 연결된 좁은 오솔길이 나타났을 때였다.

『여기부터는 들어갈 수 없어요.』

이스의 앞쪽으로 십여 보 떨어진 곳에서 뭔가가 반짝이며 모습을 드러냈다. 이스의 손바닥보다 조금 더 큰 인간 모양의 요정이었다. 귀엽게 생긴 얼굴과 기다란 금빛 머리칼, 나뭇잎으로 만든 것 같은 원피스 차림이 사람을 축소시킨 것 같았지만 뾰족한 귀와 등 뒤로 한 쌍의 투명한 날개가 끊임없이 움직이고 있었다. 이스가 걸음을 멈추며 입을 열었다.

"여왕님을 만나뵈러 왔습니다."

갈 수 없다는 말에 이스는 공손히 허리 숙이며 부드러운 미소를 지어 보였다. 하지만 요정은 고개를 세차게 흔들었다.

『안 돼요, 여기부터는 누구도 들어갈 수 없어요.』

"허허허, 여왕님께 청이 하나 있어 먼 길을 쉬지 않고 달려온 늙은이입니다. 모든 준비를 갖추고 왔고, 또한 이 늙은이가 이곳에는 처음으로 온 것이니 여왕님을 만나뵙게 해주시지요. 부탁드립니다."

『흐음……..』

고개를 흔들던 요정이 새초롬한 표정으로 잠시 고개를 갸우뚱거린 후에 말을 이었다.

『정말 처음인가요? 거짓말 아닌가요?』

"허허허, 이 늙은이가 세상 무엇보다 귀엽고 아름다우신 분께 어찌 거짓말을 할 수 있겠습니까?"

『아하하하하.』

이스의 말에 요정은 손으로 볼을 만지며 즐거운 듯 커다란 웃음을 터뜨렸다. 등 뒤에서 움직이는 날갯짓이 더욱 요란한 소리를 내며 파닥거릴 정도였다.

『좋아요, 들어가세요.』

"허허허, 고맙습니다."

한참을 웃어대던 요정이 들어가라는 말과 함께 자취를 감추었다. 그러나 이스는 허공에 대고 살짝 허리를 숙여 보인 후 오솔길로 걸음을 옮겼다.

"흐음……."

오솔길에 몇 걸음 발을 내딛는 순간 이상한 일이 벌어졌다. 주위가 흐릿하게 변하며 순식간에 주변 풍경이 바뀌었다. 나지막한 산이 보이던 오솔길 대신 눈이 확 트이는 넓은 호수가 이스의 눈앞으로 펼쳐졌다. 어두운 하늘엔 수많은 별들이 가득했으며 밝은 별빛이 조금의 일렁임도 없는 호수 표면에 고스란히 비치고 있었다. 커다랗고 둥그런 호수 외곽으로는 하얀 백사장이 둥그렇게 펼쳐져 있고, 그 뒤로 똑같은 크기의 돌산들이 둥그렇게 백사장을 에워싸고 있었다.

"허어."

걸음을 멈춘 이스가 뒤로 고개를 돌렸다. 그가 지나왔던 길은 어느새 없어졌고 돌산만이 보이고 있었다. 하늘 역시 아침이 조금 지났을 뿐인데도 지금은 한밤중처럼 어두웠으며 별들도 밝게 빛을 발하고 있었다.

"참으로 아름다운 곳이로구나."

별빛이 반짝이긴 했지만 어두운 하늘이었다. 하지만 은은히 빛을 발하는 호수와 하얀 백사장 때문인지 주변은 충분히 볼 수 있었다.

『고맙군요.』

호수 방향에서 누군가의 목소리가 들려왔다. 부드럽고 아름다운 여성의 목소리였다.

『이리로 오세요. 저를 만나려 하신다고 들었어요.』

"허허허, 감사합니다."

호수 중앙 부근에서 밝은 빛이 보이고 있었다. 이스는 곧 호수를 향해 걸음을 옮겼다. 그렇지 않더라도 이스에겐 문제가 되지 않았지만 호수 표면은 돌 바닥이나 마룻바닥처럼 딱딱했다.

『어서 오세요.』

"반갑습니다, 여왕님. 이스라고 합니다."

오래지 않아 이스는 호수 중앙에 도착할 수 있었다. 다른 곳과 다르게 호수 중앙 부근은 둥그런 형태로 은은하게 빛이 뿜어져 나왔고, 그 중앙 부근에 이스가 여왕이라고 부르는 여인이 서 있었다.

『사이나라고 부르세요.』

손바닥만한 요정들의 여왕임에도 사이나의 모습은 사람과 흡사했으며 키 역시 170㎝가 조금 넘을 정도로 크고 늘씬했다. 완만하게 웨이브진 금발 머리가 그녀의 큰 키를 한참이나 지나 호수까지 늘어뜨려져 있었다. 그녀의 키보다 두 배는 길 것 같은 기다란 머리카락이다. 발을 뒤덮을 정도까지 내려오는 하얀 원피스 차림에 기다란 금발이 아주 잘 어울리는 모습이었다. 얼굴은 대략 30대 초반 정도의 여인처럼 보였으나 요정들의 여왕이니 실제 나이는 훨씬 많을 것이 분명했다.

『이곳에 인간이 온 것은 처음이군요.』

영롱한 호수 같은 눈동자로 잠시 이스를 바라보던 사이나가 은은한 미소를 지으며 말을 이었다.

『이곳까지 오신 걸 보면 제가 원하는 것도 가지고 오셨겠군요.』

"물론입니다."

어떤 남자라도 한눈에 반해 정신을 차리지 못할 정도로 아름다운 미소와 빠질 것 같은 호숫빛 눈망울이었지만 그녀를 바라보는 이스의 모습은 언제나 그렇듯 태연하고 인자한 할아버지의 얼굴을 하고 있었다. 그에겐 그저 예쁘장하게 생긴 나이 어린 여인으로밖에 보이지 않는 모양이었다.

"나름대로 열심히 준비한 것이니 부디 너그러이 받아주십시오."

품속에서 뭔가를 꺼내 든 이스가 사이나를 향해 그것을 내밀었다. 한 손에는 어린아이 주먹만한 보석이 있었으며 다른 손에는 꽃이 들려 있었다. 보석은 다섯 가지 색이 영롱하게 빛을 발하는 특이한 것이었고, 꽃 역시 꽃잎 하나에 스무 가지의 색이 들어가 있는 아름다운 것이었다. 둘 모두 마계에서만 구할 수 있는 보석과 꽃이다.

요정들의 여왕 사이나를 만나기 위한 조건은 바로 이것이었다. 그녀가 아직까지 보지 못한 보석 하나와 꽃 한 송이. 하지만 한 번 그녀를 만난 자는 두 번 다시 아이들의 섬에 들어올 수 없었다. 아니, 들어올 수는 있지만 그렇게 들어왔던 자가 밖으로 나온 적은 단 한 번도 없었다. 아무리 희귀한 보석과 꽃을 들고 왔다 하더라도 한 번이 아닌 두 번째에는 모두가 섬을 떠나지 못했다. 아이들의 섬으로는 마족을 대표해 이클립스가 오래전에 한 번 왔었기에 마족은 더 이상 이곳에 들어올 수 없었다. 그렇기 때문에 이스가 대신 온 것이다.

『그 꽃과 보석은 마계의 것들이로군요.』

“그렇습니다.”

선선히 고개를 끄덕이는 이스의 대답에 사이나의 얼굴에서 미소가 사라졌다.

『마족과의 거래는 이미 끝났어요.』

“이 늙은이는 마족이 아니라 사람입니다만.”

『그래요, 당신은 분명 사람이지요. 하지만 마족의 보석과 꽃을 가지고 있다는 것은 마족에게 부탁을 받았거나, 아니면 협박을 당해서겠죠. 그러니 당신이 이곳에 온 것 역시 마족이 왔다고 할 수 있지요.』

“허어.”

이스는 뭐라고 대꾸할 말이 떠오르지 않았다. 사이나의 말은 너무도 정확했다. 협박을 받은 것은 아니지만 이클립스를 위해 온 것이니 일리가 있다고 생각하며 입을 열었다.

“여왕님의 말씀이 하나도 틀리지 않으나, 이 늙은이의 아이가 많이 아파서 이렇게 먼 길을 찾아온 것이랍니다. 그러니 너그러운 마음으로 생명의 물을 조금 나누어 주시면 아니 되겠습니까?”

여기서 포기할 순 없었다. 포기하고 돌아간다면 이클립스는 영영 깨어나지 못할 것이고, 이스 자신 역시 아픈 마음을 영원히 간직해야 할 것이다.

“아니면 다른 방법을 알려주시면 아니 되겠습니까?”

『돌아가세요.』

간절한 이스의 부탁에도 사이나의 표정은 싸늘하기만 했다.

『마족의 부탁을 받고 왔지만 당신이 인간이라서 봐주는 거예요. 돌아가세요.』

“어찌 이 늙은이의 청을 그리도 매몰차게 거절하실 수 있습니까. 그러지 마시고 생명의 물을 조금만이라도 나누어 주시지요. 아주 조금이라도 상관없습니다. 목숨이 경각에 처한 아이를 위한 일이니 이 늙은 이의 청을 들어주시지요."

『흥!』

콧방귀를 뀌며 뒤돌아 가려는 사이나의 모습에 이스가 서둘러 다가가 그녀의 옷자락 끝을 붙잡았다. 그때였다.

휘이이잉─

사이나의 기다란 머리칼이 제멋대로 움직일 정도의 매서운 바람이 몰아치며 굵은 눈송이들이 휘날렸다. 따스하던 날씨 역시 살을 에는 것처럼 추워졌다. 여름에서 순간적으로 한겨울로 바뀐 것 같았다. 마치 옆으로 눈이 내리는 것처럼 무서운 바람이 몰아쳤지만 호수 표면에선 아무런 일렁임도 보이지 않았다. 사이나가 천천히 고개를 돌렸다.

『감히!!』

영롱한 호수 같은 눈망울이 어느새 하얗고 날카롭게 변했으며 서릿발 같은 살기가 번들거리고 있었다. 이스는 곧 그녀의 옷자락을 놓으며 뒤로 한 걸음 물러섰다. 상대는 '여왕'이라는 대단한 신분의 여인이었다. 그런 상대의 옷자락을 잡았으니 무례라고 생각한 이스였다.

"무례를 범했다면 용서해 주시지요. 하지만 애써 여기까지 찾아온 사람에게 너무하는 것 같습니다. 한 아이의 생명을 위한 일이거늘 어찌 여왕께서는 이리도 매정하실 수 있습니까? 그러지 마시고 생명의 물을 조금만 나누어 주시지요."

『죽고 싶으냐?』

"허어."

간절한 부탁에도 사이나의 표정과 말투는 전혀 변함이 없었다. 오히려 더욱 화가 난 모습이었다. 이스는 어떻게 해야 할지 막막했지만 포기하지 않았다.

"이 늙은이가 무릎이라도 꿇으라면 꿇겠습니다. 위급한 아이를 위해 나설 수밖에 없는 이 늙은이의 심정을 헤아리셔서 부디 자비를 베풀어 주시지요, 여왕님."

이스는 그의 말처럼 정말로 무릎을 꿇었으며 고개까지 조아렸다. 그가 누군가에게 무릎을 꿇은 것은 오랜 옛날 화산파를 떠나기 전 화산의 장문인에게 한 이후로 처음이었다. 그러나 사이나의 표정은 조금도 변하지 않았으며 오히려 더욱 무서워지고 있었다.

『꺼지라고 하지 않았느냐!』

휘이이잉—

앙칼진 사이나의 외침이 터진 순간 무서운 기세로 쏟아지던 눈들이 무릎을 꿇고 있는 이스에게 집중적으로 쏟아졌다.

타타타탕!

이스의 몸에 부딪쳐 튕겨 나가는 소리가 마치 철판에 대고 화살을 쏘는 것 같았다. 아니, 그것보다 더욱 큰 소리였으며, 마치 엄청난 크기의 우박들이 쇳덩어리 위로 쏟아지는 착각이 들 정도였다.

"흐음……."

무릎을 꿇고 있던 이스가 낮은 탄식을 터뜨리며 천천히 자리에서 일어섰다. 눈송이 하나하나의 위력이 놀라울 정도로 대단했다. 처음 리켄을 만났을 때 당했던 파이어 블레스와 비교해도 손색이 없을 엄청난 위력이었다.

타타타탕!

그러나 셀 수 없이 부딪치는 눈송이들은 이스의 몸에 단 하나도 닿지 못했다. 마치 보이지 않는 벽에 막힌 것처럼 이스의 몸 가까이 쏟아져 온 눈송이들은 한 뼘 정도의 거리를 두고 모조리 튕겨져 나갔다. 호신강기보다 더욱 강한 이스의 영검이 저절로 시행돼 몸을 보호하기 때문이다.

『아니?』

무수한 눈송이들의 공격에도 눈 하나 깜짝하지 않는 이스의 모습에 사이나의 하얀 눈망울이 파르르 떨렸다. 믿을 수 없는 모양이었다. 하지만 그것도 잠시, 사이나의 서릿발 같은 눈에서 살기가 더욱 짙어졌다.

쿠우우—

사이나의 무서운 눈초리가 빛난 순간 무수히 쏟아지던 눈송이들이 감쪽같이 사라졌다. 하지만 눈송이들이 사라지자마자 커다란 물기둥이 이스를 뒤덮으며 순식간에 얼어붙어 버렸다. 이스를 중심으로 얼음의 두께가 족히 십여 보가 넘을 정도였다.

『호호호!』

이스가 완전히 얼음 속에 갇히자 사이나의 입에서 커다란 웃음이 터져 나왔다. 얼음 주변으로 차가운 한기가 무겁게 흐를 정도이니 당연히 죽었을 것으로 생각한 모양이었다. 그러나 그녀의 웃음은 오래가지 않았다.

"분이 풀리셨다면 이제 그만 하시고 생명의 물을 주시지요."

『아니?』

간드러지게 웃어대던 사이나의 웃음이 순식간에 멈춰졌다. 얼음 속에서, 그것도 상당한 두께의 얼음 속에서 이스의 목소리가 들려왔다. 어떻게 두꺼운 얼음을 뚫고 목소리를 전달하는 것인지 알 수 없었지만 살아 있는 것은 분명했다.

　쩌저적, 쩌적─

　목소리가 들리고 잠시 후 두터운 얼음이 산산조각으로 깨지며 호수 속으로 빨려 들어갔지만, 이스는 여전히 처음과 같은 모습으로 수면 위에 우뚝 서 있었다.

　『네, 네 이놈이 감히!!』

　번쩍, 콰콰쾅!

　비명 같은 외침이 사이나에게서 터져 나오자 하늘에서 셀 수 없이 많은 번개가 이스에게 작렬했으며 귀청을 찢을 것 같은 바람이 칼날처럼 휘몰아쳤다. 그뿐이 아니었다. 호수 표면에서 작은 물방울들이 무수히 솟아나 이스를 향해 비처럼 쏟아졌고 눈송이들이 가득한 맹렬한 소용돌이가 발 밑에서 치솟아올랐다.

　『건방진 늙은이가…….』

　사이나의 입가로 비릿한 미소가 피어올랐다. 이곳은 그녀만을 위한 공간이었다. 이곳 밖에서는 다른 요정들과 똑같은 힘밖에 쓰지 못하지만 이곳에서만큼은 그 어느 누구도 그녀의 상대가 될 수 없었다. 세이트란 대륙 최강이라는 드래곤 로드와 마계의 주인인 마왕, 거기에 천계 수장인 에리엘. 이 모두가 함께 오더라도 이곳에서만큼은 그녀를 상대할 수 없었다.

　세이트란 대륙 동서남북으로 요정들이 사는 네 개의 커다란 섬이 있었으며 하나의 섬마다 요정들의 여왕이 살고 있었고, 모두 각자의 공간이 마련돼 있었다. 하지만 요정들의 여왕 중 사이나를 위한 공간이 가장 위력적이었고 강력한 힘을 발휘했다.

　『흥.』

무서운 바람과 소용돌이, 그리고 빗방울들과 번개들이 사이나의 콧방귀 소리와 함께 순간적으로 자취를 감췄다. 거의 반 시간 가까이 지속됐으니 충분하다고 생각하며 없애 버린 모양이었다. 하지만 그 순간 사이나의 하얀 눈동자가 찢어질 것처럼 커다랗게 변해 버렸다.

"허어."

한숨을 터뜨리며 고개를 흔드는 이스의 모습이 사이나의 두 눈으로 똑똑히 들어왔다. 상처 하나 없는 모습이었다. 기다란 머리카락과 수염, 그리고 하얀 옷자락 모두가 정갈하고 깨끗했으며 어디 한 군데 흐트러진 곳이 없었다. 잠시 고개를 흔들며 한숨 쉬던 이스가 멍한 표정을 하고 있는 사이나를 향해 입을 열었다.

"비록 이 늙은이가 생명의 물을 얻으려 떼쓰고 결례를 범했다고 하지만 이건 조금 과한 듯합니다."

그 엄청난 공격을 당하고도 이스는 씁쓸한 미소를 지을 뿐이었다. 그런 이스의 모습을 바라보던 사이나가 처음과 같은 얼굴로 돌아가며 말을 이었다.

『특이한 분이시군요.』

얼굴처럼 부드러운 목소리와 말투를 하며 사이나가 말을 이었다.

『그런 위협을 당하고도 그대처럼 아무 반응도 없는 분은 처음이군요. 화를 내고 욕을 하며 저를 공격해야 정상이 아닌가요?』

"어쩌겠습니까, 이 늙은이가 아쉬워서 찾아온 것이니 참을 수밖에요."

사이나의 입가로 미소가 피어올랐다. 그 엄청난 공격을 상처 하나 없이 막아냈다는 것은 충분히 공격할 수도 있다는 말과 같았다. 하지만 상대는 쓴웃음만 지을 뿐 공격할 낌새는 조금도 느껴지지 않았다.

『아이가 위독하다니, 당신의 친아들이나 친손자인가요? 그리고 마족에게서 보석과 꽃을 받아온 사람은 처음이에요. 어떻게 한 것인지도 궁금하군요.』

"허허허."

사이나의 물음에 이스에게서 낮지만 만족스러운 웃음이 터져 나왔다. 아이에 대한 것을 묻는 것이라면 그녀의 화가 상당 부분 풀렸다는 뜻이었고, 말만 잘한다면 생명의 물을 얻는 데 어려움이 없을 것 같아서였다.

"이 한심한 늙은이에게 어찌 인연이 있어 친아들이나 손자가 있겠습니까. 생명의 물이 필요한 아이는 사람들이 마족이라고 부르는 아이입니다. 그 아이와 인연이 닿아 정을 쌓다 보니… 허허허. 이젠 손주 녀석처럼 느껴지더군요. 그런데 그 아이가 그만 해를 당해 위급한 상태에 빠졌지요. 다들 손을 쓸 수 없다고 해서 하는 수 없이 이 늙은이가 이렇게 나선 것입니다. 그러니 부디 자비를 베푸시어 생명의 물을 나누어 주시지요."

『정말 알 수 없는 분이시군요.』

믿을 수 없는 대단한 능력이 있으면서도 여전히 공손하게 대답하는 이스의 모습에 사이나는 다시금 미소를 지었다. 이런 사람은, 아니, 이곳에 들어와 자신에게 공격당한 상대 중 이스 같은 반응을 보인 자는 단 한 명도 없었다. 생명이 위급할 엄청난 공격을 당한다면 그녀의 말처럼 누구나 반격하는 것이 당연한 일이었다. 또한 자신에게 대단한 능력이 있다면 거꾸로 사이나를 위협하며 물건을 내놓으라 했을 일이었다. 그런데도 이스는 공격을 막기만 할 뿐 아무런 대응도 하지 않았으며, 그 모두가 사람이라면 듣기만 해도 경기를 일으킬 '마족'을 위한 일이라 했다. 사이나는 이스가 마치 희귀 동물처럼 느껴졌다.

『좋아요. 저도 심했으니 용서를 구하는 의미로 생명의 물을 드리겠어요.』

"허허허, 감사합니다, 여왕님."

미소 지으며 고개를 끄덕이는 사이나의 말에 이스의 얼굴이 대번에 어린아이처럼 밝아졌다.

*　　　*　　　*

"할아버지가 왜 이리 늦으시지?"

침대에 누워 멍하니 천장을 바라보는 에이프릴의 표정이 걱정으로 가득했다. 이스를 걱정하고 있는 모양이었다. 그도 그럴 것이, 이스가 생명의 물을 가지러 간 것이 벌써 열흘을 훌쩍 지나고 있었다. 마계에서의 열흘은 인간 세상에서 하루밖에 되지 않지만, 그 많던 좀비들을 일순간에 없애 버릴 정도의 힘을 가지고 있는 이스에게서 열흘이 넘도록 소식이 없다 보니 자연스레 걱정이 되는 에이프릴이었다.

"너무 걱정 마라. 이스님을 상대할 수 있는 자는 어디에도 없으니 말이야."

한쪽 의자에 앉아 있던 에이라가 자리에서 일어나 에이프릴이 누워 있는 침대에 걸터앉으며 부드러운 미소를 지었다. 이곳은 마왕이 에이프릴을 위해 특별히 만들어준 방이었다. 급히 만들어 커다란 침대와 작은 탁자 하나가 전부였지만 에이프릴에게는 이곳이 마왕성에서 가장 편안한 곳이었다. 에이라가 항상 옆에서 따라다녔지만 마왕성 안과 밖 모두에 마족들과 마물들이 넘쳐 나 그녀로선 주변을 돌아다니기가 껄끄럽고 무서웠다. 이스와 리켄이 떠난 이후 에이프릴은 이클립스 곁에 없을 땐 언제나 이 방을 벗어나지 않았다. 하지만 나쁜 것만 있지는 않았다. 이클립스 옆에는 마왕이 언제나 자리를 떠나지 않았기에 에이프릴은 하루의 대부분을 방 안에서 지내야 했고, 언제나 따라다니는 에이라와 그동안 상당히 친해져 있었다.

"하지만 너무 늦으시는걸. 무슨 문제가 있는 건 아니겠지, 언니?"

십 일이 훌쩍 지나는 동안 에이프릴은 에이라를 거리낌없이 '언니'라고 불렀다.

아버지는 얼굴도 기억나지 않았고, 아버지의 이름조차 알려주지 않던 어머니는 남들보다 냉정했다. 세상을 어떻게 살아가야 할지 난감했던 그녀 앞으로 이스와 리켄, 그리고 이클립스가 나타났다. 리켄은 드래곤이었고, 이클립스는 모두가 두려워하는 마족이었으며, 이스는 믿을 수 없는 힘을 보유한 엄청난 사람이었다.

하지만 그들 모두 에이프릴을 친손녀처럼, 그리고 친동생처럼 대해주었다. 가식이나 거짓없이, 무얼 바라고 하는 행동도 아니었다. 에이프릴은 어느새 그들과 함께하는 시간을 당연하게 받아들이고 있었다. 그런데 이클립스는 다쳐 침대에 눕고, 이스와 리켄은 약을 구하러 떠나자 가슴 한곳이 텅 빈 것 같았다. 그들의 빈자리가 이렇게 크게 와 닿을지 그녀조차 모르고 있었다. 그래도 에이라가 옆에 있어 많은 위로가 됐었다.

"호호호, 그렇게 걱정되면 마왕님께 여쭤보렴. 어쩌면 마왕님께선 아실지 모르는 일이니까."

"그, 그럴까?"

에이라의 대답에 에이프릴은 벌떡 자리에서 일어났다. 우락부락한 마왕의 얼굴이 보기만 해도 무서웠지만 이스와 리켄의 소식을 알 수만 있다면 그 정도는 얼마든지 참을 수 있었다. 에이프릴은 곧 침대에서 내려와 침대 위쪽에 놓아둔 흑갈색 재킷을 집어 들었다. 항구 도시 미렐리아드에 있을 때 이클립스와 커다란 옷 가게를 쇼핑하며 구입한 고급 재킷이었다. 재킷뿐만이 아니었다. 부드러운 흑갈색 바지와 소가죽으로 만들어진 고급 구두, 거기에 촉감 좋은 실크 상의 모두가 이클립스가 사준 물건이었다.

"빨리 가봐야겠다."

에이프릴이 서둘러 침대에서 일어나 밖으로 나갈 채비를 하려 할 때였다. 방문을 두드리는 노크 소리가 들려왔다.

똑똑똑.

"누구서요?"

구두 끈을 묶을 생각도 하지 않은 채 에이프릴이 서둘러 방문을 향해 달려가 문을 열었다. 바닥이 대리석으로 되어 있기에 침대에 올라갈 때를 제외하고 그녀는 항상 구두를 신고 있었다.

"휴식하시는데 죄송합니다, 에이프릴님."

문을 열자 커다란 검회색 상하의에 같은 색 롱 코트 차림의 사내가 고개를 숙이며 얼굴 가득 시원스런 미소를 지어 보였다. 190㎝ 가까이 되는 헌칠한 키에 다른 마족들보다 주먹 두 개 정도 길어 보이는 팔, 올백으로 빗어 넘긴 짧고 검은 머리카락, '앤디킬' 이라는 이름으로 불리며 마왕의 4대 친위대 중 한 명이었다. 부드러운 눈매에 길쭉한 턱, 오뚝 솟은 콧대와 상당히 마른 체구로 다소 약해 보이며 친위대라기보다 학자 같은 모습이었지만 마계 서열 6위의 엄청난 실력자였다.

"무, 무슨 일로?"

마왕의 친위대가 자신의 방까지 방문하자 사뭇 긴장한 듯 에이프릴의 얼굴이 잔뜩 굳어버렸다. 앤디킬이 하얀 이빨이 보이도록 환하게 웃으며 말을 이었다.

"하하하, 기쁜 소식을 전하러 왔습니다, 에이프릴님. 이스님께서 방금 도착하셨습니다. 어서 내성으로 가보시지요."

"아!!"

언제 굳었냐는 듯 에이프릴의 얼굴이 환하게 밝아졌다. 그녀는 앤디킬에게 인사도 하지 않은 채 내성을 향해 달려갔다.

"상당히 귀여운 분이시군."

인사도 없이 달려가는 에이프릴이었지만 앤디킬의 얼굴에선 미소가 더욱 짙어졌다. 에이라가 그의 곁은 스치며 입을 열었다.

"부러우신가요?"

"천만에. 마왕님께서 얼마나 사랑스럽고 귀여우신지 자넨 모를 걸세."

"호호호."

미소로 대답을 대신한 에이라는 어느새 멀리까지 떨어져 있는 에이프릴의 뒤를 좇았다.

"할아버지~"

"어이구, 내 새끼. 그동안 잘 놀고 있었누? 허허허."

달려드는 에이프릴을 번쩍 안아 들며 이스가 너털웃음을 터뜨렸다. 그 모습에 주위에 늘어서 있던 마왕과 세 명의 친위대, 그리고 닥터 킬리오드 역시 미소를 지었다.

"에?"

한참 동안 이스의 목을 끌어안고 즐거워하던 에이프릴이 깜짝 놀란 듯 이스에게서 물러섰다. 이스의 어깨 부근에서 날갯짓하는 작은 요정의 모습 때문이었다. 손바닥만한 크기에 놀라울 정도로 아름다운 얼굴은 30대 초반 정도 되어 보였다. 몇 겹으로 얽기설기 땋은 기다란 금발 머리에 하얀 원피스 차림의 요정이었다. 요정을 손짓하며 에이프릴이 이스에게 말했다.

"저, 저게 뭐예요, 할아버지?"

『저, 저게? 상당히 버릇없는 꼬마 계집이로군요. 예절 교육부터 단단히 시켜야겠어요.』

요정이 이스의 대답을 가로채며 꾸짖자 에이프릴의 얼굴이 멍하게 변해 버렸다. 그녀만이 아니었다. 마왕과 마족 모두가 대답을 요구하는 눈초리로 이스를 바라보았다. 이스가 도착하고 생명의 물을 건네받느라 마왕도 아직까지 물어보지 못한 모양이었다.

"허허, 그러니까……."

얼굴 가득 웃음을 지으며 이스가 조용히 요정에 대해 설명해 주었다.

그녀의 이름은 사이나, 세이트란 대륙 동남쪽 부근 방향에 위치한 아이들의 섬의 주인이었으며 여왕이었다. 생명의 물을 이스에게 준 그녀는 이스가 떠나려 할 때 갑자기 함께하기를 청했다. 이스가 이유를 묻자 '저는 호기심을 참지 못해요' 라는 말밖에 하지 않았다.

이스는 밖으로 나가도 여전히 대단한 힘을 발휘할 수 있냐고 물었고 그녀는 아니라고 대답했다. 그 말에 이스는 자신과 함께하면 많은 위험이 따를 것이라는 말을 시작으로 그가 파괴신의 부활을 위한 여행을 하고 있다며 이 세상에 도착한 이후의 일들을 대략적으로 그녀에게 말해 주었다. 그렇게 모든 사실을 알려준 이유는 그녀만을 위한 공간을 나서면 거의 아무런 능력이 없는 사이나의 안전을 염려해 아이들의 섬에 남기를 원해서였다.

이스의 이야기를 모두 듣고 난 이후 놀랍게도 사이나는 더욱 호기심 어린 표정으로 함께하기를 강력히 청했다. 이스는 마땅히 거절할 말도 없고 해서 그녀의 청을 수락했다. 마계로 돌아오기 전, 사이나는 아이들의 섬을 돌아다니며 많은 요정들과 작별 인사를 했고, 그렇게 시간을 잡아먹다 보니 자연스레 늦은 이스였다.

"에에엑?"

이스의 말에 에이프릴을 제외한 모든 마족이 깜짝 놀라며 사이나를 바라보았다. 자존심은 드래곤과 마족을 능가하고, 자신 이외의 사물은 하찮은 벌레처럼 여기는 동쪽 요정들의 여왕 사이나. 그녀가 섬을 떠나 언제라도 위험에 처할 수 있는 바깥 세상에 나왔다는 것이 믿어지지 않는 모양이었다.

"죄송합니다, 여왕님. 제가 결례를 범했습니다. 용서해 주시어요."

사이나가 얼마나 대단한 인물인지, 그녀의 행동이 어떤지 에이프릴로서는 알 수 있는 길이 없으나 '여왕' 이라는 신분이었기에 용서를 구하며 머리를 조아렸다. 그런 에이프릴의 행동에 사이나는 흥 하고 콧방귀를 뀌며 이스의 어깨에 앉아 고개를 돌렸다.

"허허허, 사이좋게 지내야지요. 그나저나."

에이프릴과 사이나의 모습에 잠시 웃음을 흘리던 이스가 마왕에게 다가가며 입을 열었다.

"홍아 녀석은 아직인 것인가요?"

"네. 아마도… 조금 더 기다려야 할 것 같습니다. 하, 하하."

이스의 물음에 마왕은 어색한 미소와 함께 대답해 주었다. 뭔가 알고 있는 듯한 반응이었지만 이스는 더 이상 묻지 않았다.

"그 녀석 참, 이 할아비가 그리 타일렀건만. 어서어서 시간을 재촉해야 할 터인데……."

고개를 흔들며 아쉬워하는 이스는 몸을 돌려 이클립스가 누워 있는 침대로 다가가 그의 머릿결을 부드럽게 쓰다듬었다.

"진아야, 조금만 참거라. 이제 조금만 더 참으면 괜찮아질 게야. 홍아 녀석이 만약 선택의 꽃을 구해오지 못한다면 이 할아비가 무슨 수를 써서라도 가져올 테니 조금만 참거라. 알겠지?"

알아들을 리 없는데도 이클립스에게 말하는 이스였다. 부드럽고 조용조용했지만 이클립스에 대한 걱정이 가득 느껴지는 목소리였다. 그 모습을 주위에서 보고 있던 마왕과 마족들의 얼굴에 진한 미소가 피어올랐다.

제19장 환골탈태(換骨脫胎) 벌모세수(伐毛洗髓)

"흐음, 이 녀석들이란 말이지?"

허리까지 내려오는 기다란 금발 머리의 30대 중반쯤으로 보이는 사내가 두 장의 초상화를 보며 비릿한 미소를 머금었다. 그러나 그의 에메랄드 빛 눈망울은 날카롭게 번뜩이고 있었다.

듀라이미히 마르키드. 제국 쿠르디르드의 대공이며 웬만한 작은 국가의 수도보다도 더 커다란 영지를 다스리는 남자였다.

"그렇습니다, 대공 전하. 이 무엄한 놈들이 감히 전하의 명령을 사칭했다는 반역의 무리들입니다."

마르키드의 말에 앞에 앉아 있던 뚱뚱한 사내가 비굴한 표정을 지으며 고개를 끄덕였다. 마르키드 대공의 참모 역할을 하고 있는 반데르 마덴이라는 자였다. 50대 초반의 나이였지만 툭 튀어나온 배와 머리카락 한 올 없는 대머리가 실제 나이보다 훨씬 많이 들어 보이게 했다.

궁전이라고 해도 과언이 아닐 정도로 화려하고 거대한 회의실이었지만 마르키드 대공과 반데르마덴 둘밖에 없었다.

"내 명으로 제국의 다른 국가들 모두에 수배령을 내리도록. 이놈들 만큼은 내 손으로 직접 신문하고 처단할 것이다."

"알겠습니다, 대공 전하."

마르키드의 대답에 반데르마덴은 곧바로 대답하며 자리에서 일어나 회의실을 벗어났다.

"훙."

마르키드의 대공의 시선이 다시금 두 장의 초상화에 닿았다. 하나는 붉은 머리의 미청년이었으며 다른 하나는 기다란 검은 머리가 한눈에 들어오는 미남이었다. 리켄과 이클립스의 초상화였다.

"감히 내 명령을 사칭하고 다니다니."

마르키드의 미간이 점차 일그러져 갔다. 명령을 사칭한 것도 그렇지만 두 미청년의 얼굴이 너무도 아름다웠고, 젊은 나이 역시 그의 심기를 불편하게 만들고 있었다. 사람들이 제국 5대 미남이라고 그를 부르지만 초상화에 그려져 있는 두 청년이 세상에 알려지면 자신은 분명 5대 미남에 들지 못할 것이 확실했다.

"후후후."

잠시 미간을 찡그리던 마르키드는 그러나 이내 낮은 웃음을 흘렸다. 초상화에 그려져 있는 두 청년은 큰 죄를 지었다. 세이트란 대륙의 실권자인 제국 쿠르디르드, 그리고 제국의 거의 모든 권력을 한 손에 쥐고 흔들 수 있는 자신을 욕보였으니 두 청년은 오래지 않아 잡힐 것이고, 참수형은 피할 수 없을 것이었다.

세이트란 대륙에 있는 모든 중소국가들은 언제나 제국의 눈치를 살폈다. 국왕의 책봉이나 왕세자의 결혼식 모두가 제국의 허락 하에 이뤄질 수 있었으며 군사력 역시 일정 수준 이상 증강할 수 없었다. 무역 또한 제국에서 만든 '국제 무역법' 을 준수해야 했고, 그것을 조금이라도 어길 시엔 '부칙 301조' 라는 무서운 제재가 떨어져 몇 년 동안 다른 국가와의 무역을 할 수 없었으며, 자칫 잘못하다간 제국의 군대에 짓밟혀 나라가 망할 수도 있었다.

이런 상황이기에 대륙의 모든 국가들에선 제국의 권력자인 마르키드 대공에게 잘 보이려 상당한 노력을 기울이고 있었다. 막대한 황금을 바쳤고, 아름다운 여인들을 해마다 선물했다.

이런 때에 마르키드가 초상화에 그려져 있는 죄인들을 잡기 위해 다른 국가들에 공문을 돌린다면 모든 국가들에서 눈에 불을 켜고 잡으려 할 것이니 두 청년이 잡히는 것은 그야말로 시간문제였다.

똑똑똑.

노크 소리와 함께 회의실 문이 열리며 일단의 사람들이 모습을 드러냈다. 모두 다섯 명이었으며, 네 명은 갑옷 차림을 한 병사들이었고 나머지 한 명은 온몸 가득 피 칠을 한 남자였다. 얼마나 맞았는지 얼굴조차 확인하기 힘든 상태였다.

"드디어 자백을 받았습니다, 대공 전하."

"흠, 그런가?"

30대 초반으로 보이는 병사 하나가 다가와 서류를 건네주었다. 죄인이 자백한 내용인 것 같았다. 잠시 서류를 바라보던 마르키드가 미간을 찡그리며 병사에게 말했다.

"흐음, 도둑질한 내용은 적혀 있는 것 같은데 어째서 대신관님의 목걸이에 대한 행방은 보이지 않는가?"

"그것이… 이자가 어딘가에서 도둑 맞은 듯합니다, 전하."

"이런……."

불쾌한 표정으로 자리에서 일어선 마르키드가 죄인을 죽일 듯이 노려보았다. 도둑이 다시 도둑을 맞았다면 목걸이를 찾는 것은 불가능하다고 할 수 있었다.

"사지를 찢고 목을 베어 성밖에 걸으라. 대신관님의 목걸이를 훔친 자의 최후가 어떠한지 사람들에게 보게 하여 경각심을 일깨워야 할 것이다!"

"넷, 전하."

마르키드의 명령에 병사들은 곧바로 대답하며 죄인을 데리고 회의실을 벗어났다. 실상 잡혀온 죄인은 마르키드가 잡은 것이 아닌, 그의 부하들이 어딘가에서 잡아온 도둑 중 하나였다. 대공의 신분으로 일개 도둑을 잡으러 다닌다고 하면 체면이 서지 않았기에 부하들에게 명령을 내린 것이고, 부하들은 최대한 빠른 시간 안에 도둑을 잡아 공을 세우려 한 결과였다. 결국 잡힌 도둑은 끔찍하고 지독한 고문을 이기지 못하고 자백했고, '대신관 목걸이 도난 사건'은 이것으로 일단락 지어졌다.

"저, 전하!!"

"또 뭔가?"

죄인과 병사들이 사라지고 잠시 후, 다른 병사 하나가 급히 회의실로 들어왔다. 상당히 놀란 듯한 표정과 행동이었다.

"크, 큰일이 벌어졌습니다. 세인트 루시드 왕국의 수도 미렐리아드가 흔적도 없이 사라졌다고 합니다, 전하!!"

"뭐, 뭣이라?"

　귀찮다는 표정으로 병사의 말을 듣던 마르키드가 깜짝 놀란 표정으로 병사에게 다가갔다. 항구 도시 미렐리아드는 마르키드가 해마다 여름이면 찾는 휴가 장소였다. 아름다운 해변과 늘씬한 미녀들이 즐비한 그곳에는 세인트 루시드 왕국이 준비한 마르키드의 해변이 있었으며 잘 지어진 커다란 저택도 있었다. 올해에는 대신관의 목걸이 도난 사건 때문에 휴가를 잠시 미뤘었고, 이제 며칠 뒤에 가려고 생각하던 마르키드였다.

　"그게 무슨 소리냐? 어떻게 된 일인지 소상히 말하라."

　"그, 그러니까, 앞으로 있을 대공 전하의 휴가 준비차 바로 며칠 전에 미렐리아드로 우리 드래곤 나이츠 한 명이 갔었는데, 도시 전체가 사막처럼 변해 버렸고 사람은 단 한 명도 보이지 않았다고 합니다."

　"그, 그런… 그것이 정녕 사실이란 말이냐?"

　"네, 전하. 사실이옵니다."

　도무지 믿어지지 않는 모양인지 마르키드는 몇 번이나 물어보았고 그때마다 병사의 대답은 한결같았다.

　"지금 곧 드래곤 나이츠 모두를 집합시켜라. 내가 직접 기사단을 이끌고 미렐리아드를 조사해 볼 것이야."

　"넷, 전하. 명령을 받들겠나이다!"

　마르키드의 추상같은 명이 떨어지자 병사는 허리 숙이며 대답하고는 빠르게 회의실을 벗어났다. 드래곤 나이츠. 그것은 와이번을 타고 하늘을 자유로이 날아다니는 기사단이었다. 세이트란 대륙에 오직 마르키드 대공만이 거느리는 기사단이었고, 그 수가 천에 육박할 정도로 많았으며 대륙 최강 무적의 기사단이었다.

　"서, 설마 줄리아나……."

그가 이렇게 서두르는 것에는 다 이유가 있었다. 그것은 몇 년 전 세인트 루시드 왕국에서 준비한 아름다운 여인 쥴리아나 때문이었다. 여러 나라에 수십여 명이 넘는 그의 여자가 있었지만 쥴리아나가 가장 마음에 들었던 마르키드였다. 주위의 이목 때문에 자신의 영지까지 데리고 올 수는 없었지만, 여름마다 미렐리아드를 찾는 가장 큰 즐거움 중 하나가 바로 그녀였다.

"만약… 만약 쥴리아나가 잘못됐다면 누구든 용서치 않으리라. 지옥 끝까지 쫓아가 죽여 버리리라!"

뿌득 이빨을 갈며 회의실을 벗어나는 마르키드의 두 눈으로 진한 살기가 번들거렸다.

＊　　　＊　　　＊

"우와, 웬일이세요, 할아버지?"

늦은 시각, 생각지도 않았던 이스가 방까지 찾아오자 침대에 누워 있던 에이프릴이 반가운 얼굴로 맞이했다. 마계에는 낮과 밤의 경계가 없다고 해도 과언이 아니었다. 저녁이 되면 회색 빛 하늘이 조금 어두워지지만 그 차이가 너무도 미미해 자세히 보지 않으면 알아보기조차 힘들 정도였기 때문이다.

"잠자는 것을 방해한 게 아닌지 모르겠구나."

"아니에요, 낮에 조금 잤더니 말똥말똥한걸요."

이스가 침대에 걸터앉자 에이프릴이 빠르게 다가와 그의 팔을 꼬옥 안았다. 며칠째 계속 이클립스 곁을 떠나지 않던 이스가 찾아온 것이 마냥 즐거운 에이프릴이었다. 허허 웃으며 이스가 말을 이었다.

"이 할아비가 할 말이 있어 찾아왔구나."

"무슨 말씀이신데요?"

"다름이 아니고, 이 할아비가 언제까지 이렇게 살아 있을지, 앞으로 어떤 위험이 닥칠지 모를 일이구나. 그래서 말인데… 할아비에게 호신술 몇 가지 배워보지 않으련?"

"호신술… 이요?"

호신술이라는 것이 무엇을 뜻하는 것인지는 에이프릴도 알고 있었다.

"에? 저를 가, 가르쳐 주시는 거예요, 할아버지?"

"허허허, 오냐."

마계의 주인이자 이야기 속에서 언제나 무서운 악마처럼 표현되는 마왕조차 검술을 지도받고 좋아할 정도로 대단한 이스였다. 그런 이스가 호신술을 가르쳐 준다고 말하자 반문하는 에이프릴의 얼굴이 하얀 치아가 모두 드러날 정도로 밝아졌다. 그녀도 내심 이스에게 무예를 지도받고 싶었다. 하지만 그동안 너무 바빴고, 상황이 다급하게 돌아가다 보니 후일로 미루고 있었던 것이다.

"배우고 싶어요, 할아버지. 지금이라도, 언제라도 좋아요, 할아버지."

『계집애가 저렇게 조급해서야. 쯧쯧.』

이스의 옷자락을 잡고 졸라대는 에이프릴의 모습에 어깨에 앉아 있던 사이나가 불만 가득한 표정으로 고개를 흔들었다. 하지만 에이프릴에게는 그녀의 목소리가 들리지 않는 모양이었다.

"오늘은 너무 늦었으니 내일부터 할까요, 할아버지? 저는 언제라도 상관없어요."

　자신은 괜찮았으나 마계에 도착한 뒤로 한시도 쉬지 않고 이클립스의 머리맡을 지키던 이스였기에 급한 마음을 누그러뜨리며 에이프릴이 얼굴 가득 미소를 머금고 다시금 침대에 걸터앉았다.

　“허허허, 그리하자구나. 하지만 오늘은 할아비와 함께 호신술을 배우기 위한 준비를 해야 할 것이야.”

　“준비라니요?”

　“이제부터 할아비의 말을 잘 듣거라.”

　한차례 에이프릴의 머리를 부드럽게 쓰다듬은 이스가 그녀의 손을 두 손으로 꼭 잡으며 말을 이었다.

　“호신술을 배우기 위해선 먼저 몸과 마음을 가장 적절한 상태로 만들어야 한단다. 급히 배우겠다고 그것을 소홀히 한다면 실력도 늘지 않을 뿐더러 오히려 해를 입기 십상이지. 그러나 그렇게 하기 위해선 많은 시간을 필요로 한단다. 하지만 이 할아비에게 다른 방도가 있으니 할아비가 네 몸을 배우기 좋도록 해야겠구나.”

　“네, 할아버지. 얼마든지, 뭐든지 좋아요.”

　어떻게 무슨 수를 써서 몸을 좋게 만들겠다는 것인지 알 수 없었지만 에이프릴은 마냥 신이 난 표정으로 고개를 끄덕였다. 이스가 하는 일이었다. 친손녀처럼 대해주는 이스가 자신에게 위험이 따르게 하지는 않을 것이며, 또 위험하더라도 이스가 해주는 것이라면 에이프릴은 뭐든지 할 수 있을 것 같았다.

　“허허허, 녀석.”

　천진난만한 표정으로 웃어대는 에이프릴의 모습에 이스가 참지 못하고 마주 웃음을 터뜨렸다. 친어머니에게 버림받고 얼마간 그늘졌던 얼굴이 이제는 찾아볼래야 찾아볼 수 없었다. 지금 같은 모습이라면 에이프릴이 어머니에게 버림받았다고는 누구도 믿지 않을 정도였다. 잠시 미소 짓던 이스가 조용히 말을 이었다.

"할아비의 말을 잘 들거라. 이제부터 눈을 감고 가부좌를 틀고 앉아 두 손을 아랫배에 모으고서 이 할아비가 좋다고 할 때까지 입을 열지 말아야 할 것이야. 숨은 코로만 쉬어야 하고, 아무리 고통스럽고 아프더라도 절대로 비명을 지르거나 입을 열면 아니 되느니라. 그리 되면 모든 것이 수포로 돌아가 버리고 다시는 호신술을 배울 수 없게 되느니라. 할 수 있겠누, 우리 강아지?"

처음 몇 가지 간단한 호신술을 가르쳐야겠다고 다짐한 이스의 생각이 어느새 바뀌어 있었다. 엘프라는 종족의 피를 이어받아 웬만한 장정들보다 빠르고 날렵한 움직임을 보이는 에이프릴이라면 뼈와 살을 근본부터 바꾸어 제대로 된 무예를 가르쳐도 오래지 않아 훌륭한 고수가 될 것 같아서였다. 이곳은 마계였다. 사람들이 사는 곳보다 시간이 열 배가 느린 이곳에서라면 백여 일쯤 머물며 에이프릴을 가르쳐도 시간에 쫓기는 일은 없을 것 같았다. 또한 목걸이에 대한 행방 역시 묘연하기에 이 참에 에이프릴을 위해 시간을 배려하기로 한 이스였다.

"괜찮아요. 얼마든지 참을 수 있어요, 할아버지. 매는 많이 맞아본걸요. 발목하고 갈비뼈가 부러진 적도 많았고요. 정말 죽는구나 할 정도까지도 많이 맞아봤어요. 이렇게 보여도 몸 하나는 튼튼하거든요. 히히."

에이프릴은 혹시나 호신술을 가르쳐 주지 않을까 해서 소매를 걷고 바지를 걸어 올려 상처를 보여주었다. 드러난 구릿빛 피부가 온통 상처투성이였다. 칼에 깊숙이 베인 상처가 팔에 몇 개씩이나 있었으며, 정강이에는 시커먼 상처들이 주욱 이어져 있었다. 구둣발에 심하게 채

여 상처가 아물어도 없어지지 않은 흔적이었다.

"허어."

이스의 노안으로 물기가 아른거렸다. 세상에 태어난 지 고작 15년. 먹지 못하고 입지 못해 140㎝가 될까 말까 하는 작은 키였지만 커다란 검녹색 눈망울이 깨물어주고 싶을 정도로 귀여운 아이였다. 이런 어린 아이를 종족이 다르다고 해서 멸시하고 구박하는 사람이 있다는 것이 몇 차례 보기는 했지만 아직까지도 믿어지지 않았으며, 다른 한편으로 는 그런 험난한 세월을 보내면서도 밝게 자라난 에이프릴이 대견하기 도 했다.

"그럼, 시작하자꾸나."

『설마 저를 나가라고 하지는 않겠죠?』

시작하자던 이스가 자신을 바라보자 사이나의 미간이 불쾌한 듯 찡 그려졌다. 이스가 고개를 흔들며 말을 이었다.

"그렇지는 않습니다만 조금 물러서 주시고, 저 아이가 입을 열 때까 지는 이 늙은이에게 말을 시키거나 집중력이 떨어질 행동은 삼가해 주 십시오. 이 늙은이는 괜찮으나 저 아이가 위험할지 모르는 일이라서 요."

『흥.』

사이나는 삐친 듯 콧방귀를 뀌며 이스의 어깨를 벗어나 벽 근처에 놓여 있는 탁자에 걸터앉았다. 상당히 불쾌한 듯 고개까지 돌리고 눈 까지 감고 있었다. 그 모습에 이스가 허허 웃으며 잠시 고개를 흔들다 에이라에게 말했다.

"에이라님이라고 하셨지요?"

"말씀 낮추십시오, 이스님."

조용히 한쪽 벽에 기대고 있던 에이라가 절도있는 모습으로 허리를 숙였다. 에이프릴의 기억을 가지고 있는 에이라였기에 이스에 대한 일들은 보지 않아도 알 수 있었고, 에이프릴처럼 그녀 역시 이스를 존경하고 사랑했다. 에이프릴의 마음까지 반영한 마왕의 배려였기에 가능한 일이었다.

"허허허. 그럼 에이라, 문밖을 지켜주지 않겠느냐? 누군가 이 할아비를 찾아도 절대 들여보내서는 아니 되느니라. 알겠느냐?"

"목숨을 걸고 반드시 지키겠습니다."

언제나 지적으로 보이던 에이라의 눈초리가 무섭게 번뜩였다. 자신에게 주어진 첫 임무였기에 의욕이 넘치는 모습이었다.

"흐음, 그럼."

어느새 에이프릴은 침대 위에 올라 바른 자세로 앉아 있었다. 이스가 다가가 잠시 자세를 교정해 주고 물러섰다.

"다시 한 번 말하지만, 할아비가 조금 전에 했던 말을 절대로 잊으면 아니 되느니라. 알겠느냐?"

이스의 물음에 에이프릴은 고개를 끄덕이는 것으로 대답을 대신했다. 이미 준비하고 있으니 언제든지 시작해도 좋다는 뜻이었다. 그 모습에 잠시 미소 짓던 이스의 얼굴이 잔뜩 굳었다.

"그럼 이제 시작하겠느니."

시작하겠다는 말과 함께 이스가 두 걸음 떨어져 있는 에이프릴을 향해 두 손을 천천히 뻗었다. 그 순간 푸르스름한 빛이 둥그렇게 에이프릴을 감쌌다. 탁자 위에서 고개를 돌리고 두 눈을 감고 있던 사이나가 어느새 호기심 어린 표정으로 이스와 에이프릴을 바라보고 있었다.

슈우우우―

눈부신 빛은 아니었다. 은은하고 투명한 빛이었다. 사이나는 도대체 무슨 일을 벌이는 것인지 궁금했지만 꾹 참고 조용히 지켜봤다.

뚜뚝. 뚜두둑. 뚜두두둑.

푸른 빛이 나타나고 대략 반 시간이 흘렀을 때였다. 에이프릴의 몸에서 뼈가 부딪치는 소리가 들려왔다. 상당히 큰 소리였지만 에이프릴은 이빨을 앙다문 채 얼굴을 잔뜩 찡그리고 있을 뿐 신음 소리 한번 터뜨리지 않았다.

『세, 세상에!』

조용히 지켜보겠다고 약속한 사이나에게서 경악에 찬 낮은 목소리가 흘러나왔다. 뼈가 부딪치는 소리가 들리고 다시 십여 분이 흐르자 에이프릴의 몸이 놀라울 정도로 커져 있었다. 하지만 그것 때문에 사이나가 놀란 것이 아니었다.

스스스. 스스스.

에이프릴의 구릿빛 피부가 손가락 마디 하나만하게 조각조각 갈라지며 떨어져 나가고 흉측한 근육 조직이 드러났다. 그것뿐만이 아니었다. 머리카락과 눈썹이 서서히 빠져 허공으로 흩어지며 사라졌고, 손톱과 발톱까지 하나하나 빠져 버렸다.

『이……!!』

에이프릴의 흉물스럽고 처참한 모습에 참지 못한 사이나가 눈을 치뜨며 '이 못된 늙은이, 아이를 위하는 척하더니 결국 죽이려는 것이냐'라고 고함치려 했다. 하지만 그 순간, 사이나의 입이 커다랗게 벌어졌다.

『아니……!』

근육 조직만 보이던 에이프릴의 몸에서 새살이 느린 속도로 돋아났다. 갈색의 머리카락과 눈썹이 한 올 한 올 솟아났으며 손톱과 발톱 역시 느리게 자라났다.

슈우우우.

몇 시간이 넘도록 계속 보이던 푸른 빛이 서서히 약해지다 이내 사라졌다.

"으으으……."

코로 신음을 흘리며 에이프릴이 침대 위로 쓰러졌다. 이스가 대견스럽다는 표정으로 다가와 그녀의 머릿결을 쓰다듬었다.

"장하구나, 내 강아지. 정말로 잘 참았구나. 이제 되었느니. 이제부터는 말을 해도 되느니. 허허허!"

침대 위로 쓰러져 있는 에이프릴은 몇 시간 전 그녀의 모습이 아니었다. 키가 헌칠하게 커졌고 팔과 다리도 길어졌다. 상처로 가득하던 구릿빛 피부는 매끄러운 윤기가 자르르 흘렀으며 그 어디에서도 작은 상처 하나 보이지 않았다. 키만 큰 것이 아니었다. 얼굴까지 성숙하게 변해 있었다. 14세 정도로 앳돼 보이던 얼굴이 이제는 20세 초반으로 보였다. 코가 더욱 오똑해졌고 눈도 깊어졌으며 입술도 도톰하고 매력적으로 변했다. 허리가 잘록하게 들어갔고 둔부와 가슴이 아름답게 굴곡졌으며 손등을 뒤덮던 상의와 긴 바지가 어느새 팔꿈치와 무릎까지 올라와 있었다.

"하프 엘프는 성장이 빠르죠. 보통 15년 정도 되는 하프 엘프는 원래 저 계집아이처럼 성장해야 정상인데… 그렇게 먹을 걸 제대로 챙겨 먹었어야지. 쯧쯧."

사이나가 에이프릴을 보며 혀를 찼다. 그녀의 말처럼 엘프와 엘프의 피를 이어받은 종족은 처음에는 성장 속도가 상당히 빠른 편이다. 하지만 어느 수준에 이르러서는 성장이 멈추고 그 모습이 오랫동안 지속된다. 하지만 그것은 제대로 먹었을 때 해당되는 말이었다. 음식점에서 팔다 남긴 음식 찌꺼기를 받아먹거나 쓰레기를 뒤져 끼니를 해결했던 에이프릴이었기에 성장 속도는 상당히 느렸고, 사람들에게 학대받고 돈을 모으기 위한 악착 같은 삶도 커다란 이유 중 하나였다.

"할아버지. 하아, 하아……."

"오냐, 내 새끼."

침대에 드러누워 오랫동안 숨을 고르던 에이프릴이 힘겹게 눈을 떴다. 길고 무성한 속눈썹과 맑은 흑갈색 눈동자가 눈이 부시도록 아름다운 모습이었다.

"할아버지, 저… 하아, 하아, 몸에 힘이 하나도 없어요."

"허허허, 괜찮느니라. 괜찮아. 하룻밤 푹 자고 내일 아침에 일어나면 거뜬해져 있을 테니 안심하고 푹 자거라."

만면에 웃음을 머금고서 이스가 에이프릴을 바로 눕히고 이불을 깊숙이 덮어주었다.

"히잉, 무서워요. 할아버지, 같이 있어주세요."

이불을 덮어주는 이스의 손을 잡고서 에이프릴이 우는 듯한 얼굴로 칭얼거리며 애원했다. 이스가 허허 웃으며 대답했다.

"허허허, 어서 자거라. 이 할아비가 옆에서 눈에 불을 켜고 지켜보고 있을 것이니 두려워할 필요 없느니."

"히히."

만족스런 대답이 나오자 에이프릴의 얼굴로 밝은 미소가 피어올랐다. 얼마 전까지 천진난만하게만 보이던 그녀의 미소가 이제는 눈이 부실 정도로 아름다웠다. 하지만 이스에겐 여전히 어리디어린 꼬마 아이로밖에 보이지 않았다.

"허허허."

이스의 손을 두 손으로 꼭 잡고서 좋아하던 에이프릴은 이내 눈을 감았고 10초도 되지 않아 깊은 잠에 빠져들었다. 이스는 약속대로 에이프릴 곁에 앉아 한 걸음도 움직이지 않은 채 밤을 지샜다.

제20장 **청천벽력(青天霹靂)**

"목마르다. 물 좀 다오."

커다란 침대에 팔베개를 하고 비스듬히 누운 리켄이 누군가를 바라
보며 발가락을 까딱까딱 움직였다. 그리 크지 않은 레어였다. 둘레가
30여 미터 정도 되는 직사각형 크기에 높이도 비슷했다. 연한 다크블
루 카펫이 바닥에 주욱 깔려 있었고 금으로 된 크고 작은 가구들이 벽
에 주욱 펼쳐져 있었다.

"어기루으 세이려. 흐아스시드(여기 물이요. 드세요)."

리켄의 목소리가 들리고 잠시 후 2미터 크기의 커다란 검회색 늑대
가 금으로 된 물잔을 쟁반에 들고 조심스럽게 다가왔다.

"뭐야? 네놈은 말도 제대로 못하냐? 이 자식이 어른 앞에서!"

"크러느리가(그러니까)."

간신히 말을 잇는 늑대의 눈으로 물기가 아른거렸다. 딴에는 최대한

공손하게 대답하려고 했지만 구강 구조상 언어가 나오기 힘든 것 같았다.

"알았어, 알았어, 원래대로 돌아와. 짜식이, 그런 것 가지고 질질 짜기는."

"하우그(허이구)."

리켄의 말에 늑대의 얼굴이 대번에 밝아졌다. 그리고 잠시 후 늑대의 몸을 엷은 푸른 빛이 감쌌고, 이내 20대 후반의 잘생긴 남성 엘프가 모습을 드러냈다. 눈썹을 살짝 가리는 짧은 흑발에 검정색 상하의 차림이었다. 이자의 이름은 '슈티악' 으로 언제나 하얀 눈이 뒤덮여 있는 세이트란 대륙 최북단의 작은 산맥을 영역으로 삼고 살아가는 다크 드래곤이었다.

슈티악과 리켄의 인연은 지금으로부터 5백여 년 전으로 거슬러 올라간다. 어머니의 죽음으로 오랫동안 방황하던 슈티악은 세이트란 대륙을 한 바퀴 돌며 무거운 마음을 털어버리고 홀가분한 마음으로 새롭게 출발하려 여행을 시작했다. 그렇게 대륙을 돌다 대륙 남쪽 부근에 위치한 산맥을 지나칠 때 갑자기 리켄이 나타나 그의 앞을 가로막았다. 리켄은 대뜸 자신의 영역을 침범했으니 죽을 줄 알라며 무자비하게 슈티악을 공격했다.

상대는 에인션트 급에 다다른 무적의 레드 드래곤이었고, 슈티악은 이제 막 세상을 알아가기 위한 첫 걸음을 뗐을 뿐인 초짜 드래곤이었다. 2,500년 가까이 세월을 보내긴 했지만 어머니가 죽기 전까지 함께 레어에서 지냈던 슈티악에게 리켄은 너무나도 벅찬 상대였다. 그 어떤 공격도 통하지 않았고, 한마디 말조차 건넬 틈을 주지 않았다. 슈티악은 죽기 직전까지 얻어맞다 결국 눈물을 흘리며 생명을 구걸하는 신세가 돼버렸다.

　어머니라도 살아 있었다면 이 사실을 알리고 드래곤 로드에게 따질 수 있었겠지만 혼자인 슈티악을 도와줄 드래곤은 하나도 없었다. 다크 드래곤 일족의 수장인 드레이라가 있었지만 리켄의 무서운 협박에 못 이겨 슈티악은 이 사실을 절대 누구에게도 알리지 않겠다는 '드래곤의 맹약'을 하고 말았다. 이 사건 이후 리켄은 '우리의 즐겁고 아름다운 인연을 계속 지켜가자'며 가끔 슈티악을 찾았고, 언제나 종처럼 부려 먹었다.

　"그나저나 언제 갔다 올 거야? 너, 계속 시간 끌래?"

　시원하게 목을 축인 리켄이 무서운 눈초리로 슈티악을 노려보았다. 그가 이곳에 온 것은 드래곤 로드의 일 때문이었다. 이스의 협박(?)을 이기지 못하고 인간 세상으로 오기는 했지만 막상 어머니를 만나자니 겁부터 난 리켄이었다. 요 근래 백여 년 동안은 잘못한 일이 하나도 없었지만 조심해서 나쁠 것은 없었다. 또, 자신이 기억하지 못하는 작고 하찮은 일 가지고 무서운 폭력을 휘두르는 어머니였기에 여러 가지 정보를 먼저 알아봐야 했다. 그래서 선택한 것이 슈티악의 레어였다. 우선 이곳으로 와서 슈티악을 드래곤 로드에게 보내 동정을 살피고 그 이후에 움직일 생각이었던 것이다. 하지만 슈티악은 지난 10일 동안 갖은 변명을 대며 리켄의 말을 따르지 않았다.

　"제가 로드께 간다고 해도 뭐라고 말씀을 드려야 할지, 오히려 리켄 형님께서 이곳에 계시다는 걸 들킬 수도 있습니다."

　슈티악은 최대한 불쌍한 표정을 지으며 리켄의 눈치를 살폈다. 아직까지 단 한 번도 드래곤 로드를 만난 적이 없는 슈티악은 왠지 로드와 만나는 것이 거려졌다. 알에서 깨어났을 때 축하차 왔다고 듣기는 했지만 그때는 눈도 뜨지 못하는 상황이었고 기억조차 나지 않았다. 그리고 가장 큰 이유 중 하나가 리켄의 어머니라는 점이었다. 천하에 둘도 없을 만큼 포악하고 무서운 리켄의 어머니라면 보지 않아도 알 것 같아서였다.

"이 자식, 이번엔 뱀으로 변하게 해서 껍질을 벗겨줄까? 앙? 이게 계속 핑계만 대네. 우리 한번 지옥을 맛볼까?"

침대에 앉아 있던 리켄이 벌떡 일어나 슈티악의 멱살을 잡아 올렸다. 마계에서 이곳에 도착한 지도 벌써 10일이 지나고 있었다. 이클립스를 생각하면 최대한 시간을 재촉하고 싶긴 했지만 어머니의 무시무시함이 그런 마음을 누르고 있었기에 어떻게 해서든 슈티악을 설득해야 하는 리켄이었다. 슈티악이 울상을 지으며 대답했다.

"진심으로 말씀드리는 건데요. 저도 정말로 가고 싶어요, 형님. 리켄 형님을 위해서 하는 일인데 뭔들 못하겠어요? 하지만 아무런 용건도 없이 찾아가 봤자 로드께서 만나주시지도 않을 것이고요. 만나준다고 해도 할 말도 없고, 그렇게 어영부영하다간 분명히 형님께서 이곳에 있는 게 걸린다니까요."

"으이구!"

결국 리켄은 가슴을 쾅쾅 치며 침대로 드러누웠다. 멍청한 슈티악을 설득하는 것은 아무래도 힘들 것 같았고, 더 이상 시간을 끌어봤자 이스에게 혼만 더 날 것 같았다.

"하긴, 내가 근래 몇백 년 동안은 조용히 있었으니… 아냐, 몇 번인가 다른 녀석들을 혼내준 것도 같고. 으으으."

잠시 최근 일들에 대해 회상하던 리켄은 머리를 마구 헝클어뜨리며 자리에서 일어났다. 워낙에 바쁘게 여기저기 움직이다 보니 제대로 생각이 나질 않았다.

그리고 무엇보다 지난 일들을 생각해 봤자 좋은 일들은 그다지 떠오르지 않았다. 몇 번인가 인간 세상을 여행하며 사귄 친구들이 있긴 했지만 그들 모두 마지막이 좋지 못했다. 충성을 바치던 군주에게 반역죄로 참수당하거나 다른 권력 집단에게 누명을 뒤집어쓰고 죽었다. 아무리 드래곤이었고 종족이 다른 인간들이었지만 마음이 통하는 친구구가 죽는다는 건 가슴 아픈 일이었다. 그런 많은 일들 때문에 리켄은 중요하지 않은 일들을 그때그때 잊기로 결심하며 지금까지 지내왔다.

"음… 그래, 내가 요즘엔 정말 얌전하고 조용히 살고 있었지. 분명히 그랬을 기야. 분명히… 음, 아, 아마도……."

침대에 누워 조용히 혼잣말하며 스스로를 격려했지만 왠지 시간이 갈수록 점차 자신이 없어지는 리켄이었다.

"아닙니다, 형님께선 최근에 정말로 조용히 계셨습니다."

"엥?"

갑작스런 슈티악의 희망 가득한 목소리에 리켄이 벌떡 일어나 의아한 표정을 하며 대답하라는 듯 고개를 끄덕여 주었다. 눈빛을 빛내며 슈티악이 말을 이었다.

"몇 번인가 일족들이 제 레어에 왔었거든요. 그런데 일족들 모두가 리켄님이 이상하다고 하는 거예요."

"이상하다니?"

"아… 그, 그러니까… 아, 맞다. 몇 번인가 리켄님 영역 가까이 갔던 일족들이 리켄님의 영역이 너무 조용하다고, 그리고 요 근래 몇백 년 동안 리켄님 소식이 어디에서도 들리지 않았다고 하면서 혹시 잘못되신 게 아니냐고까지 말하던걸요?"

"그, 그래? 우헤헤헤."

드래곤도 거짓말을 한다는 것이 밝혀지는 순간이었지만 리켄은 기분 좋은 듯 커다랗게 웃음을 터뜨렸다. 슈티악 같은 겁쟁이가 자신에게 거짓을 말할 리 없다고 생각한 모양이었다.

"그러니까요, 형님. 계속 여기에 계시지 마시고 드래곤 로드께 가보세요. 정말 아무 문제 없을 것이에요."

이왕 여기까지 온 김에 슈티악은 레어를 옮기기로 결정하고 마지막 결정타를 가했다. 조금이라도 빨리 리켄에게서 벗어나고 싶었다. 그와 함께한 지난 10일이 마치 천 년처럼 느껴졌다. 이번 기회에 다크 일족의 수장인 드레이라를 찾아가 그 옆에 작은 레어를 만들 수 있게 해달라고 부탁할 생각이었다. 아무리 리켄이라도 일족의 수장이 가까이 있는데 막무가내로 들이닥치진 않을 것이라 판단한 것이다. 드래곤으로서 자존심이 상하는 일이긴 하지만, 리켄에게 계속 당하느니 차라리 그것이 좋을 것 같아서였다.

"음, 좋아. 다른 놈들이 그렇게까지 말했다니 어머니도 뭐라고 하지는 못하시겠지."

결심한 리켄은 팔을 벌려 기지개를 쭉 켜고 어머니께 갈 준비를 했다. 다른 드래곤들은 모두 드래곤 로드의 비서 역할을 하는 쌔니에게 허락받고 로드의 레어로 워프하지만 리켄은 예외였다.

"참, 슈티악?"

"네. 왜 그러세요, 형님?"

떠나려던 리켄이 갑자기 고개를 돌려 말하자 슈티악이 잔뜩 긴장했다. 자신을 바라보는 리켄의 표정이 너무도 진지하고 심각해 보였기 때문이다. 리켄이 미간을 살짝 좁히며 조용히 말을 이었다.

"인간들을 만난다고 들었는데 사실이야?"

"아, 네."

처음 이스를 만나고 이클립스와 함께 산속을 가다 만난 여자 도둑의 말이 떠오른 리켄이 심각한 표정으로 말을 이었다.

"이 멍청한 녀석아, 그런 짓 해봤자 네놈 마음만 아파진다. 나 같은 성격 되기 싫으면… 그런 짓 관둬."

"아……."

리켄의 쓸쓸한 목소리에 슈티악은 뭐라고 대답하려 했지만 어느새 리켄의 모습은 보이지 않았다. 드래곤 로드의 레어로 워프한 모양이었다.

"휴우… 다, 다행이다."

마지막에 남긴 말이 이상하긴 했지만 슈티악은 긴 한숨부터 내쉬었다. 압박과 설움에서 해방되는 것이 바로 이런 느낌일 것 같았다.

"이럴 때가 아니지."

안도의 한숨을 내쉬는 것도 잠시, 슈티악은 이내 이사 준비를 서둘렀다. 최대한 빠른 시간 안에 일족의 수장인 드레이라에게 가야 했다. 언제 다시 리켄이 들이닥칠지 모르는 일이었기 때문이다.

"응?"

마법을 이용해 침대며 가구들을 정리하던 슈티악이 돌연 미간을 찡그리며 마법을 멈췄다. 익숙한 느낌의 누군가가 영역에 들어와 자신의 이름을 부르고 있었다.

"이런, 쯧."

몇 차례 고개를 흔들며 혀를 차던 슈티악이 순간 레어에서 모습을 감춰 버렸다.

"위대한 다크 드래곤이여, 맹약에 따라 그대의 위대한 이름을 부르니 어서 대답해 주시오. 나의 이름은 듀라이미히 마르키드. 그대의 친구이자 맹약의 대상이오."

높다란 절벽 위에서 마르키드가 허공을 향해 커다랗게 외쳐 댔다. 보이는 것은 하얀 눈으로 뒤덮여 끝없이 펼쳐져 있는 산들뿐이었지만 마르키드는 끊임없이 외치고 또 외쳐 댔다.

슈우우우.

허공을 향해 외치는 말에 놀랍게도 반응이 나타났다. 마르키드의 앞쪽 하늘로 흑발의 엘프 슈티악의 모습이 나타났다. 근엄한 표정이었으며 검은 눈망울은 그 깊이를 알 수 없을 정도로 맑고 신비스러워 보였다.

[무슨 일로 나의 이름을 부른 것인가, 맹약의 대상이여.]

입조차 열지 않았는데도 슈티악의 말이 허공에 메아리치듯 울려 퍼졌다. 목소리 자체에 어마어마한 힘이 실려 있는 것인지 가까이 있는 산은 물론 멀리 떨어져 있던 산에서까지 눈사태가 일어날 정도였다.

"위대하신 존재시여, 이 미천한 인간이 이런 먼 곳까지 찾아온 것은 한 가지 청이 있어서입니다."

슈티악의 말에 마르키드는 한쪽 무릎을 꿇으며 예를 갖췄다. 그런 그의 눈동자가 심하게 흔들리고 있었다. 맞서 싸운 지 불과 몇 년밖에 되지 않았음에도 슈티악에게서 느껴지는 기운이 믿을 수 없을 정도로 강해져 있었다. 십여 걸음이나 떨어져 있음에도 심장이 오그라들 것 같았으며 온몸에 소름이 끼쳤고, 등 뒤로 식은땀이 흘러내렸다. 그때에도 간신히 10여 분을 버텼지만 지금이라면 5분은커녕 1분조차 버틸 수 있을지 미지수였다.

　[말하라. 그대와는 이미 약속을 해놓았으니, 맹약에 따라 내가 할 수 있는 일이라면 그대의 청을 들어주겠노라.]

　"감사합니다, 위대하신 존재시여. 제 청은 다름이 아니오라……."

　마르키드의 얼굴이 대번에 밝아졌다. 영지에서 항구 도시 미렐리아드의 소식을 들은 그는 한달음에 그곳으로 달려갔다. 그리고 어마어마한 현장의 모습에 한참 동안 놀라워하고 경악했지만 이내 고개를 흔들며 자신의 영지로 돌아갔다. 어여쁜 '쥴리아나'의 모습이 어디에서도 보이지 않았지만, 도시가 초토화돼 버렸으니 언제나 저택을 벗어나지 않는 그녀 역시 죽었을 것이라고 치부해 버린 것이다. 그렇게 그가 영지로 돌아왔을 때 황제의 칙령이 그를 기다리고 있었다. 칙령의 내용은 간단했다. 수단 방법을 가리지 말고 항구 도시 미렐리아드를 없애버린 죄인을 잡아들일 것이며, 기한은 한 달 준다는 내용이었다. 또 하나, 기한을 어긴다면 황제가 직접 모든 제국의 병사들을 이끌 수밖에 없을 것이라 했다.

　칙령을 본 마르키드는 너무도 놀라 한동안 움직이지조차 못했다. 한 달이라는 기한을 정해준 것은 자신의 능력을 시험하는 것이었고, 황제가 직접 모든 군사들을 이끈다는 말은 그의 기사단 역시 포함된다는 뜻이었다. 또한 전군 총사령관 직을 맡고 있는 마르키드의 병권과 권력을 황제에게로 이양한다는 뜻 역시 담겨져 있었다.

　마르키드는 결국 다크 드래곤 슈티악을 찾는 것으로 결론지었다. 시간이 충분해도 힘든 판국이었다. 그런데도 황제는 고작 한 달을 기한으로 정했다. 이것은 누군가 황제에게 압력을 행사했다는 말이었고, 그 대상은 분명 중앙대신관일 것이라고 생각했다. 목걸이를 훔친 도둑을 잡아 참수했지만 정작 중요한 목걸이를 찾을 수 없다고 보고하고서 내려진 칙령이었으니, 마르키드는 보지 않아도 알 것 같았다.

[으음……]

마르키드의 청을 들은 슈티악은 슬쩍 미간을 찡그리며 생각에 잠겼다. 다른 어느 것보다 리켄의 마수로부터 벗어나는 것이 먼저였고 급한 일이었지만, 그렇다고 드래곤의 맹약을 어길 수도 없었다.

[알았노라, 인간이여. 맹약에 따라 그대의 청을 수락하노라.]

오랫동안 생각에 잠겼던 슈티악이 근엄한 표정을 지으며 고개를 끄덕였다. 최대한 자신의 기운을 없애고 인간 모습으로 세상에 나간다면 리켄도 찾지 못할 것 같았다. 또, 이 참에 인간들이 어떻게 살아가는지도 보고 귀찮은 맹약도 없애 버리고 싶었다. 항구 도시 미렐리아드가 어디인지조차 몰랐지만 그래 봤자 작은 도시일 것이고, 그까짓 작은 도시 하나 정도를 날려 버렸다고 해봤자 하찮은 인간 마법사이거나 폭약 전문가일 것이다.

"감사합니다, 위대하신 존재시여."

허리를 숙이며 감사를 표하는 마르키드의 눈빛이 날카롭게 번뜩였다. 드래곤이 나섰으니 이제 일은 성공했다고 해도 과언이 아니었다. 마르키드의 무서운 눈빛은 황도에 있을 대신관을 향하고 있었다. 아무리 전 국민의 정신적인 지주라 해도 자신을 이렇게 궁지로 몬 대가를 반드시 치러줄 생각에 마르키드의 눈망울로 진한 살기가 번들거렸다.

＊　　　　＊　　　　＊

"어서 오너라, 귀여운 아들."

“엇?”

기다란 붉은 머리를 찰랑찰랑 흔들며 다가오는 레오니아의 모습에 리켄의 얼굴이 잔뜩 굳어버렸다. 부드러운 눈웃음에 환한 미소를 띤 레오니아였지만 절대 평소의 모습이 아니었다. 즐거워하며 웃는 모습을 셀 수 없이 봐왔지만 레오니아의 눈동자만큼은 언제나 싸늘한 냉기를 품고 있었다. 그런데 그것이 전혀 보이지 않자 리켄은 덜컥 겁부터 났다. 등 뒤로 흐르는 식은땀이 느껴질 정도였다.

“왜… 왜 그러세요, 어머니?”

리켄은 슬금슬금 뒷걸음질치고 있었다. 이곳에 찾아온 것은 정확히 10년 만이었다. 1년에 한 번 이상 찾지 않으면 주먹과 발길질부터 쏟아내던 레오니아였지만 최대한 어머니와의 만남을 피하기 위해 그동안 찾지 않은 리켄이었다. 그는 혹시나 있을 일에 대비해 어느 정도 준비까지 하고 있었다.

그런데 10년 만에 만난 어머니는 눈이 부시도록 환하게 웃으며 자신을 맞이하고 있었다. 또한 자신을 바라보는 눈망울도 심하게 흔들렸으며 진한 물기까지 엿보였다. 얼굴과 행동만으로 봤을 때 레오니아는 분명 오랫동안 그리워하던 아들을 만난 어머니의 모습이었다. 그러나 그녀의 이런 모습이 리켄에게는 세상 무엇보다 무서워 보였다. 슈티악의 말을 믿고 덜컥 와버린 것을 후회했지만 이미 후회하기엔 늦어버렸다.

“내 아들.”

오랫동안 눈물을 글썽이며 서 있던 레오니아가 와락 달려들어 리켄을 안았다. 순간 리켄의 몸이 돌처럼 굳어버렸다.

“대, 대체 왜 이러세요?”

"어머, 왜 이러기는. 너무나도 보고 싶은 내 아들이 이렇게 찾아와 기뻐서 그러지."

콧소리 가득한 레오니아의 목소리가 리켄을 더욱 겁에 질리게 했다. 어머니가 이런 엄청난 반응을 보이는 것이라면 뭔가 커다란 잘못 때문인 것 같았지만 아무리 생각해도 뭘 잘못했는지 떠오르지 않았다.

'으윽, 위, 위험하다.'

뭔가가 심상치 않았다. 부드럽고 상냥한 목소리와 말투였지만 리켄에겐 마치 살얼음판을 걷는 것 같았다. 어머니가 이런 이상한 행동을 했던 것이 언젠가 한번 있었던 것 같았는데 확실히 떠오르지 않았다. 리켄은 그러나 포기하지 않고 기억을 더듬었다.

'그, 그래!!'

오래지 않아 예전의 일이 떠올랐다. 이클립스와 마왕이 드래곤 로드에게로 피신했을 때였다. 비록 지금보다는 훨씬 약했지만 그때도 지금 같은 이상한 행동으로 자신을 협박했고, 결국 이클립스와 마왕을 맡는 것으로 결론지어졌다. 지금은 친구로 지냈지만 당시 리켄은 마족을 끔찍이 싫어했었다.

"어, 어머니, 선택의 꽃 좀 주세요."

"그건 또 왜?"

리켄은 서둘러 원하는 것을 받고 돌아가려 했다. 이클립스를 처음 만났을 때보다 더욱 심한 행동이라면 도대체 어떤 것 때문인지 상상만 해도 끔찍했다.

"마법 좀 연구하는데요, 선택의 꽃이 필요해서요. 그러니까 빨리 주세요, 어머니. 아직 마법 연구를 마저 못했거든요. 급히 돌아가야 해요."

리켄은 잔뜩 굳어버린 얼굴에 힘을 줘 애써 미소를 지어 보이며 다시 한 번 '마법 연구'를 강하게 발음했다.

"제가 요즘에 마.법. 연.구.를 하고 있었거든요. 쭈우욱~"

리켄은 워낙에 책 보는 걸 싫어했었다. 그렇기에 레오니아는 리켄이 알에서 깨어나고 4천 년 동안이나 독립시키지 못하고 같은 레어에서 마법을 가르쳐야 했다. 그러나 그것은 결코 쉬운 일이 아니었다. 매를 들고 한참을 패야 간신히 몇 줄을 보던 리켄이었고, 그렇게 해서 마법 실력이 늘 리 만무했다. 레오니아의 '사랑의 매'는 시간이 갈수록 강해질 수밖에 없었다. 리켄이 철이 든 건 그가 3,700여 세 가까이 나이가 들었을 때였다.

지옥 같은 어머니의 레어에서 벗어나기 위해선 마법을 완벽히 터득하는 길밖에 없음을 깨달은 리켄은 그때부터 죽어라고 마법을 연구했고, 그 결과 레오니아의 레어에서 벗어나는 행복을 맛볼 수 있었다. 그가 매를 맞지 않고서도 스스로 마법을 연구하기 시작하자 레오니아의 태도가 180도로 바뀌었다. 마법을 연구할 때는 단 한 번도 손을 댄 적이 없었으며 주위가 시끄러울까 순찰까지 몸소 돌았을 정도였다. 또한 독립한 리켄이 마법 연구를 위해 뭔가를 요구하면 그 어떤 것이라도 들어주었다.

"세상에, 우리 아들 착하기도 하여라."

마법 연구 때문에 선택의 꽃이 필요하다는 리켄의 말에 역시나 레오니아의 얼굴이 더 더욱 밝아졌다. 하지만 거의 찰나의 시간, 그녀의 눈빛이 매섭게 빛났지만 그것은 나타날 때처럼 순식간에 사라졌다. 레오니아는 곧 리켄을 안았던 팔을 풀고 마법을 시행했다.

"응? 그건 뭐예요?"

레오니아의 두 손에 각각 하나씩의 물건이 놓여 있었다. 한 손에는 줄기와 꽃잎 모두 반투명한 작은 꽃이 주먹만한 유리 구슬에 들어 있었고, 다른 손에는 은이 살짝 덮여 있는 금으로 된 얇은 종이가 들려져 있었다.

"으응~ 이건 말이지, 물건을 준 상대의 사인을 받는 일이란다. 다른 일족들이 워낙 원하는 게 많아서 이렇게 서류에다가 사인을 적어놓고 나중에 값을 받으려는 것이지. 어미가 가지고 있는 것들이 워낙 비싼 것들이라서… 네가 아무리 내 친아들이라고 해도 선택의 꽃을 가져가려면 사인은 꼭 해야 한단다."

"흐음."

부드럽고 상냥한 목소리로 말하며 내미는 황금 문서였다. 하지만 리켄은 곧바로 받지 않고 망설였다. 워프를 제외한 모든 마법을 사용할 수 없는 로드의 레어였기에 값을 치를 보물들을 마법으로 가져올 수 없다는 건 이해가 갔지만, 건네주는 물건을 적기 위한 것이라면서 정작 황금 종이 위에 덧댄 은에는 아무것도 써 있지 않다는 것이 너무도 이상했다.

"으응~ 이건 말이지, 이제부터 적을 것이라서 남겨놓은 것이란다. 조금 이후에 여기에다가 '선택의 꽃, 리켄에게 가다' 라는 글귀를 적을 것이란다. 그리고 너는 여기 황금 부위에다 사인만 하면 선택의 꽃을 언제든지 받아갈 수 있는 것이란다. 참, 사인할 땐 마법을 사용해도 된단다."

"에이, 난 또 뭐라고."

이상해하는 리켄의 모습에 레오니아가 선수 쳤고, 리켄은 씨익 웃으며 마법을 이용해 황금 부위에 자신의 이름을 남겼다. 그때였다.

"오호호호호~"

레오니아의 모습이 갑자기 돌변하며 커다란 웃음이 터져 나왔다.

『아이구, 정말… 리켄님, 드래곤 맞아요?』

레오니아가 웃음을 터뜨리고 잠시 후, 그녀의 어깨 위에서 빛이 반짝이며 작은 요정이 모습을 드러냈다. 레오니아의 비서 역할을 하는 쌔니였다.

"도, 도대체… 뭔데 그래요?"

속았다는 걸 알았지만 이미 늦은 후였다. 리켄은 황금 종이가 도대체 무엇이기에 그러는 것인지 궁금해 레오니아의 손에 들려 있는 것을 빼앗아 위에 덮여 있는 은을 없애 버리고 서둘러 읽어 내려갔다.

"허… 억!!"

리켄의 두 눈과 입이 찢어질 것처럼 커다랗게 변해 버렸다. 그 모습에 레오니아는 더욱 커다랗게 웃음을 터뜨렸고 쌔니도 참지 못하고 깔깔거렸다.

*　　　　*　　　　*

"옳지, 잘한다. 그렇지. 허허허."

내성 후원에 새로이 만들어진 연무장 한 켠에서 이스가 연신 허허거리며 즐거워하고 있었다.

"하아, 하아, 저 잘했어요, 할아버지?"

온몸에 땀이 가득한 에이프릴이 숨을 헐떡이며 다가왔다. 조금 헐렁한 검정 바지에 같은 색의 실크 블라우스 차림이라서 그런지 구릿빛 얼굴이 더욱 밝아 보였다. 이클립스가 항구 도시 미렐리아드에서 사준 옷은 더 이상 입을 수 없었기 때문에 마계 서열 3위인 킬리오드가 직접 인간 세상에서 구해준 옷이었다. 또한 그녀의 손에 들려 있는 얇은 검 역시 킬리오드가 구해온 물건이었다.

"허허허, 아주아주 잘했어. 고작 백여 일 만에 이 정도 수준까지 이를 줄은 정말로 짐작하지 못했구나."

에이프릴은 이스의 지도 하에 검술을 단련하고 있었다. 이스가 가르치는 것은 화산파의 무공이 아닌 그 자신이 화산파를 떠나 무림을 떠돌 때에 적적함을 달래기 위해 창안한 검술이었다. 마왕에게 전수한 파천마검(破天魔劍)이 엄청난 힘을 바탕으로 오래도록 검술을 시연할 수 있는 것이라면, 에이프릴에게 전수하는 검술은 자기 방어가 주된 목적으로 만들어진 것이었다. 하지만 상대의 빈틈을 유도하는 초식이 많아 마음만 먹는다면 얼마든지 치명상을 입힐 수도 있는 검술이었다.

"정말로 대단했어. 이제 조금만 더 노력하면 인간들 중에 동생을 이길 자는 아무도 없을 것이야."

"고마워요, 언니."

이스 곁에 서 있던 에이라도 미소 지으며 칭찬했다. 엘프의 피가 섞여 있어 그렇지 않아도 빠른 몸놀림이 이제는 눈이 부실 정도였다. 물론 아직은 무리수가 많았고 힘 조절이 완벽하지 않았지만, 어둠의 힘을 사용하지 않고 검술로만 상대한다면 에이라도 승리를 장담하기 힘들 정도였다.

"정말 대단하십니다, 이스님. 동생을 누가 백 일 동안 수련한 사람으로 보겠습니까?"

에이라는 새삼 이스가 대단해 보였다. 에이프릴을 지금과 같은 몸으로 이끌어준 것도, 고작 백십여 일 만에 지금과 같은 수준으로 검술을 지도해 준 것 모두가 바로 옆에서 지켜본 그녀조차 믿어지지 않을 정도였다. 이스가 가까이 다가온 에이프릴의 머리를 쓰다듬으며 입을 열었다.

"허허허, 이 녀석이 원체 자질이 뛰어나다 보니 잘 따라온 게지. 하지만 아가야, 너는 앞으로 더욱 뛰어난 검술을 할 수 있을 것이니 여기서 자만하지 말고 할아비가 알려준 검술을 꾸준히 연마해야 하느니라. 알겠누?"

"네, 할아버지. 고마워요."

이스의 말에 에이프릴이 커다랗게 대답하며 그대로 달려들어 이스의 품에 들어갔다.

"허어, 말만한 녀석이 어찌 어리광이 이리도 심할꼬? 허허허."

"키만 큰 거예요, 키만. 히히."

이스의 품속에 들어간 에이프릴은 나올 생각을 하지 않았다. 이스의 키가 이제는 훨씬 작게 느껴졌지만 언제까지라도 이스의 품속에 있고 싶은 모양이었다.

"허허허, 으응?"

에이프릴의 어깨를 토닥여 주며 웃음을 흘리던 이스가 왼편으로 고개를 돌렸다. 순간 그의 십여 걸음 앞쪽으로 검정색의 기다란 타원형 홀이 나타났다. 마족들이 사용하는 차원 이동 홀이었다.

"앗, 리켄 오빠. 응?"

차원 이동 홀이 열리고 리켄이 나오자 반가워하며 달려가던 에이프릴의 걸음이 멈춰졌다. 리켄 뒤로 차원 이동 홀을 만든 마계 서열 7위의 마족이 나왔다. 하지만 거기서 끝이 아니었다. 누군가가 한 명 더 나온 이후에야 차원 이동 홀이 사라졌다. 이스와 에이프릴, 모두가 처음 보는 여인이었다. 뒤로 한데 묶어 내린 기다란 흑발에 검정색 실크 원피스 차림을 한 20대 중반 정도로 보이는 여인이었다. 양끝이 상당히 치켜 올라간 눈썹에 가느다랗고 날카로운 눈매가 얇은 입술과 어울려 사뭇 호전적이고 도발적으로 보였지만 한눈에 들어오는 미인임에는 틀림없었다.

"레드 드래곤에 다크 드래곤까지… 마계가 언제 연회장이 된 거죠?"

이스의 어깨에 앉아 있던 사이나가 어이없다는 표정으로 고개를 가로 저었다. 그녀의 말대로 검정색 실크 원피스 차림의 여인은 다크 드래곤이었다. 그것도 다크 드래곤 일족의 수장인 드레이라의 딸 '디아루'였다.

"뭐야, 너? 언제 이렇게 큰 거야?"

시큰둥한 표정으로 리켄이 에이프릴에게 다가왔다. 에이라조차 변해 버린 에이프릴의 모습에 한동안 말을 하지 못할 정도로 놀랐지만 리켄의 표정에선 놀라움은 조금도 느껴지지 않았다. 에이프릴이 디아루를 보며 말했다.

"할아버지가 이렇게 해주셨어요. 그런데… 저분 누구세요?"

"몰라. 직접 물어봐, 짜샤."

언제나 에이프릴을 동생처럼 대하던 리켄이 상당히 낮은 목소리로 퉁명스럽게 대꾸했다. 불쾌하다는 빛이 역력한 모습이었다.

"디아루라고 해요. 다크 드래곤이지요."

무서운 눈초리로 잠시 리켄을 노려보던 디아루가 일행들에게 다가오며 살며시 허리를 숙였다. 아무런 감정이 느껴지지 않는 싸늘하고 냉정한 목소리였다. 에이프릴이 고개를 갸우뚱거리며 말을 이었다.

"저… 그, 그런데 여긴 어떻게?"

“처자께서 이런 곳까지 어인 일이신지, 이 늙은이도 궁금하군요.”

치켜 올라간 눈매가 무서운지 에이프릴이 약간 껄끄러워하자 뒤에 있던 이스가 그녀 옆으로 다가섰다. 이스 역시 궁금한 것 같았다. 디아루가 리켄을 흘깃 째려보며 대답했다.

“정식으로 소개하지요. 제 이름은 디아루 리커이스. 저기 있는 저놈… 아니, 저분의 아내입니다.”

“에에에?”

“허어?”

디아루의 말에 에이프릴과 이스가 깜짝 놀라며 리켄을 향해 고개를 돌렸다. 결혼했다는, 아내가 있다는 말은 단 한 번도 들어보지 못한 이스와 에이프릴이었다. 그리고 정작 아내, 남편이라고 하면서도 둘의 표정이 마치 원수를 보는 것 같았기에 놀라운 한편 너무도 이상한 모양이었다.

“이건 저주야! 으이구우!”

“누가 할 소리!”

대답을 요구하는 이스와 에이프릴의 시선에 리켄은 대답 대신 머리칼을 쥐어뜯으며 비명 같은 외침을 토했고 디아루 역시 지지 않았다. 리켄의 어머니인 드래곤 로드가 내민 서류는 드래곤의 맹약에 대한 것을 서류로 옮겨놓은 것이었다. 서류에 적혀 있는 내용은 고작 두 가지밖에 없었다. 그 하나는 현 드래곤 로드가 퇴진할 시 리켄이 곧바로 드래곤 로드의 직책을 이어받아 업무를 수행할 것이며, 두 번째가 다크 드래곤 일족 수장의 딸과 결혼할 것이었다. 단, 이번에 이뤄지는 결혼은 둘의 생명이 다할 때까지 절대 헤어질 수 없으며, 무슨 일이 있어도 상대에게 폭력을 행사하지 않는다는 조건까지 적혀 있었다.

　원래 드래곤의 맹약은 드래곤의 입에서 나오는 말로써 이뤄지는 것이 보통이지만, 모든 드래곤 일족의 수장들과 원로원들이 황금 서류에 동의하는 사인을 하고 맹약의 대상자가 사인을 한다면 그것은 그때부터 드래곤의 맹약으로서 효력을 갖는다. 레오니아와 드레이라는 서로 원하는 것을 얻기 위해 드래곤 일족의 수장들 모두와 원로원 모두를 모아놓고 사인을 받아냈다. 레오니아는 드래곤 로드의 자리를 리켄에게 확실히 넘겨줄 수 있는 기회를 놓치지 않았고, 드레이라 역시 앞으로 드래곤 로드가 될 리켄과 딸을 결혼시킴으로써 레드 일족의 힘까지 얻을 수 있었다. 드래곤 일족들 중 가장 숫자가 적은 다크 일족이었기에 입지가 적었으며 발언권 역시 언제나 미미했다.

　이것을 고민하던 차에 딸이 리켄에게 큰 상처를 입었고, 그것을 기회 삼은 드레이라가 다크 일족의 미래를 위해서 디아루에게 희생을 요구했다. 깡패 같은 리켄과는 두 번 다시 만나고 싶지 않았지만 어머니의 간절한 부탁과 일족의 미래를 두고 볼 수 없었던 디아루는 눈물을 삼키며 황금 종이에 사인했다. 또, 이렇게 리켄을 따라 마계까지 함께한 것 역시 그녀의 어머니인 드레이라의 입김이 상당한 역할을 했다.

　이제 갓 결혼했으니 당분간 함께하며 서로를 이해하는 데에 시간을 투자하라는 드레이라의 말을 디아루는 거역하지 못했다. 일만 년을 사는 드래곤에게 '당분간'이라는 말은 보통 인간 세상의 시간으로 일천 년을 뜻하는 말이기에 디아루로서는 하늘이 무너지는 심정이었지만 어쩔 수 없었다.

　"이런 젠장, 내 금빛 인생은 이제 끝났어. 차라리 날 죽여줘. 으아아아~!"

“누가 할 소리.”

리켄의 처절한 비명 소리와 디아루의 싸늘한 목소리가 흘러나오는 가운데 이스만이 미소 지으며 둘을 바라보고 있을 뿐 나머지는 모두 어이없는 듯 멍한 표정이 돼버렸다.

슈우우우.

닥터 루드리오가 만든 약을 주입하자 침대에 누워 있던 이클립스의 몸 전체로 푸르스름한 빛이 아른거렸다. 리켄이 가져온 '선택의 꽃'을 마지막으로 모든 약재가 준비되었고, 닥터 루드리오는 삼 일 밤낮을 지새며 약을 만들어 조금 전 이클립스에게 주입했다.

"쿨럭."

"오오! 작은아버지, 정신이 드십니까?"

다행히 약은 오래지 않아 반응했고, 그동안 꼼짝도 않고 침대에 누워 있던 이클립스에게서 거친 기침이 터져 나왔다. 옆에서 지켜보던 마왕이 얼굴 가득 미소를 지으며 이클립스의 손을 꼭 잡았다.

"쿨럭, 쿨럭."

기침 소리가 연이어 터지고 몸도 들썩거렸다. 어느새 이클립스가 누워 있는 침대 주변으로 많은 인물들이 자리하고 있었다. 마왕과 친위대들, 이스와 그 일행들이 닥터 루드리오의 약이 다됐다는 소식을 듣고 모여든 것이다.

"쿨럭, 쿨럭. 으음……."

"작은아버지!!"

십여 분 가까이 기침을 토하며 몸을 들썩이던 이클립스가 천천히 눈을 뜨고 허리를 세우자, 마왕이 달려가 덥썩 그의 어깨를 부둥켜안았다. 잠시 미소 지으며 마왕의 어깨를 토닥여 주던 이클립스가 침대에서 일어나 이스에게로 걸어갔다. 언제나처럼 당당하고 자신감 넘치는 모습이었다.

"심려를 끼쳐 드려 죄송합니다, 이스님."

"허허허, 우리 진아의 얼굴이 훨씬 좋아 보이니 천만다행이로구나."

"감사합니다."

몸을 움직이지 못하고 마계의 시간으로 백 일이 넘도록 침대에 누워 있지만 이클립스는 이미 이스의 흡마공(吸魔功)이 끝났을 때부터 이상하게도 의식이 돌아와 있었다. 생각을 할 수 있었고, 상대의 목소리도 들을 수 있었다.

"이스님."

이스를 바라보는 이클립스의 눈망울이 사뭇 흔들리고 있었다. 백 일이 넘도록 이스는 매일같이 이클립스의 침대 곁을 지켰다. 검술 수련을 마치고 에이프릴이 잠이 들면 이스는 항상 이클립스에게 다가와 손을 꼭 잡은 채 여러 가지 이야기를 들려주었고 그 마지막은 언제나 조금만 참으라는 말로 끝이 났다. 항상 침대를 지키던 마왕조차 이스의 행동에 감격할 정도였다. 친손자의 병석을 지키고 있어도 이스처럼 지

극하지는 않았을 것 같았다. 목소리는 언제나 자애로웠고, 깊은 걱정이 가득한 이스의 목소리는 언제 들어도 마음이 푸근해질 정도였다.

"많이 컸군요, 에이프릴 양."

"네, 감사해요, 쾌차하셔서 정말 다행이에요, 이클립스님."

"감사합니다."

오랫동안 일렁이는 눈망울로 이스를 바라보던 이클립스가 단번에 에이프릴을 알아보며 부드러운 미소를 지어 보였다. 이것 역시 이클립스가 누워 있을 때 이스가 해준 말을 통해서 알 수 있었던 일이었다.

"후후후."

에이프릴에게 슬쩍 고개를 끄덕인 후 이클립스는 시선을 돌려 리켄과 디아루를 찾았다. 이스에게 듣기는 했지만 웃음을 참기 힘들었다. 천하의 리켄이 결혼이란 걸 할 줄은 그 역시 몰랐던 일이었다.

"너 이 자식, 비웃는 거지!!"

"차, 참으세요, 리켄님. 이제 막 깨어나신 분입니다."

이클립스의 반응에 울컥한 리켄이 달려가려 하자 옆에 서 있던 킬리오드가 간신히 말렸다. 리켄의 표정이 울상이 돼버렸다.

"으아이구, 내가 무슨 죄를 졌다고. 젠장."

"누가 할 소리."

땅바닥에 주저앉으며 신세 한탄 하는 리켄과 여전히 싸늘하게 대꾸하는 디아루의 모습에 이클립스는 잘 어울린다는 말이 입 밖으로 나오려는 것을 간신히 참아내야 했다.

"크하하! 킬리오드."

"넷, 마왕님."

침대에서 일어나 주변 일행들과 인사 나누는 이클립스를 조용히 지켜보던 마왕이 커다랗게 웃음을 터뜨리며 말을 이었다.

"지금 이 시간 부로 비상경계령을 해제한다. 그리고 모든 마족들에게 백 일간 휴가를 내릴 것이다. 백 일 동안 마음껏 즐기라 하라. 크하하!"

"받들어 모시겠습니다, 마왕님."

절도있는 모습으로 대답한 킬리오드의 모습이 순식간에 사라졌다. 마왕의 명령을 집행하기 위해 움직인 모양이었다.

"이제 괜찮으신 겁니까, 작은아버지?"

킬리오드가 사라지자 마왕이 걱정스런 표정으로 이클립스에게 다가갔다. 이클립스에게서 풍겨 나오는 기운이 예전보다 훨씬 약해져 있었기에 오래도록 마계에 머무르면서 몸을 추스르게 하기 위해서였다. 이클립스가 씨익 웃으며 대답했다.

"지금이라도 당장 에리엘의 목을 취할 수 있을 것입니다, 마왕님."

"하하하, 그래도 조금 더 쉬셔야 합니다."

비록 느껴지는 기운은 약해져 있긴 했지만 자신감 넘치는 이클립스의 말투와 눈빛은 예전과 똑같았다. 이제 몸이 완벽하게 회복되는 것은 시간문제일 것이라 생각한 마왕도 호탕한 웃음을 머금고 고개를 끄덕여 주었다.

"이스님."

"오냐, 무슨 일인고?"

일행들과 인사를 마친 이클립스가 조용히 이스에게 다가왔다. 사뭇 진지하고 굳은 표정이었다.

"잠시 드릴 말씀이 있습니다."

"해보거라."

“그것이…….”

주저하며 주변을 의식하는 이클립스의 표정에 이스는 그가 둘만의 조용한 대화를 원하고 있음을 알 수 있었다. 허허 웃으며 이스가 말을 이었다.

“좋다, 가보자꾸나.”

“네. 감사합니다, 이스님. 잠시 다녀오겠습니다, 마왕님.”

어리둥절해하는 일행들의 시선에도 이클립스는 곧 차원 이동 홀을 만들어 들어갔고, 불쾌한 표정으로 노려보는 사이나를 겨우 달랜 이스가 뒤를 따랐다.

“그래, 무슨 일이 있는 게야?”

드넓은 마계의 대지와 검회색 하늘. 주위로 아무것도 보이지 않는 걸 보면 마왕성에서 상당히 떨어진 곳임이 틀림없었다.

“하앗!”

이스의 물음에 이클립스가 돌연 커다란 기합을 터뜨렸다. 순간 그의 몸이 검은 기류로 휩싸였고, 두 손에서 둥그런 기류가 생겨났다.

쿠쿠쿠—

이클립스의 무서운 기운을 이기지 못하고 거대한 지진이 일어난 것처럼 눈으로 보이는 모든 대지가 흔들리며 여기저기서 땅이 쩍쩍 갈라졌고, 주변에 가득한 대기는 보이지 않는 무언가가 무겁게 짓누르듯 그 흐름을 멈추며 미세하게 불어오던 바람들이 순식간에 사라져 버렸다.

“호오, 대단하구나.”

고작 두 걸음 떨어진 곳에서 갑자기 터진 이클립스의 위력적인 모습에도 이스의 몸은 어디 한 군데 상하거나 다친 곳이 보이지 않았다. 실로 어마어마한 힘이 느껴지는 이클립스의 모습이었지만 살기는 조금도 느껴지지 않았기에 이스는 그저 대단하다는 듯 고개만 끄덕이고 있었다.

슈우우우.

땅이 갈라지고 대지가 흔들렸으며, 흐르는 바람이 멈출 정도로 강렬하던 이클립스의 기운이 어느 순간 감쪽같이 사라졌다. 평소의 모습으로 돌아온 이클립스가 이스에게 다가오며 입을 열었다.

"어떻습니까, 이스님?"

"허허허, 예전에 에리엘이라는 천계의 수장과 다시 한 번 싸운다면 이번에는 작은 상처조차 입지 않겠구나. 축하한다, 진아야. 허허허."

이클립스의 물음이 어떤 것을 궁금해하는지 느낄 수 있었던 이스는 허허 웃으며 대답해 주었다. 그가 느끼기에도 얼마 전 대산맥에서 천계의 수장 에리엘과 대적하던 모습과 지금의 힘은 천지 차이처럼 느껴질 정도였다.

"그런데 이상합니다, 이스님. 어떻게 이런 힘이 갑자기 생겼는지… 저로서는 도무지 이해가 가지 않습니다."

이클립스가 지금 같은 힘을 느낀 것은 침대에서 일어섰을 때였다. 잠시 당황한 그는 곧바로 힘을 조절해 남들이 알아차리지 못하게 했다. 가슴속에서 용솟음치는 어둠의 기운은 마계의 주인이라는 마왕보다 훨씬 강한 느낌이었다. 그리고 이 사실을 알아차린다면 마왕은 조금이라도 이클립스와 닮고 싶어 과도하게 수련할 것이고, 좋지 못한 결과를 가져올 것 같아 의도적으로 자신의 힘을 감춘 이클립스였다. 이클립스는 이스에게 자신의 힘을 보여 오랫동안 쓰러져 누웠다 있어난 결과가 지금 같은 것인지 물어보고 싶었다. 이스라면 알 것 같았기 때문이다.

"허허허, 진아야."

이스가 인자한 미소를 머금으며 대답했다.

"무릇 생사의 갈림길을 오간 자는 자신도 모르는 사이에 한층 높은 경지를 깨닫는 경우가 종종 있느니라. 머리보다 먼저 몸이 그 경지를 깨달았다고 할 수 있겠지. 이 할아비도 소시적에 그런 일을 몇 번 경험했단다. 네 경우는 조금 특이하기는 하다만, 아마도 비슷한 경우일 듯 싶구나. 어쩌면 네게 침투했던 이상한 기운들이 원래부터 자리하고 있던 네 기운과 아무도 알지 못하는 작용을 해서 그리 된지도 모르고, 그 이상한 기운들이 네 몸으로부터 빠져나오면서 그럴 수도 있고 말이다."

"감사합니다, 이스님."

부드러운 미소를 지으며 허리를 숙이는 이클립스 역시 이스와 비슷한 생각을 하고 있었다. 자신처럼 이상한 변화를 보인 마족은 마계 역사상 단 한 번도 없었다. 몇 번 죽음 직전까지 갔다가 되살아난 마족들의 기록이 남아 있기는 했지만 그들의 힘이 변화했다는 기록 역시 어디에서도 찾아볼 수 없었다. 그렇다면 이스의 말처럼 몸속에 침투한 이상한 기운들이 어떤 작용을 했을 가능성이 높았다. 하지만 그것 역시 이해가 가지 않는 점이 많았다. 마족의 기운과 비슷하기는 했지만 그것은 어디까지나 비슷했을 뿐이었다. 어떻게 보면 확연히 다르다고 할 수도 있었다.

"그나저나… 진아야?"

"네? 네, 이스님. 말씀하십시오."

이스의 물음에 생각에 잠겨 있던 이클립스가 서둘러 정신을 차리고 대답했다. 이스의 말이 이어졌다.

"어찌하여 네가 그렇게까지 당한 것인지 할아비는 전혀 모르겠구나. 그 도시에서 보았던 것이 믿을 수 없을 정도로 대단하기는 했었다만 네 상대는 아니지 않았느냐?"

항구 도시 미렐리아드를 초토화시켰던 거대한 검은 구는 분명 놀라울 정도로 대단하고 위력적이었다. 하지만 이클립스의 실력이라면 그리 어렵지 않은 상대라고 생각했던 이스였다. 그런데도 의식을 잃고 생명까지 위태로웠던 이클립스였기에 궁금한 모양이었다.

"그것은……."

살짝 고개를 숙이며 이클립스가 당시의 일들을 말해 주었다. 좁혀오는 천장과 바닥, 대단하기 했지만 모두 힘을 발휘한다면 충분히 뚫을 수 있었다. 하지만 그렇게 한다면 지축이 흔들리고 땅 위의 건물들이 휘청일 것이며, 그리 된다면 사람이 죽는 것은 당연한 결과였다. 이클립스는 당시의 상황과 함께 절대적인 마족의 맹약을 지키기 위해 어쩔 수 없이 힘을 쓰지 않은 것도 설명했다.

"허어, 그런 일이 있었구나. 허어……."

이클립스에게 모든 설명을 들은 이스는 연신 고개를 흔들며 기다란 탄식을 토했다. 결국 이클립스가 위험에 빠진 주된 원인 제공자가 이스 자신이라는 말이기 때문이었다.

"미안하구나, 진아야. 할아비가 면목이 없구나. 모든 잘못을 이 할아비가 해버린 것이로구나. 허어."

"아, 아닙니다, 이스님. 모든 잘못은 제게 있습니다. 상대를 얕잡아 보고 허술하게 대응했으니 그 책임은 제게 있습니다. 절대 이스님 탓이 아닙니다."

"허허허."

미안하다는 말에 이클립스가 고개를 세차게 흔들자 이스가 잠시 웃음을 흘리다 말을 이었다.

"진아야, 그 절대적인 맹약이라는 것을 없애 버리자꾸나."

"네?"

마왕의 검인 '원혼의 검'을 보고 했던 약속. 당시 이스는 무서운 살기가 담긴 눈으로 몇 번씩이나 약속을 확인했었다. 그런데 지금 그것을 없애 버리자고 하자 이클립스는 멍한 표정으로 말을 잇지 못했다. 이스의 말이 이어졌다.

"할아비는 미처 그런 무서운 약속일 줄은 몰랐구나. 그러나 진아야."

"네, 이스님."

이클립스는 어느새 정신을 차리고 조용히 이스의 말을 경청했다. 이스가 이렇게 쉽게 약속을 없애 버리자고 말할 줄은 몰랐지만, 그것 역시 자신을 위해서 결정한 일이었기에 더욱 애틋한 마음이 솟아남을 느꼈다.

"아무리 자기보다 약하다고 해서 사람들을 죽이면 아니 되느니라. 정말로 이 세상에 필요없을 정도로 흉악무도한 사람이라도 그 사람의 참된 것을 눈으로 직접 보지 않고서는 모르는 일이니라."

"알겠습니다, 이스님. 앞으로는 이스님의 말씀을 따라 최대한 인간들과 다른 생물을 죽이지 않도록 노력하겠습니다. 또, 참을 수 없을 정도로 죽이고 싶은 상대가 나타난다면 일 년이 걸리더라도 그자에 대한 내막을 완벽히 알고 손을 쓰겠습니다. 이 이클립스, 아버지께서 주신 영광스런 이름을 걸고 이스님께 드리는 맹세입니다."

"허허허, 또 절대적인 맹약이더냐?"

굳이 할 필요 없는 데도 마족의 이름을 거는 절대적인 맹약을 하자 이스가 너털웃음을 터뜨렸고, 이클립스 역시 미소 지었다.

"그럼 이제 돌아가자꾸나."

"네, 이스님."

모든 목적을 마쳤으니 더 이상 이곳에 있을 필요가 없어졌다. 이클립스는 곧 일행들이 있는 곳을 향해 차원 이동 홀을 만들어 들어갔고 이스가 뒤를 따랐다.

*　　　　*　　　　*

『파, 파괴신!!』

이클립스에게서 일행들의 목적에 대한 것을 들은 사이나가 화들짝 놀라며 일어섰다. 너무도 놀라 이스가 손으로 받쳐주지 않았다면 어깨 에서 떨어졌을 정도였다. 한쪽에 앉아 있는 디아루 또한 사이나 같은 비명을 터뜨리지는 않았지만 가느다란 눈초리를 한껏 치뜨고 있었다.

이클립스가 깨어나고 마계의 시간으로 3일이 훌쩍 지나고 있었다. 지난 3일간 조용히 마계에서 지내던 일행들 모두가 지금은 한곳, 이클립스의 방에 모여 있었다. 사방이 50평방미터가 넘을 듯했으며 둥그런 아치 형 천장에는 마족과 천족 간의 전쟁 모습이 벽화로 그려져 있었다. 많은 그림들이 벽에 걸려 있었고, 우아한 침대와 가구들이 보였지만 전체적으로는 사뭇 음침한 방이었다. 일행들은 방 가운데에 있는 탁자를 중심으로 둥그렇게 앉아 있었다.

연무장에서 수련하고 있는 에이프릴과 언제나 그녀를 따라다니는 에이라를 제외한 모두가 자리하고 있었다.

“너무 놀라지 마십시오, 사이나님. 그리고 디아루 양.”

놀라워하며 제대로 말을 잇지 못하는 사이나와 디아루에게 이클립스가 다른 일들에 대해 설명해 주었다. 인간이라고 하기엔 너무도 강하고 사악한 기운을 풍기는 사람들에 의해 대신관의 목걸이가 도난당한 일과 천계의 개입, 그리고 목걸이를 훔친 자들에 의해 파괴된 커다란 도시에 대해 자세하게 말해 주었다.

“그렇다면 그들도 파괴신을 부활시키려는 것인가요?”

리켄에게 대꾸할 때를 제외하고 지금까지 입을 닫고 있던 디아루가 경악에 찬 표정으로 이클립스를 바라보았다.

“네. 그렇습니다, 디아루 양.”

“하찮은 인간 따위가……..”

도저히 믿어지지 않는 모양인지 디아루는 몸까지 부들부들 떨고 있었다. 그런 그녀의 모습에 리켄이 혀를 차며 입을 열었다.

“쯧쯧쯧, 하찮긴 뭐가 하찮아? 우리가 만났던 놈들은 보통 인간들이 아니었단 말이다, 멍청아. 이클립스 녀석도 죽다 살아난 걸 보면 모르냐? 으이구, 이런 걸 마누라라고. 앞날이 막막하구나, 젠장.”

“뭐?”

디아루의 가느다란 눈동자가 다시금 커다랗게 확대됐다. 이클립스에 대해선 그녀 역시 조금이지만 알고 있었다. 망나니 같은 리켄과 자주 어울린다는 이야기를 최근 자신의 어머니인 드레이라에게 들었던 것이다. 딸을 리켄과 결혼시키기 위해 드레이라는 많은 정보를 모은 것이고, 그 정보 중 하나가 이클립스에 대한 것이었다.

“그, 그런!!”

디아루는 좀처럼 정신을 차리지 못했다. 어머니의 말에 따르면 이클립스와 리켄은 거의 비슷한 능력자라고 했다. 에인션트 급을 넘어선 리켄은 세이트란 대륙에 분포하는 모든 드래곤들 중 최강이라 할 수 있었다. 그녀 또한 몇 개월 전 리켄과 상대한 적이 있었고, 당시 그녀는 리켄에 의해 처참하게 당해 두 날개가 부러졌으며 몸통과 꼬리 부근에도 심한 상처를 입었었다. 5천 년의 나이를 넘긴 그녀는 고작 천 년밖에 차이가 나지 않는 리켄을 어느 정도 얕잡아봤었다. 하지만 막상 싸움이 시작되자 그녀는 아무것도 하지 못한 채 일방적으로 공격당했다. 에인션트 급을 넘어선 레드 드래곤의 위력을 디아루는 처절하게 경험할 수 있었다. 그런 리켄과 동급의 실력인 이클립스가 고작 인간 따위에게 당했다고 하자 정신이 멍해진 모양이었다.

"그나저나 이제부터 어찌하는 게 좋을 것 같으냐, 진아야?"

조용히 침묵을 지키고 있던 이스가 물어오자 한동안 고민하던 이클립스가 무겁게 고개를 흔들며 대답했다.

"지금으로선 어떻게 해야 할지 도무지 모르겠습니다, 이스님. 그때 항구 도시 미렐리아드에서 한 놈이라도 잡았다면 편했겠지만……."

상대는 오리무중이었다. 인간이라는 것만 알 뿐 어떻게 생겼는지, 그들의 진정한 목적이 과연 파괴신의 부활인지도 미지수였다. 또한 워프라는 마법을 통해 없어졌으니 찾을 길도 없었다.

"하하하. 걱정 마십시오, 이스님, 작은아버지."

모든 일행들의 얼굴이 심각한 가운에 갑작스레 마왕이 커다랗게 웃음을 터뜨리며 말하자 이스가 조용히 입을 열었다.

"무슨 좋은 방도라도 있으신가요, 마왕님?"

"있고말고요. 지난번에 찾았던 것처럼 하면 되지 않겠습니까. 지금 우리 마족들 모두가 휴가를 떠나지 않았습니까? 휴가를 떠난 마족들 중 반수 이상이 인간 세상으로 갔는데 제가 만약을 위해서 그들에게 이상한 자들이 있으면 언제든지 연락하라고 명을 내렸지요. 그러니 오래지 않아 다시 찾을 수 있을 것입니다.”

미족의 반수 이상이라면 어마어마한 숫자였고, 그들 하나하나의 능력 역시 뛰어났다. 하지만 이스는 왠지 이번만큼은 힘들 것 같았다. 항구 도시 미렐리아드에서의 일이 있으니 그들 역시 주의를 할 것이고, 어쩌면 더욱 은밀히 움직일 가능성이 높았다.

“짜샤, 그놈들도 머리가 있는데 또 방해받고 싶겠냐? 뭐 때문에 도시를 그 지경으로 만든진 몰라도 나하고 이스, 그리고 이클립스까지 나서서 방해했으니 다음 번에는 저번처럼 쉽지 않을 거다, 멍청아.”

이스와 비슷한 생각이었는지 리켄이 마왕을 향해 투덜거렸고 이클립스 역시 고개를 끄덕였다. 둘의 모습에 마왕은 머리를 긁적이며 조용히 입을 다물었다.

“허어, 어찌하는 게 좋을꼬. 흐음……..”

방법을 찾기 위해 모인 일행들이었지만 모두 침묵만을 지키고 있을 뿐이었다. 하지만 단 한 명, 아니, 요정은 미소를 머금고 일행들을 지켜보고 있었다. 사이나였다. 처음 파괴신에 대한 이야기가 나왔을 땐 그녀 역시 사뭇 놀라고 경악했지만 이제는 재미있는 모양이었다.

『제가 하나 알고 있기는 한데……..』

“호오, 여왕님께서 좋은 방법이 있으신가요?”

어깨 위에서 한동안 미소 짓고 있던 사이나의 목소리에 이스가 고개를 돌렸다. 아이들의 섬에서 벗어난 적이 없었던 그녀에게 과연 좋은 방법이 있을지 미지수였지만 혹시 모르는 일이었다.

『그렇게 부르지 말라고 했던 것 같은데요?』

"허허허, 이 늙은이가 큰 결례를 범했습니다. 용서해 주시지요. 사이나님."

『흥.』

사이나의 표정이 다시금 싸늘해지자 이스가 허허 웃으며 용서를 구했다. 하지만 사이나에게서 말이 나오기까지는 상당한 시간과 이스의 노력을 필요로 했다.

"흐음, 이 근처인 듯한데……."

실록으로 가득한 숲 속에서 이스는 연신 주변을 두리번거리며 천천히 걸음을 옮기고 있었다. 셀 수 없이 많은 나무 하나하나의 두께가 장정 몇십 명이 팔을 둘러야 겨우 잡힐 정도로 두터워 보였으며 높이 또한 오십 보 이상 돼 보이는 것들이었고, 수풀 역시 이스의 허리를 넘어설 정도로 크게 자라나 있었다.

"흐음."

천천히 걷던 이스가 높게 자라난 풀잎 위로 올라갔다. 작은 오솔길조차 없었고, 수풀들이 주위를 가득 메우고 있었기 때문에 조금 더 시야를 확보하기 위한 행동이었다. 이스가 올라가 있음에도 그의 발 밑에 있는 풀잎은 조금도 꺾이거나 휘어지지 않았다. 초상비(草上飛)의 경공이었다.

“허허허, 저곳이로군.”

풀잎 위로 올라오자 멀리 나무들 사이로 언뜻언뜻 황금빛이 보였다. 이스는 곧 고개를 끄덕이며 걸음을 옮겼다. 그가 이곳에 온 이유는 사이나의 말 때문이었다. 이곳의 이름은 ‘황금나무의 숲’으로 사이나가 살고 있던 ‘아이들의 섬’에서 북쪽을 향해 빠른 배로 보름 가까이 걸리는 곳의 커다란 섬이었다. 그녀의 말에 따르면 이곳에는 황금으로 된 커다란 나무가 있으며, 그 나무를 중심으로 하이 엘프들이 거주한다고 했다. 하이 엘프는 보통의 엘프들과 달리 다른 이로부터 죽임을 당하지 않는 한 영원히 살 수 있는 영원불멸의 존재들이라고 했다. 또, 이곳 하이 엘프들의 여왕은 미래를 정확히 내다볼 수 있는 특이한 능력이 있다고 했다.

사이나의 말을 들은 이스는 곧바로 이곳을 찾았다. 미래를 내다볼 수 있다면 대신관의 목걸이를 훔친 자들이 언제 어디에서 움직일지 알 수 있다는 말과 같았기 때문이었다. 다만 하이 엘프들이 마족과 드래곤들을 지독히 싫어하고 하이 엘프의 여왕과 사이나 역시 사이가 좋지 않다고 하는 바람에 어쩔 수 없이 이스 혼자서 이곳에 도착한 것이다. 이클립스가 함께 오기는 했지만 그는 섬으로부터 상당히 떨어진 상공에서 이스를 기다리고 있었다. 차원 이동 홀을 만들어야 했기 때문이다.

“으응?”

황금빛을 향해 걸어가던 이스의 미간이 돌연 잔뜩 일그러졌다.

“이것은 피 냄새이지 않은가?!”

산들거리며 불어오는 바람을 타고 피 냄새가 코를 자극했다. 이스의 신형이 순간 눈부신 속도로 쏘아져 갔다.

스스스—

풀숲을 무서운 속도로 달려가는 가운데 이스가 몇 개의 작은 언덕을 지나고 커다란 호수와 계곡을 지났을 때였다. 숲이 열리고 커다란 황금나무를 중심으로 제법 커다란 마을이 눈앞에 나타났다.

"이, 이럴 수가!!"

너무도 처참한 광경에 이스의 움직임이 멈춰졌다. 높이 오십 보가 넘는 커다란 황금빛 나무를 중심으로 풀잎과 나뭇가지로 만든 집들이 대략 백여 호 가까이 옹기종기 모여 있었다. 그런데 온통 피바다였다. 잘려진 목과 팔다리가 마을 전체에 흐트러져 있었고, 흉측한 내장들이 주욱 널브러져 있었다. 제대로 된 시체는 단 한 구도 없었다. 이것은 의도적으로 이렇게 했다고밖에 볼 수 없었다.

"이, 이런 천인공노할……."

이스의 미간이 무섭게 일그러지며 깊은 주름을 만들어냈다. 가슴을 뒤덮는 하얀 수염은 부르르 떨렸고, 깊은 노안으로도 물기가 아른거렸다.

"어찌 이리도 잔인할 수 있는 것인가. 어찌……."

천천히 걸음을 옮겨 마을 입구로 들어선 이스의 시선으로 온통 붉은 피와 셀 수 없이 널브러져 있는 시체들이 보였다. 검으로 자르거나 다른 무기에 의해 잘려진 시체들이 아니었다. 엄청난 힘에 의해 목이 뽑힌 것이고 팔다리가 뜯어져 나간 모습이었다. 내장이 쏟아져 터진 몸통도 마찬가지였다. 얇은 검들이 여기저기 떨어져 있는 걸 보면 제법 저항한 것 같았지만 검들 대부분은 몇 토막으로 잘라져 있었다. 검으로는 상대조차 할 수 없는 적이었음이 분명했다.

"조금만 더 빨리 왔더라면. 허어……."

마을 중앙 부근까지 도착한 이스는 긴 한숨을 내쉬며 눈을 감고 고개를 저었다. 시체의 흔적으로 봤을 때 하루나 이틀 사이에 벌어진 일이 분명했다. 조금만 더 일찍 도착했더라면 이런 참극을 막을 수 있을 것 같아 깊은 후회가 밀물처럼 밀려들었다. 하지만 이미 돌이킬 수 없는 일, 이스는 이내 눈을 뜨고 시체들을 정리했다. 땅을 깊게 파고 능공섭물(綾空攝物)을 이용해 마을 여기저기에 흩어져 있던 모든 시체들을 한데 모아 태웠다. 묻어줄까도 생각하긴 했지만 너무도 처참하게 뜯겨진 시체였기에 태우는 것을 택한 이스였다.

쿠우우.

시체가 타며 시커먼 연기가 황금빛 나무를 지나 하늘 높이 솟구쳐 올랐다. 이스는 시체가 타는 불꽃을 향해 깊숙이 고개를 숙이며 죽은 자들의 명복을 빌었다.

"허어, 어찌하여 그대들이 이런 참혹한 일을 당했는지 이 늙은이로서는 알 길이 없으나, 부디 노여움을 삭히시고 극락왕생(極樂往生)하시오. 설혹 이 늙은이가 그대들의 흉수를 찾는다면 반드시 이곳으로 데리고 와서 그 죄를 뉘우치게 하겠소이다."

하이 엘프 모두를 죽인 자의 흔적은 마을 어디에서도 찾아볼 수 없었다. 아마도 땅을 밟지 않고 허공에서 힘을 사용해 죽인 것 같았다.

"허어……."

어느새 백여 구에 달하는 시체들이 모두 재만 남기고 타버렸다. 삼매진화(三昧眞火)를 이용해 일으킨 불이었기에 타는 속도가 빨랐던 것이다. 이스는 재만 남겨진 구덩이를 능공섭물(綾空攝物)의 수법을 이용해 흙으로 덮고 긴 한숨을 내쉬며 몸을 돌렸다. 그때였다.

"그자는 죄 따위 절대 뉘우치지 않을 것이에요."

"허어?"

등 뒤에서 돌연 여인의 목소리가 흘러나왔다. 이스가 놀란 표정으로 몸을 돌렸다. 지금까지 마을에서는 물론이고 섬 전체에서까지 살아 있는 생명체의 기척은 조금도 느껴지지 않았었다. 그런데 갑자기 목소리가 들려왔다면 이스의 이목조차 속일 수 있는 대단한 자라는 말이었다.

"나무의 신령이십니까?"

역시 몸을 돌린 이스의 눈으로는 그 어떤 것도 보이거나 느껴지지 않았다. 다만 십여 보 앞쪽에 있는 커다란 황금나무만이 덩그러니 보일 뿐이었다. 이스는 직감적으로 황금나무에서 목소리가 들려왔다는 걸 알 수 있었다. 줄기와 잎 모두가 금으로 되어 있는 나무라면 무언가 대단한 신령이 있어도 이상하지 않을 것 같았다.

"아니에요."

이스의 물음에 한동안 조용하던 나무 속에서 다시금 목소리가 들리며 누군가가 그 속에서 모습을 드러냈다. 마치 나무 자체에서 사람의 형상이 나오는 것 같았다. 에이프릴처럼 뾰족한 귀에 30대 중반 정도로 보이는 여인이 작은 아이를 안고 모습을 드러냈다. 태어난 지 얼마 되지 않았을 아이와 여인 모두 이마 가운데로 기아학적인 문양이 새겨져 있었다. 아이는 부드러운 천으로 몸 전체가 감싸여 있었고, 여인은 우윳빛 살결에 기다란 황금 머릿결에 무릎까지 내려오는 녹색의 원피스 차림이었다.

"이곳의 여왕님 되십니까?"

여인이 황금나무에서 나오자 존재감이 확연히 느껴졌다. 아마도 황금나무 속에 들어가 있으면 기척이 완벽하게 차단되는 모양이었다. 여인이 고개를 끄덕이며 말을 이었다. 동족 모두가 죽었는데도 여인은 의연한 태도였으며 침착하고 냉정했다.

"네, 그런데 당신은 누구신가요?"

"이 늙은이는……."

여러 가지 궁금한 것이 숱았지만 이스는 자신이 이곳에 오게 된 경유를 항구 도시 미렐리아드를 파괴한 사람들의 행방을 알기 위해 이 섬을 찾은 것이라고 짤막하게 설명해 주었다. 이스의 설명을 들은 여인은 이내 고개를 흔들었다.

"그렇군요. 그렇지 않아도 얼마 전 미래를 보고 싶어 제 능력을 사용했는데 보이는 것은 온통 어둠뿐이었어요. 먼 미래는 물론이고 바로 내일조차 보이지 않았지요. 어둠뿐이었어요, 모든 것이."

"흐음, 그렇습니까?"

한 치의 동요도 없이 조용히 대답하는 여인에게선 거짓을 느낄 수 없었다. 이스는 행방에 대한 걸 포기하고는 다시금 입을 열었다.

"그런데 어찌하여 마을이 이렇게 됐는지요? 혹여 그들의 모습을 이 늙은이에게 알려주실 수 있으신지요?"

사이나의 말로는 분명 하이 엘프들 모두 대단한 마법 능력자들이라고 했으며 검술 실력 역시 상당하다고 했다. 하지만 이스가 보기로 죽어 나간 하이 엘프들 모두 제대로 된 저항 한번 하지 못한 것 같았다. 이스는 이 마을을 이렇게 만든 자와 항구 도시 미렐리아드를 파괴한 자가 동일 인물일 수도 있다고 생각했다.

"미안하지만 일족에 대한 일들입니다. 말씀드릴 수 없어요."

"죄송합니다. 이 늙은이가 결례를 범했습니다."

여인의 말에 이스는 허리를 살짝 굽히며 용서를 구한 후 다시금 말을 이었다.

“그런데 이곳에 계속 계실 건가요? 위험하지 않겠습니까?”

갓 낳은 아이와 함께였고, 일족들을 모두 죽여 버린 자가 언제 다시 올지도 모르는 일이었다. 이스는 여인만 원한다면 자신이 직접 다른 방도를 구해주고 싶었다. 하지만 여인은 고개를 돌려 황금나무를 잠시 바라본 후 대답했다.

“호의는 고맙게 받지요. 하지만 이곳은 우리들의 땅입니다. 저에겐 이곳을 재건할 의무와 권리가 있지요. 왕족만이 들어갈 수 있는 이 황금나무로는 그 누구도 들어올 수 없고 파괴할 수도 없어요. 이곳에 있으면 안전하니 걱정하지 않으셔도 됩니다.”

나무의 둘레가 제법 크기는 했지만 두 사람이 들어가기에는 좁아 보였다. 이스는 나무 속에 어떤 마법의 장치가 돼 있을 것으로 생각했다.

“허허허, 그렇습니까. 그럼 이 늙은이는 그만 돌아가 보겠습니다.”

더 이상 이곳에 있을 이유가 없자 이스는 여인을 향해 살짝 고개를 숙여 보인 후 몸을 돌렸다. 그때였다.

“인간이었어요.”

돌아서 걸어가는 이스의 등 뒤에서 여인의 목소리가 들려왔다. 이스는 곧 몸을 돌렸고, 여인의 말이 이어졌다.

“화려한 가면을 쓴 인간 여자였어요. 저 정도의 키에 긴 황금 머릿결의 여인이었지요.”

“그렇습니까. 알려주서서 감사합니다.”

“시체를 치워준 답례예요. 그럼.”

말을 마치자마자 여인은 아이와 함께 뒤편에 있는 황금나무 속으로 들어가 버렸다. 이스는 어떻게 인간이 이곳 하이 엘프들을 모조리 죽인 것인지, 원한 때문인지 다른 것이 이유인지 등 여러 가지 궁금한 것이 있었지만 이내 고개를 흔들며 몸을 돌렸다.

"흐음."

돌아서 걸음을 옮기는 이스의 미간이 사뭇 일그러져 있었다. 여인이 설명해 준 자와 리켄이 만났다는 여자의 생김새가 똑같았다.

"도대체 어찌하여……."

항구 도시 미렐리아드를 그렇게 만든 것도, 그리고 인간 세상으로는 절대 나가지 않는다는 하이 엘프들을 도륙한 것 모두가 도무지 이해가 가지 않았다.

"허어, 그것참."

절로 한숨이 터져 나왔다. 마치 깊고 깊은 미궁 속에 빠져 있는 것 같았다.

*   *   *

쾨아아아!

시원한 소리를 내며 십여 미터 높이의 폭포가 떨어져 내렸다. 폭포 주위로 제법 커다란 계곡이 이어져 있었고, 낮게 자라난 풀들이 빼곡이 드리워져 있었다. 무성한 수풀과 크고 작은 나무들, 파란 하늘과 조용히 흐르는 하얀 구름 아래 이스 일행들이 조용한 한때를 보내고 있었다. 황금나무의 숲에 갔던 이스가 아무런 수확 없이 마계로 돌아온 후 더 이상 칙칙한 마계에 있고 싶지 않다고 투덜거리는 리켄의 의견을 따라 일행들 모두가 다시금 인간 세상으로 돌아온 것이다.

이곳은 세이트란 대륙 중서부에 위치한 대산맥의 한 줄기였다. 동서 남북으로 도시의 풍경이 멀리 보이는 이곳을 택한 것은 혹시나 항구 도시 미렐리아드 때 같은 일이 벌어졌을 경우를 생각해서였다.

채채챙!

한쪽에서 쇠 부딪치는 소리가 들려왔다. 어느새 솜씨가 상당히 는 에이프릴을 에이라가 상대해 주고 있었고, 이스와 이클립스 일행은 계곡 물이 흐르는 곳으로부터 얼마 떨어지지 않은 곳에 작은 탁자와 의자를 놓고 앉아 있었다. 리켄이 어디선가 구해온 물건들이었다.

"너무 심려치 마십시오, 이스님. 그들도 언제까지 잠자코 있진 않을 것이고, 우리 마족들이 은밀히 조사하고 있으니 오래지 않아 다시 만날 수 있을 것입니다."

"허허허, 그래. 할아비 생각도 그렇구나. 조바심 내서 될 일이 아니지."

이클립스의 말에 이스는 고개를 끄덕이며 놓여진 찻잔을 들고 조용히 마셨다. 도시 하나가 쑥밭이 돼버릴 정도로 큰일이 일어난 이후 제법 시일이 지났음에도 이상한 조짐이나 다른 마족들로부터의 소식도 없었다. 이스가 황금나무의 숲에서 돌아온 이후 이클립스는 마왕에게 부탁해 세이트란 대륙에 있는 커다란 도시 하나하나마다 상급 마족들을 배치했다. 그리고 일행들이 있는 위치를 알려준 이후 이상한 일이 있으면 곧바로 알리라고 했지만 지난 며칠 동안 아무 일도 일어나지 않았다. 조금씩 조바심이 일어날 만한데도 이스는 태연하고 조용했다.

스으윽.

일행들이 앉아 있는 곳으로부터 얼마 떨어지지 않은 곳에 타원형의 기다란 검은 홀이 나타나더니 곧 한 인물이 모습을 드러냈다. 한쪽 얼굴을 가리는 언밸런스의 머리에 칠흑 같은 검정색 상하의 차림의 마족, 마계 서열 3위이자 마왕의 4대 친위대 중 첫손가락에 꼽히는 킬리오드였다.

"마계에 무슨 일이 있는 것인가?"

조용히 차를 마시던 이클립스가 긴장한 표정으로 자리에서 일어나 킬리오드를 맞이했다. 많은 마족들이 인간 세상을 정찰하고 있지만 킬리오드는 마왕과 함께 있었다. 그렇다면 마계에서 이곳으로 직접 왔다는 말이었다.

"아닙니다, 이클립스님. 이것을……."

킬리오드는 낮게 대답하며 품속에서 뭔가를 꺼내 이클립스에게 건넸다. 돌돌 말려 있는 작은 종이였다. 이클립스는 서둘러 종이를 펴 읽어 나갔다.

쿠우우우—

편지를 읽어가던 이클립스의 몸에서 무서운 기운이 뿜어져 나왔다. 곁에 있던 킬리오드가 깜짝 놀라 몇 걸음이나 뒤로 물러설 정도였으며, 멀리서 에이라와 검술 수련을 하고 있던 에이프릴까지 움직임을 멈추고 이클립스를 바라보았다.

"무슨 일이라도 있는 게야?"

"뭔데 또 지랄이냐?"

이클립스의 갑작스런 반응에 이스와 리켄이 고개를 갸우뚱거리며 다가왔다. 의자에 남아 조용히 차를 마시던 디아루의 날카로운 눈초리 역시 이클립스를 향해 있었다. 하얀 이빨을 앙다문 채 이클립스가 부들부들 떨리는 목소리로 대답했다.

"이것은 천계에서 보내온 것입니다, 이스님."

"호오, 또 경고장이더냐?"

이스가 눈을 반짝이며 나섰다. 항구 도시 미렐리아드에서도 천계에서 보내온 경고장을 받은 이후 이상한 일들이 일어났었다. 그렇기에 지금 이클립스가 가지고 있는 것이 경고장이라면, 앞으로 또 그런 일들이 일어날 수 있다는 말과 같았기 때문에 이스의 표정엔 긴장과 기대가 섞여 있었다. 하지만 이클립스는 고개를 흔들었다.

"아닙니다, 이스님."

"허어, 그렇다면 무엇인고?"

"초대장입니다."

뿌득 이빨을 갈며 이클립스가 들고 있던 종이를 리켄에게 넘겨주었다. 잠시 초대장을 읽어가던 리켄이 이스를 보며 입을 열었다.

"이스, 천계 수장이 좀 보자고 써 있네요. 이스더러 천계로 오래요. 언제든지 대산맥 중앙 부근에 하나밖에 없다는 화산으로 오라는군요."

"무어라?"

생각지도 못한 내용에 이스와 그의 어깨에 앉아 있던 사이나의 눈이 한없이 커졌다.

"허어, 어찌하여 이 늙은이를 보자는 것일꼬?"

긴 탄식을 토하며 이스가 고개를 흔들었다. 천계의 수장 에리엘은 대산맥에서 한차례 봤던 인물이었다. 하지만 당시 에리엘의 시선은 계속 이클립스를 향해 있었고 자신은 아무것도 하지 않았다. 그런데 갑작스레 초대장을 보내며 청하자 이스는 어찌 된 영문인지 모르겠다는 표정으로 이클립스를 바라보았다. 하지만 이클립스는 킬리오드의 멱살을 잡아 올리고 있었다.

"이것을 네놈이 받아온 것인가?"

"크, 크윽! 아, 아닙니다, 이클립스님."

멱살을 잡혀 불쾌할 수 있는데도 이클립스를 바라보는 킬리오드의 눈동자는 일렁이고 있었다. 그는 자신을 만들어준 마왕보다 이클립스를 좋아하고 따랐다. 왜인지 마왕보다 더욱 가깝게 느껴졌고, 이클립스가 마계에 있으면 항상 그를 따라다녔다. 그런 만큼 천계에 대한 이클립스의 증오와 원한을 잘 알고 있었다. 이번에도 그랬다. 천계에서 보내온 초대장일 뿐이었고, 그저 웃으며 지나칠 수 있는 일이었지만 이클립스는 천계의 물건을 보는 것만으로도 분노를 터뜨렸다. 킬리오드는 그런 이클립스의 모습이 언제나 안쓰럽고 측은하게 느껴졌으며 새삼 천계에 대한 증오가 솟아올랐다.

"끄윽!!"

"미, 미안하다."

격하게 터지는 킬리오드의 신음 소리에 이클립스가 이내 냉정함을 되찾으며 잡았던 멱살을 풀어주었다. 킬리오드는 한동안 격한 기침을 계속하다 천천히 입을 열었다.

"아닙니다, 이클립스님. 그리고 저 초대장은 천계에서 제게 직접 온 것이 아닙니다. 이 세계 어딘가에서 활동하는 우리 마족이 잠시 힘을 쓴 것을 천계에서 발견하고 그 마족에게 건네준 초대장입니다. 초대장을 받은 녀석이 마왕님께 전해주었고 그것을 제가 다시 이곳으로 가져온 것입니다."

"무슨 의도라고 하던가?"

"아무 말도 없었다고 합니다. 그저 조용히 초대장을 건네주고 사라졌다고 합니다."

"이놈들이……!"

킬리오드의 말에 이클립스와 리켄의 눈초리가 가늘어졌다. 갑작스레 이스를 초대한다는 것이 너무도 꺼림칙하고 이상한 모양이었다. 또,

이스 한 명만을 초대한다고 써 있었고, 그렇다면 이미 이스에 대해 조사를 마쳤을 가능성이 농후했다.

"헤헤헤, 정말 미친 것들 아냐? 이스가 오라고 한다고 오고, 가라고 한다고 갈 사람인 줄 알았나? 바보들, 이거나 먹어라."

잠시 생각에 잠겨 있던 리켄이 헤픈 웃음을 터뜨리며 하늘에 대고 손가락질했다. 이스의 목소리가 흘러나왔다.

"할아비를 초대했으니 못 갈 일이 무엇인고?"

"엥?"

"이, 이스님?"

이클립스와 리켄이 깜짝 놀란 표정으로 이스를 돌아보았다. 이스가 활짝 웃는 얼굴로 말을 이었다.

"허허허, 초대했는데 가지 않는다면 속 좁은 졸장부가 되지 않겠느냐? 그리고 초대장까지 보냈는데 설마 해코지야 하겠누."

"안 됩니다, 이스님."

이스의 말이 끝난 순간 이클립스가 바짝 다가와 굳은 표정으로 고개를 흔들었다. 그런 그의 눈망울이 이스에 대한 걱정으로 가득했다.

"그놈들을 믿으시면 안 됩니다, 이스님. 그 교활한 놈들이 저희들과 함께하는 이스님을 가만 놔두지 않을 것입니다. 이스님께서 대단한 분이시지만 어떤 일을 당할지 모르는 일입니다. 절대 가시면 안 됩니다."

이스를 초대했다면 그가 누구와 함께하는 것 정도는 이미 알고 있을 천계였다. 아무리 이스가 마왕에게 검술을 지도하고, 리켄과 자신을 한 방에 죽일 수 있는 능력자라지만 천계에서 어떤 것을 준비했을지 모르는 일이었다. 또한 천계로 갈 수 있는 방법은 오직 천족에 의한 이동뿐이다. 에리엘이 마음만 먹는다면 천족 누구도 사람들의 세상으로 올 수 있는 길을 만들지 않을 수 있었고, 만약 그렇게 된다면 이스는 영원히 천계에서 벗어날 수 없었다. 이클립스의 가장 큰 걱정은 바로 이것이었다.

"저 녀석 말이 맞아요, 이스. 솔직히 그동안 본 천계 놈들 중에 제대로 된 놈들은 하나도 못 봤어요. 그러니까 이번에는 포기해요, 이스."

리켄이 이클립스 편을 들었다. 그가 지금까지 보아온 천족은 그리 많지 않았다. 이클립스와 자주 함께했기에 몇 번이지만 천족들과 만났었고, 먼저 공격한 적도 많았다. 또, 긍지 높은 드래곤이 마족과 함께한다는 것을 비아냥거리기도 했다. 그러나 이클립스처럼 리켄 역시 이스를 거정하는 빛이 역력했다.

"허허허, 너무 걱정 말거라. 할아비가 잘 알아서 할 터이니."

"이스님!!"

리켄이 고개를 흔들고 이클립스 역시 강력하게 말렸지만 이스는 이미 마음을 정한 것 같았다. 이클립스가 이스의 어깨를 두 손으로 잡으며 외치듯 말했다.

"가시면 안 됩니다, 이스님!!"

"녀석."

이스는 천천히 손을 뻗어 이클립스의 얼굴을 쓰다듬어 주었다. 마족 최강의 전사이자 마계 서열 2위인 이클립스. 지금까지 얼마 되지 않지만 이스가 보아오기로 이클립스는 자존심이 대단하고, 언제나 냉정하며 침착했다. 그런 이클립스의 눈가로 지금은 물기가 보였다.

"허허허, 우리 진아의 마음이 이리도 약해졌구나."

"이스님, 제발… 가시면 안 됩니다, 이스님."

"걱정하지 말거라. 우리 진아가 할아비를 걱정하는 마음은 알겠으나 할아비 역시 그렇지 않아도 천계 사람들을 만나고 싶었단다. 걱정하지 않아도 될 것이야."

이미 확고하게 마음을 정한 것 같자 이클립스는 더 이상 말릴 수 없음을 깨닫고 고개를 흔들며 물러섰다.

"가십시다."

이클립스의 어깨를 잠시 토닥여 준 이스가 한쪽에 서 있는 킬리오드에게 다가갔다. 자신만을 초청했으니 이곳에서 헤어질 생각이었다. 킬리오드는 곧 천족과 약속된 장소로 갈 수 있는 차원 이동 홀을 만들었다.

"그럼 다녀오마."

차원 이동 홀에서 잠시 멈춰 선 이스가 주변 일행들을 바라보며 작별 인사를 했지만 이클립스나 리켄은 물론 누구 하나 잘 다녀오라는 말을 하지 못했다. 그런 일행들의 모습에 이스는 그저 허허 하고 한차례 웃음을 보인 후 어깨에 앉아 있는 사이나를 조심스럽게 내려놓고 차원 이동 홀 속으로 들어갔다.

"하, 할아버지."

이클립스의 무서운 분위기 때문에 잠자코 지켜만 보던 에이프릴이 울먹이며 달려왔지만 어느새 차원 이동 홀은 사라져 있었다.

"조, 조심해서 다녀오세요. 흐흑."

몇 발자국 달려가던 에이프릴은 바닥에 주저앉아 눈물을 터뜨렸다. 아이들의 섬과 황금나무의 숲에 갔을 때 떨어져 보긴 했지만 지금은 이상한 느낌이 든 에이프릴이었다. 이클립스의 말처럼 천계 수장이라는 자가 마음만 먹는다면 다시는 돌아올 수 없다는 말이 자꾸만 들려오는 것 같아 터지는 눈물을 참지 못했다.

“리켄.”

“왜, 짜샤?”

오랫동안 고개를 숙이고 있던 이클립스가 흔들리는 눈초리로 리켄을 찾았다. 퉁명스럽게 대답하는 리켄 역시 어두운 표정이었다.

“만약… 만약 잘못된다면 드래곤 로드님과 만날 수 있도록 해줘.”

“뭐?”

천계로 갈 수 있는 길은 오직 천족들만이 할 수 있는 능력이었지만 드래곤 로드 역시 할 수 있었다. 리켄의 얼굴이 멍하게 변해 버렸다. 드래곤 로드, 즉 리켄의 어머니는 이클립스도 잘 알고 있었다. 절대로 고집을 꺾지 않는 것을 모를 리가 없었다.

“혼자서라도 갈 것이다.”

흔들리던 이클립스의 눈초리가 어느새 피처럼 붉게 변해 있었다. 이스에게 좋지 않은 일이 벌어진다면 그 혼자라도 갈 생각인 것 같았다. 잠시 멍하게 이클립스를 보던 리켄이 씨익 웃으며 대답했다.

“미친놈.”

*　　　*　　　*

책장이 빼곡이 들어찬 주변은 사뭇 어둡고 무거운 느낌이었다. 책장과 책장 사이의 거리는 장정 걸음으로 대략 다섯 걸음 정도로 제법 넓었지만 책장의 크기가 너무도 높아 오히려 좁아 보일 정도였다. 각양각색의 책들이 무수히 꽂혀 있는 책장은 시커먼 묵빛이었고 바닥을 뒤덮고 있는 것은 검회색 대리석이었다. 군데군데 작은 촛불로 불을 밝히고 있었지만 바닥과 책장의 색깔 때문에 주위는 훨씬 어두운 느낌이었다.

"그래, 알아보았느냐?"

책장 한쪽 구석에서 나이를 추정하기 힘든 잔뜩 쉰 듯한 목소리가 흘러나왔다. 흐린 촛불의 불빛에 비친 사람은 단 한 명뿐이었다. 늘씬한 키에 굴곡이 완연한 몸매, 허리까지 내려오는 기다란 금발 머리에 화려한 금장식이 들어간 가면을 쓴 자만이 보일 뿐이었다. 하지만 목소리는 여자의 것이 아니었다. 잔뜩 쉬고 나이를 예측하기 힘들긴 했지만 남자의 목소리임에 틀림없었기 때문이었다.

"죄, 죄송합니다, 테라님. 조, 조금만 더 시간을 주시면……."

가면의 여인 라이제스가 떨리는 목소리로 대답하며 고개를 숙였다. 그녀의 앞쪽으로는 책장밖에 없었지만 곧 목소리가 흘러나왔다.

"찾아보기는 한 것이냐?"

"아! 무, 물론입니다, 테라님."

대답하는 라이제스의 목소리가 더 더욱 떨리기 시작했고 몸까지 눈에 보일 정도로 부들부들 떨렸다. 숙이고 있는 가면 속 눈동자 역시 마찬가지였다. 라이제스는 떨리는 마음을 진정시킬 때까지 고개를 들지 않으려 했다. 상대방이 보지 못하는 것으로 생각한 모양이었다.

"꺄, 꺄아아악!"

돌연 라이제스의 몸이 뒤편에 있는 책장 상단에 강하게 부딪치며 꽂혀 있던 책들이 우수수 떨어졌다. 하지만 그녀의 몸은 책장에 붙어 있는 듯 조금도 움직이지 않았다. 바닥으로부터 십여 보 이상 높은 곳이었다.

"까아악!"

비명을 터뜨리는 라이제스의 이빨 사이로 붉은 피가 울컥울컥 튀어나와 옷자락을 더럽혔다. 그저 책장에 붙어 있는 듯했는데도 라이제스에게선 연신 비명이 터져 나왔다.

"감히 나를 속일 수 있다고 생각하느냐?"

"꺄으윽, 끄윽! 요, 용서를… 꺄아아악!"

지독한 고통 속에서도 라이제스는 어떻게 해서든 용서를 구하려 했지만 터져 나오는 비명 때문에 말조차 제대로 잇지 못했다.

"크크크."

"꺄윽!"

찢어지는 비명이 십여 분쯤 흘렀을 때, 테라의 낮은 웃음이 들리며 책장에 붙어 비명을 터뜨리던 라이제스의 몸이 드디어 바닥으로 떨어졌다. 어깨와 팔다리를 대리석 바닥에 강하게 부딪쳐 고통이 상당할 텐데도 라이제스는 서둘러 자리에서 일어나 무릎을 꿇었다.

"조, 조금만 더 시간을 주십시오, 테라님. 조금만 더 주신다면……."

"됐다."

의외의 대답이 흘러나오자 라이제스의 가면 속 눈이 커다랗게 떠졌다. 한 번 내렸던 명령은 절대 번복하지 않던 테라였기에 놀라운 모양이었다. 테라의 말이 이어졌다.

"굳이 그런 일에 시간 끌 필요 없다."

"아, 알겠습니다, 테라님."

이상하긴 했지만 라이제스는 가만히 안도의 한숨을 내쉬었다. 종적을 찾을 수 없는 것도 그렇지만, 그녀가 생각하기로 항구 도시 미렐리아드에서 봤던 노인은 드래곤 로드 같았다. 드래곤 로드가 어디에 있는지 알 수 없는 것도 그렇지만, 모든 드래곤들의 수장인 드래곤 로드를 건드려 봤자 손해일 것은 분명했다.

"그건 그렇고, 마지앙에게 서두르라고 하라."

"네, 테라님."

대답을 마친 순간 라이제스는 테라의 기척이 사라진 것을 느낄 수 있었다.

뿌득.

조용히 바닥에 무릎을 꿇고 고개를 숙이고 있던 라이제스에게서 이빨이 갈리는 듯한 소리가 흘러나왔고, 터질 것처럼 꽉 쥐어진 주먹도 부들부들 떨리기 시작했다.

"크흑!"

고통 때문인지 숙이고 있던 라이제스의 가면 속 눈동자에서 한 방울씩 눈물이 떨어져 바닥을 적셨다.

둘레가 족히 100평방미터가 넘어 보이는 커다랗고 화려하며 웅장하기까지 한 방에는 값을 매길 수 없을 것 같은 물건들로 가득했다. 둥그런 형태의 널따란 바닥에는 금과 은으로 기아학적인 문양을 새겨놓은 푹신한 양탄자가 주욱 깔려져 있었다. 재정에 여유가 있는 나라의 왕이라면 모를까, 웬만한 귀족이라도 엄두를 내지 못할 정도로 고급스러웠으며 화려했다. 하지만 이런 것은 구하려 해도 구하기 힘든 물건임에는 틀림없을 것이다.

바닥뿐만이 아니었다. 오목하게 설계돼 있는 벽은 모조리 새하얀 대리석으로 이루어져 있었으며 커다란 드래곤이 날개를 활짝 펴고 날아가는 모습이 양각으로 조각돼 있었다. 마치 지금이라도 당장 날아가 버릴 것처럼 섬세하고 정교한 조각이었다.

한쪽 벽에는 높이 20여 미터가 넘는 커다랗고 튼튼해 보이는 금으로 된 책장이 벽면을 가득 메우고 있었다.

"빌어먹을."

10명이 널널하게 누울 수 있을 것 같은 커다란 침대 위로 순간적으로 한 인물이 나타나더니 낮은 욕지거리와 함께 거칠게 몸을 뉘었다.

근육은 그리 보이지 않았지만 헌칠한 키에 균형 잡힌 몸매, 코끝에 스치는 붉은 머릿결이 놀라울 정도로 아름답게 생긴 20대 초반의 젊은 이였다. 아무리 콧대가 세고 자존심이 강한 여자라도 한눈에 반할 것 같은 용모였다.

이 놀라울 정도로 아름답고 화려하며 웅장한 방의 주인은 바로 리켄 리커이스. 사람들이 세이트란이라고 부르는 거대한 대륙 남쪽 최남단에 위치한 산맥의 주인이자 최강의 공격력을 자랑하며 사람들에게 공포의 대상인 레드 드래곤이었다.

"아, 젠장."

다시금 낮은 욕지거리와 함께 리켄은 두 팔을 머리 뒤로 가져가 팔베개를 하며 두 눈을 감아버렸다. 그런 그의 미간이 잔뜩 일그러져 있었고 이빨도 앙다물려져 있었다.

"다시는 가나봐라."

그는 바로 조금 전까지 인간 세상으로 여행을 떠났었다. 어머니의 레어에서 벗어나고 지금까지 일천 년 중 오백여 년 동안 리켄은 오크나 트롤, 엘프와 인간의 모습으로 여행을 했었다. 인간의 모습으로 여행한 것은 이번까지 다섯 번, 지난 4번의 여행의 결과가 너무도 좋지 않아 다시는 인간의 모습으로 여행을 떠나지 않겠다고 다짐했었던 리켄이었다. 하지만 지금으로부터 대략 30여 년 전, 그의 영역 가까이 다가온 인간에게 흥미를 느낀 그는 예전에 했던 다짐을 잊고 다시금 인간들의 세상으로 떠나게 됐었다.

"후우……."

눈을 감고 침대에 누운 지도 제법 시간이 흘렀지만 잠이 오지 않는 모양인지 리켄에게선 연신 기다란 한숨이 흘러나왔다. 바로 조금 전까지 분노를 터뜨리며 커다란 도시 하나를 초토화시켜 버렸기에 좀처럼 흥분이 가시지 않았다. 다시는 여행하지 않겠다는 다짐을 깨뜨리게 했던 친구가 반역과 역모죄로 몰려 참수당하자 리켄이 참지 못하고 분노를 터뜨렸고, 그 화풀이 대상이 된 것이다.

"킴."

결국 리켄은 눈을 뜨고 천장을 바라보았다. 아치 형으로 오목하게 솟아오른 천장으로는 셀 수 없이 많은 보석들이 아름다운 빛을 발하고 있지만 리켄의 눈망울은 참수당한 인간 '킴'의 모습을 되뇌이고 있었다. 그동안 인간 세상에서 만났던 사람들 중 가장 마음이 맞았던 인간이었다. 어쩌면 킴은 리켄이 드래곤이라는 걸 알고 있었을지도 몰랐다. 하지만 그는 단 한 번도 내색하지 않았고, 조금의 가식 없이, 거짓 없이 리켄을 친구로서만 대해주었다.

"멍청하게……."

오랫동안 일렁이는 눈망울로 천장을 바라보던 리켄이 다시금 눈을 감고 깊숙이 이불을 뒤집어썼다. 처음 만나 함께 자신들의 왕국을 발전시키자며 웅장한 꿈을 키웠던 킴이었고, 리켄도 전력을 다해서 킴을 도왔다. 둘의 이런 노력의 결실은 오래지 않아 빛을 발했다. 언제 전쟁이 일어날까 전전긍긍하며 주변국의 눈치를 살피던 작은 왕국이 불과 30년도 되지 않아 주변 3국을 병합할 수 있었던 것은 전적으로 킴과 리켄의 공이었다. 무패를 자랑하는 '황금 기사 킴'과 '위대한 마법사 리켄'의 이름은 적에겐 공포의 대상이었고, 아군에게는 이름만으로도 사기가 높아지는 역할을 했었다. 세이트란 대륙에서 둘의 이름을 모른다면 사람이 아니라는 말까지 나돌 정도였다.

그러나 왕국이 주변 3국을 병합하고 국정이 안정적으로 돌아가고 있을 때 킴과 리켄을 전적으로 믿어주던 황제가 승하하고 왕국의 분위기가 이상하게 돌아갔다. 전 황제와 달리 새로이 황제가 된 인간은 소심하고, 나약했으며, 겁쟁이였다. 황제는 오래지 않아 모든 군권을 통솔하는 킴에게 위협을 느끼기 시작했다. 킴은 결혼조차 하지 않고서 자신의 모든 것을 나라를 위해 바쳤던 영웅이었지만 황제에게는 자신의 옥좌를 넘볼 수 있는 위협적인 장군으로밖에 보이지 않았던 모양이다.

황제가 킴을 꺼려하는 것을 눈치 챈 대신들이 입을 모아 킴만은 절대 그런 인물이 아니라고 황제를 안심시켰지만, 황제는 오히려 그런 대신들을 물리치고 황후의 외척들을 대거 등용했다. 그렇게 충신들이 사라지고 간신들이 권력을 잡은 후 몇 년도 되지 않아 어이없는 일이 벌어졌다. 국경 순시를 위해 킴이 자리를 비운 사이 일단의 무리들이 황궁을 덮쳤으나 곧 체포됐고, 그들의 신상이 킴의 병사들로 밝혀진 것이다. 황실은 곧 대국민 성명을 발표하고 킴을 반역과 역모죄로 긴급 체포, 재판도 하지 않고서 서둘러 처형시켰다.

주변 강대국들과 새로운 미래를 다져 가기 위해 분주히 움직이던 리켄은 킴이 모함받고 있다는 사실을 몰랐다. 새로운 황제가 킴을 못마땅하게 여긴다는 것은 알았으나 열심히 하면 오래지 않아 황제도 인정해 줄 것으로 믿었던 것이다.

킴이 처형당하기 몇 달 전, 황제는 모든 행정에 반드시 필요한 리켄을 상당히 먼 나라의 사신으로 임명해 파견했다. 킴과 절친한 친구 사이라는 것은 알고 있었지만 리켄만큼은 반드시 필요했고, 또 권력에서 배제돼 있는 그이기에 굳이 죽일 필요성까진 없었던 모양이다. 리켄이 킴의 처형 소식을 듣게 된 것은 킴이 처형당하고 4개월이나 지난 후였다.

사신으로 갔다 돌아온 리켄에게 황제와 대신들은 안타깝다는 표정을 지으며 킴이 황실을 병사들로 습격하는 일이 발생했으니, 아무리 국민적 영웅이라 해도 참수형을 피할 수 없었다는 사실을 말해 주었다.

순간 리켄의 분노가 터졌다.

킴과는 30여 년 동안이라는, 드래곤에게는 짧은 시간이었지만 인간의 시간으로는 아주 긴 시간 동안 친구로 지냈던 사이였다. 지난 오백여 년간 여행하며 처음이자 마지막으로 만난 인간들 중 유일하게 마음이 통하는 인간이었다. 그런 오랜 지기인 킴에 대해 리켄이 몰랐을 리없었다.

모든 군권을 쥐고 있었지만 그것은 전대의 황제가 거의 부탁하다시피하며 맡겨놓은 것이었다. 또한 킴이 아니었다면 훈련조차 제대로 받지 못하고 전투에 화살받이로밖에 쓰지 못하는 오합지졸로 끝날 병사들이었다. 만약 황제의 자리가 탐이 났다면 킴은 이미 오래전에 황제의 자리에 오를 수 있었다. 무패를 자랑하는 황금 기사 킴은 황제보다 더욱 칭송받았으며 그를 따르는 병사들 역시 마찬가지였다.

킴의 처형 소식을 듣자마자 리켄은 그때까지 마법으로 감추고 있던 드래곤의 기운을 표출하며 인간의 모습을 버리고 원래의 모습으로 돌아갔다. 그런 후 황제와 킴을 모해한 대신들 모두를 산 채로 씹어 죽였으며 그 가족들까지 불로 태워 죽였다. 커다란 황궁을 순식간에 없애버렸고, 황제 일가들은 특히 잔인한 방법으로 죽여 버렸다.

그러나 그것으로도 리켄의 분노는 멈추지 않았다. 리켄은 성이 차지 않는 듯 도시 상공에서 오래도록 커다란 포효를 터뜨렸다. 비록 킴이 황제와 간신들에게 죽어 나갔지만 도시에 살고 있는 인간들은 대부분이 선량했다. 그리고 비록 리켄에게는 얼마 되지 않는 시간이었지만 도시에 살고 있는 사람들을 위해서 역량을 발휘했었다. 또한 킴이 목숨보다 소중히 여기던 사람들이었다. 그렇기 때문에 최대한 허공에서 포효하며 인간들이 도망칠 시간을 준 것인지도 몰랐다. 리켄은 몇 시간 동안이나 도시를 선회하며 포효했고, 사람들 모두는 공포에 떨며 도시를 벗어났다. 그런 이후 리켄은 자신과 킴에 이룩됐다고 할 수 있는 왕국의 수도 전체에 파이어 블레스를 선사하고 레어로 돌아온 것이다.

"제길, 인간들이란……."

리켄은 곧 킴에 대한 생각을 지워 버리려 노력했다. 지루할 정도로 오랜 세월을 살아가는 생명체 드래곤에게 있어 좋지 않은 기억은 최대한 빨리 잊어버리는 것이 좋았다. 그런 것들을 생각해 봤자 가슴만 아파지고 우울해질 뿐이었다. 이미 킴과 같은 경우를 제법 많이 경험한 리켄은 의도적으로 노력하지 않아도 곧 그들에 대한 일들을 오래지 않아 잊어버렸다.

"에구, 잠도 안 오네."

깊숙이 이불을 뒤집어쓰고 잠을 청하길 반 시간이 지났지만 좀처럼 잠이 오지 않았다. 도시 하나를 완전히 없애 버리고 와서인지, 친구라고 생각했던 인간이 죽어서인지 좀처럼 마음이 안정되질 않았다.

대부분의 드래곤들은 그 엄청난 몸집 때문에 자신의 레어에선 다른 생명체로 폴리모프해 생활하는 게 일반적이었다. 아무리 거대하고 웅장한 산이라 하더라도 드래곤 같은 거구가 쉴 만한 공간은 거의 찾아볼 수 없기 때문이었다.

뾰로롱.

『안녕하세요, 리켄님.』

오랫동안 몸을 뒤척이며 몸부림치던 리켄의 침대 위에서 돌연 청명한 종소리 비슷한 소리가 들리며 누군가가 빛과 함께 나타났다. 손바닥보다 작은 요정이었다. 등 뒤로 잠자리의 날개 같은 투명한 한 쌍의 날개가 붙어 있었고, 녹색 원피스 차림에 깜찍해 보이는 소녀의 얼굴을 한 요정이었다. 드래곤 로드의 친구이자 비서 역할을 아주 즐거이 하고 있는 '쌔니' 라는 이름의 요정이었다.

"무슨 일이야, 쌔니?"

침대에서 일어나지도 않고 고개만 살짝 내밀어 퉁명스레 말하는 리켄의 모습에 쌔니가 볼을 한껏 부풀리며 삐친 듯 대답했다.

『오랜만인데 반갑지도 않아요, 리켄님?』

"반갑긴 얼어 죽을. 졸려 죽겠으니까 빨리 용건만 말해!!"

『치.』

퉁퉁 부은 얼굴로 고개를 돌려 버리는 쌔니의 모습에 리켄은 길게 한숨을 내쉬며 허리를 세웠다.

"으이구, 정말… 알았어, 알았어. 반가워 죽겠으니까 어서 말해 봐, 쌔니. 내 레어까지 무슨 일로 온 거야?"

『로드께서 찾으십니다. 어서 속히 가보셔요.』

"아, 거 정말 더럽게 귀찮게 하네. 독립하게 했으면 이제 관심 좀 끊어줬으면 좋겠는데 말이야. 내 나이가 몇인데. 으이구."

잔뜩 찡그린 얼굴로 끊임없이 투덜거리면서도 리켄은 어느새 침대에서 일어나 몸단장을 하고 있었다. 벽에 세워져 있는 커다란 옷장에서 옷을 꺼내 갈아입고 향수까지 뿌려댔다. 드래곤 로드이자 그의 어머니는 다른 생명체로 여행 다니는 것을 특히 싫어했고, 그중에 인간 세상으로의 여행을 가장 혐오했다. 그녀 자신도 인간의 모습으로 있을 때가 많았는데도 유독 다른 드래곤들의 인간 세상으로의 여행을 못마땅해했다.

낳아준 어머니이자 현재의 드래곤 로드는 나이가 리켄보다 3천 년이나 많았으며, 그녀가 드래곤 로드의 위치가 된 것도 3천 년 전이었다. 현존하는 모든 드래곤들 중 가장 강력한 공격력을 자랑하며 레드 일족의 수장과 원로원, 거기에 드래곤 로드의 위치까지 겸임하는 무서운 실력자였다.

"쌔니, 혹시 로드… 화나셨어?"

『모르겠습니다, 리켄님.』

말끔한 흑적색 상하의와 기다란 망토로 갈아입은 리켄이 뭔가가 생각났는지 경계심 가득한 눈초리로 쌔니를 바라보았다. 드래곤과 요정의 사이가 좋지 않다는 것은 일반적으로 알려져 있었지만 쌔니와 드래곤 로드의 사이는 상당히 가깝고 친밀했다. 쌔니는 언제나 드래곤 로드이자 친구인 리켄의 어머니를 '로드님' 이라고 부르며 각듯이 예를 갖춰 불렀고, 드래곤 로드는 말을 낮추었다. 어째서 친구 사이에 하나는 존칭을 쓰고 다른 하나는 하대하는지 물어보긴 했지만, 그때마다 쌔니의 대답은 '친구니까' 였다. 쌔니의 대답에 리켄은 다시금 어머니의 무서움을 절실히 느낄 수 있었다. 누구와도 친구가 되지 않는다는 요정과 함께 있는 것도 그렇지만 마치 하인처럼 부리면서도 어떻게 사이 좋은 친구라고 말할 수 있는지, 리켄의 상식으로는 절대 풀 수 없는 문제였다.

『저는 그저 최대한 빨리 리켄님을 모셔오라는 부탁을 받았을 뿐이랍니다. 그러니 어서 서두르세요.』

방긋 웃으며 고개를 흔드는 쌔니의 모습에 리켄은 서둘러 몸단장을 마무리했다. 이미 완벽에 가까울 정도로 몸단장을 끝낸 상태였는데도 조금이라도 틈을 보이지 않으려는 노력이었다. 그러나 그가 시선을 돌렸을 때 쌔니의 초롱초롱하던 눈초리에서 날카로운 빛이 번뜩였지만 몸단장에 여념이 없는 리켄에겐 보이지 않았다.

"그래, 어서어서 서두를 테니까 조금만 기다려, 쌔니."

리켄은 최대한 시간을 끌고 있었다. 그것은 그가 바로 조금 전 인간들의 도시 하나를 완전히 쑥대밭으로 만들었다는 것이 이제야 생각나서였다. 드래곤 로드가 다른 드래곤에게 경고하는 것 중 하나가 바로 다른 종족의 일에 관여하지 말라는 것이었다.

'알고 있으시려나? 바로 조금 전이었으니까 모르실 수도… 아냐, 어머니가 어떤 어머니신데. 으이구… 아냐아냐, 얼마나 됐다고… 분명 모르실 거야.'

그가 인간들의 도시를 박살 낸 것과 어머니의 호출 사이의 시간은 분명 있었지만 아주 짧았다. 리켄은 드래곤 로드가 그 사실을 알 수 없을 것이라 생각하면서도 핑곗거리를 생각해 봤다. 하지만 좀처럼 좋은 핑계가 떠오르지 않았다.

'설마, 아니겠지.'

몸단장을 하는 척하며 리켄은 슬쩍 고개를 들어 허공에서 날갯짓하는 쌔니의 표정을 관찰했다.

『더 기다려야 하나요?』

"아, 아니, 다됐어. 하하."

쌔니의 방긋 웃는 얼굴을 보자 모든 걱정들이 눈 녹듯 사라졌다. 리켄은 두 팔을 양 옆으로 한껏 벌리며 한차례 기지개를 켠 후 쌔니에게 다가갔다.

"자, 가볼까, 쌔니?"

『네.』

쌔니의 상큼한 대답에 리켄도 마주 웃어주며 드래곤 로드의 레어를 향해 워프를 시행했다.

"뭐 때문에 불렀어요, 어머니? 저 피곤하거든요. 조금 쉬고 싶으니까 빨리 말씀하세요."

워프를 하고 주변 모습이 바뀌자마자 리켄은 퉁명스럽게 쏘아붙였다. 드래곤 로드의 레어답게 화려하고 웅장했으며 값으로 따질 수 없을 것 같은 온갖 보물들이 즐비해 있었다. 하지만 이 거대하고 화려한 곳에는 오직 한 명만이 우뚝 서서 리켄을 바라보고 있었다.

"피곤하다니까요?"

어머니에게서 아무런 말이 나오지 않자 리켄이 재차 투덜거리듯 말했지만 역시 대답은 나오지 않았다. 리켄에게서 대략 다섯 걸음 떨어진 곳에 놀랍도록 아름다운 여성 엘프가 무표정한 얼굴로 지그시 리켄을 바라보고 있었다. 175cm가 넘는 늘씬한 키에 허리 아래까지 내려오는 붉은 머릿결, 우윳빛 피부와 엘프들이 즐겨 입는다는 녹색 원피스 차림의 여성 엘프였다. 얼굴은 대략 30대 중반 정도로 보였지만 엘프에게서는 절대 풍기지 않을 잔인함과 흉포함, 그리고 무서운 살기가 느껴지는 모습이었다. 레오니아 리커이스. 리켄을 낳아 4천 년 동안이나 독립시키지 않고 애지중지(?) 길러준 어머니이자 현존하는 모든 드래

곤들 중 최강의 전투력을 발휘하는 드래곤이자 우두머리인 '드래곤 로
드' 가 바로 그녀였다.

"왜… 그러세요… 어, 어머니?!"

조금씩, 아주 조금씩이지만 레오니아의 눈초리가 가늘어지자 리켄
의 얼굴로 한 방울씩 땀방울이 맺히기 시작했다.

"어, 어머니, 또 이상한 소문 들으신 거예요? 그거 다 거짓말일 거예
요. 다른 놈들이 제 뛰어난 능력을 시기해서……."

어느새 리켄의 몸이 조금씩 뒤로 밀리고 있었다. 여차하면 도망칠
기세였다.

보통 드래곤의 전성기는 알에서 깨어난 지 대략 6천 년에서 7천 년 사
이였다. 에인션트 급이라고 말하는 이 시기의 드래곤들은 다른 어떤 때
보다 강력한 위력을 발휘했다. 하지만 7천 년을 지나 8천 년을 지나게
되면 조금씩 그 힘이 약해지는 것이 보통이었다. 레오니아의 나이 8천
년이 조금 지나고 있었다. 그런데도 그녀는 더욱 강력한 힘을 발휘하고
있었다.

"어, 어머니?"

뭔가 조짐이 이상해 보이자 리켄은 등 뒤로 식은땀이 흐르는 것을
느낄 수 있었다. 생각 같아서는 워프를 펼쳐 도망치고 싶었으나 그럴
낌새만 보이면 오직 드래곤 로드만이 한다는 '항 워프 마법' 에 걸릴
것이고, 그 결과는 매를 버는 일이 될 것이다.

"꿀꺽."

리켄은 마른침을 꿀꺽 삼키며 조금씩, 아주 조금씩 뒷걸음질로 물
러섰다. 워프를 할 수 없다면 뒤쪽에 있는 작은 출입문으로 도망치면
그만이었기에 최대한 어머니의 눈치를 살피며 뒤로 물러서고 있는 것

이다.

퍽!

"끄억!!"

"로드라고 불러. 이 싸가지없는 새꺄!!"

10여 보가 넘는 거리를 순간적으로 좁히며 레오니아의 뒤 돌려 차기가 리켄의 가슴에 적중했다. 하지만 이것은 끝이 아닌 시작이었다.

퍽! 퍽퍼퍽! 퍼퍼퍽!

격한 비명을 터뜨리며 쓰러지는 리켄의 얼굴과 가슴, 그리고 온몸을 향해 레오니아의 발차기와 주먹 세례가 쏟아졌다.

"껵, 크헉! 잘못했어요, 어머니!! 크어억! 용서해 주서요!! 끄으윽, 이제 다시는… 캐캑! 그, 그런데 뭘… 끄악! 뭘 잘못한 건지… 으악!"

리켄은 도무지 뭘 잘못한 것인지 몰랐다. 뭔가 이유라도 알고 맞았으면 덜 억울할 것 같아 지독한 고통 속에서도 이유를 물었다. 그런 리켄의 물음에 레오니아의 미간이 더욱 일그러지며 주먹과 발차기 속도도 높아졌다.

"이 자식, 내가 너 때문에 얼마나 피해 보는지 알아, 이 나쁜 자식아!! 어미가 드래곤 로드면 뭐 해? 하나밖에 없는 자식 놈이 매일같이 사고를 쳐대니 내가 로드의 위엄을 세울 수 있어? 이 나쁜 자식아! 천 년 전에는 독립하자마자 그 얌전한 그린 일족 귀여운 아이의 날개하고 다리를 부러뜨리더니, 이번엔 뭐? 인간들의 도시 하나를 없애 버려?"

"끄아악!! 그, 그건… 으아악! 어, 어떻게… 크흑!"

눈조차 뜨지 못할 정도로 맞으면서도 리켄은 어떻게 그 사실을 어머니가 알고 있는지 궁금했다. 레오니아가 주먹과 발을 멋지게 휘두르며 대답해 주었다.

"근처 산맥에 우리 일족이 있었기에 망정이지 다른 일족들이 봤었어봐, 이 나쁜 자식아!! 어미가 드래곤 역사상 처음으로 불명예 퇴직하랴? 이 나쁜 자식, 내가 늘 뭐라고 하디? 다른 종족 일에는 끼어들지 말라고 했지?! 이 나쁜 자식! 형편없는 자식! 도대체 나이가 몇 살인데 아직까지 사고만 치고 다닐래? 응? 천오백 년 전에는 어미가 그렇게 책을 읽으라고 해도 말도 안 듣고 그래. 응? 이천 년 전에는……."

"끄아악! 잘못했어요, 어머니. 크억! 용서해 주세요. 아아악!"

레오니아는 정말 죽일 듯이 리켄을 밟고 또 밟았다. 순식간에 리켄의 두 눈이 시꺼멓게 피멍이 들었으며 입술이 여기저기 터져 나갔고, 이빨까지 몽창 없어졌다. 얼굴만이 아니었다. 가슴과 어깨, 팔, 다리 모두에 셀 수 없을 정도의 피멍이 들어 있었다. 리켄은 그러나 방어 마법조차 펼치지 않고 최대한 불쌍한 목소리로 용서를 빌었다. 한 번 맞을 때 조용히 맞아줘야 후환이 없다는 걸 이미 오랜 경험으로 알고 있었고, 또 이렇게 해야 한 대라도 덜 맞았기 때문이었다.

"이놈의 새끼! 응, 그래. 이천오백 년 전에는……!"

한 번 때리기 시작하면 아주 오래전의 일까지 하나하나 일깨우며 야작을 내는 것이 레오니아의 성격이었다. 이렇게 해야 기억력이 형편없는 리켄을 조금이라도 올바른 길로 이끌어줄 수 있다는 게 그녀의 생각이었다.

"으어엉~ 끄! 다신 안 그런다니까요. 으아앙~ 크헉! 이러다가 하나밖에 없는 아들 죽겠어요, 어머니. 으아앙~ 한 번만… 크헉, 봐주세요~"

눈물에 콧물까지 흘리며 애원하고 빌어봤지만 레오니아의 매 타작은 좀처럼 그칠 기미가 보이지 않았다.

"저 이제… 가, 가도… 되죠?"

한쪽 눈을 간신히 뜨며 리켄이 레오니아의 눈치를 살폈다. 그의 얼굴은 그야말로 죽지 않은 것이 이상할 정도였다. 얼굴 전체가 시커멓게 멍이 들었고, 광대뼈까지 움푹 들어갔으며, 머리카락까지 왕창 뽑혀 있었다. 원래 어떤 얼굴인지조차 알 수 없을 정도로 흉측하고 무서울 정도였다. 그는 거의 3시간이 넘도록 맞고 또 맞았다. 몇 번인가 견디지 못하고 기절까지 했지만 그때마다 그의 어머니는 친절하게 차가운 물까지 뿌리며 그의 정신을 깨워주었다. 그나마 반항 한번 하지 않고 울고 불며 애원해서 이 정도였지, 그렇지 않았다면 며칠을 이어졌을 일이었다.

"으윽, 저 가도 되냐니까요, 어머니?"

침대에 누워 있던 리켄이 간신히 몸을 일으키며 재차 물어봤지만 역시 대답은 나오지 않았다. 아무리 지독하고 끔찍한 상처라도 드래곤의 치유 마법이라면 눈 깜짝할 사이에 감쪽같이 치료되지만 리켄은 그렇게 할 수 없었다. 드래곤 로드의 레어에서는 어떤 마법도 사용하지 못할 뿐더러 어머니의 무서운 명령 때문이었다. 한번 맞은 이후 레오니아는 절대 치유 마법을 사용하지 못하게 했다. 자연적으로 치유가 될 때까지 기다리라는 말이었고, 리켄 역시 지금까지 셀 수 없을 정도로 그렇게 해왔기에 그녀의 말을 잘 따랐다. 하지만 최대한 빨리 자신의 레어로 가서 치료 마법을 한다면 괜찮을 것 같았다.

"어머니?"

"시끄러. 닥치고 반성하고 있어!!"

"네……."

무섭게 쏘아붙이는 레오니아의 외침에 리켄은 고개를 푹 숙이며 다시금 침대로 아픈 몸을 뉘었다. 레오니아는 한쪽에서 뜨거운 차를 마시며 앉아 있었다. 격렬한 운동을 마칠 때마다 지친(?) 심신을 달래는 그녀만의 방식이었다.

"아, 젠장."

침대에 잔뜩 쭈그리고 누운 채 리켄이 낮은 욕지거리를 터뜨렸다. 속삭이는 듯한 목소리였기에 다행히 레오니아의 귀에는 들리지 않았다.

"에구, 내 신세야."

온몸이 쑤시고 아팠지만 최대한 얌전히 누워 있어야 했다. 저렇게 차를 마시고 있는데 말 한번 잘못해서 맞았던 기억도 많았기 때문이었다. 레오니아는 아주 오랫동안 차를 즐긴 후 천천히 리켄에게 다가왔다.

"치유하지 않고 뭐 하고 있니, 내 아들?"

"치, 치유해도 돼요?"

"그래, 어서 치유하고 이리 온."

감미로울 정도로 부드럽게 변한 레오니아의 목소리에 리켄이 아픔도 잊고서 침대에서 벌떡 일어났다. 이상했다. 한번 때리면 무슨 일이 있어도 자연적으로 치유될 때까지 기다리게 하던 레오니아였다. 그런데 이번엔 맞고 나서 곧장 치유하라고 하고 있었다. 리켄의 잔뜩 부어오른 얼굴로 다시금 땀방울이 맺히고 있었다.

"꿀꺽."

목에서 절로 마른침이 넘어갈 정도로 분명 좋지 않은 느낌이었지만 리켄은 순식간에 몸을 치유했다. 갑자기 부드러워진 레오니아의 모습이 무섭긴 했지만 숨조차 제대로 못 쉴 정도로 아팠기에 일단 몸을 안정시킨 후 생각해 보기로 한 모양이었다.

"서, 서, 설마 또 때리려는 건 아니죠, 어머니?"

구타와 치유. 이것을 반복하며 맞았던 기억은 없지만 물어보지 않고는 가슴이 진정되지 않았다. 다행히 레오니아의 얼굴은 한없이 부드럽고 자애로웠다.

"어서 이리 온, 내 아들."

"네, 어머니."

다시 때릴 것 같지는 않았지만 언제 어떻게 변할지 모르는 상황이었다. 리켄은 최대한 귀여운 표정으로 침대 끝에 서 있는 레오니아에게 다가갔다. 하지만 본능적으로 두 걸음 정도 거리를 둔 리켄이었다.

"무, 무슨 일이세요, 어머니?"

적당한 거리는 아니었지만 이 정도 거리에서 어머니의 상태를 정확히 파악하는 게 먼저였다. 리켄은 어느새 귀여운 표정을 버리고 잔뜩 겁먹은 얼굴로 레오니아의 얼굴을 살펴보았다. 레오니아가 상냥한 얼굴로 양팔을 벌리며 입을 열었다.

"뭘 그렇게 무서워하니? 이리 가까이 오렴."

"네, 네."

섬뜩하고 오싹한 느낌이 들었지만 리켄은 서둘러 달려가 어머니의 허리에 찰싹하고 달라붙었다. 한 번도 보이지 않은 이상한 행동이었다. 한없이 부드럽고 자상한 목소리였지만 리켄의 본능은 그의 온몸에 소름을 끼쳐 주며 무서운 경고를 하고 있었다.

“어유, 우리 귀여운 아들. 많이 아팠지?”

“아, 아니에요. 아프긴요. 제가 잘못한 일인걸요. 잘못했어요, 어머니. 두 번 다시 이런 일 하지 않을게요. 용서해 주세요.”

자신의 머리를 쓰다듬는 레오니아의 손길에 리켄은 더욱 놀라며 몇 번이나 용서를 빌었다. 잠시 리켄의 머리를 쓰다듬던 레오니아가 몸을 낮춰 리켄의 얼굴을 바라보았다. 놀랍게도 그녀의 눈에는 물기가 아른거리고 있었다.

“어미가 심했구나. 용서해 주렴, 내 귀여운 아들?”

“히익, 아니라니까요. 제가 천 번 만 번 잘못했다니까요. 다시는 안 그럴게요. 제발 이러지 마세요. 무서워 죽겠어요, 어머니.”

차라리 욕을 하고 매맞는 것이 더 나았다. 그러나 그런 리켄의 마음을 모르는 듯 레오니아는 리켄의 머리를 부드럽게 가슴으로 안았다. 리켄의 얼굴이 순식간에 사색이 돼버렸지만 이젠 모든 것을 하늘에 맡기는 수밖에 없었다.

“아들?”

“네, 네, 어머니. 뭐든지 말씀만 하세요.”

한동안 부드럽게 머리를 안고 있던 레오니아가 슬쩍 손을 올려 그의 머리를 쓰다듬으며 입을 열었다.

“어미가 우리 아들한테 부탁이 하나 있는데 들어줄 수 있을까?”

“네? 아, 네, 물론이죠.”

드디어 올 것이 왔다고 생각하며 리켄은 시원스럽게 대답했다. 협박보다 무서운 부탁이었다. 들어주지 않는다면 어떤 일을 당할지 모르는 부탁이었기에 어차피 할 것이라면 최대한 빨리 승낙하고 이곳에서 벗어날 생각인 리켄이었다.

"어머나."

리켄의 시원스런 대답에 레오니아는 그의 두 볼을 잡고서 조금 더 얼굴을 가까이 가져가며 말을 이었다.

"정말 뭐든지 들어줄 수 있을까, 내 귀여운 아들?"

"하.하.하. 무, 물론이죠, 어머니. 이 아들은 말이에요, 어머니 말씀이라면 무엇이든지 할 준비가 되어 있는걸요. 하하… 하."

레오니아의 얼굴이 다가오자 하얗게 질린 얼굴로 서둘러 대답하는 리켄이었다. 속으로는 차라리 때리면서 말하세요, 라고 하고 싶을 정도였다.

"아유, 귀여운 것. 아유~ 귀여워. 내가 이래서 아들을 사랑한단다, 내 아들."

"으윽!"

너무도 기쁜 나머지 레오니아는 리켄의 얼굴을 강하게 안았다. 리켄은 숨이 막힐 것 같았지만 최대한 반항하지 않고 가만히 앉아 있었다.

"부탁이란 게 뭐예요, 어머니?"

오랫동안 어머니의 품에 안겨 질식할 뻔했던 리켄은 더 이상은 참지 못하겠는지 간신히 품에서 빠져나와 레오니아를 바라보았다. 어서 빨리 부탁을 들어주고 이곳에서 벗어나고 싶은 심정뿐이었다.

"휴우……."

긴 한숨을 내쉬며 레오니아가 말을 이었다.

"마계가 천계에게 당했다는구나."

"네?"

깜짝 놀란 얼굴로 리켄이 레오니아를 바라보았다. 일천 년마다 있는 마계와 천계와의 전쟁에 대해선 리켄도 잘 알고 있었다. 그가 이렇게 놀란 것은 마계가 천계에게 진 것이 벌써 세 번째라는 것 때문이었다.

"마왕도 죽었다고 하더구나."

"마, 마왕까지!!"

리켄의 눈동자가 더 더욱 커져 갔다. 그가 알기로 이번에 죽은 마왕은 어머니인 레오니아와 거의 차이가 없을 정도로 대단하고 강력한 힘의 소유자였다. 또한 상급 마족들은 지금의 리켄과 동등할 정도로 강했다. 그런 마족과 마왕을 죽일 수 있는 천계의 힘이 새삼 두렵게 느껴지는 리켄이었다.

원래 드래곤과 마족은 서로의 자존심이 너무 강해 거의 교류가 없을 정도로 사이가 좋지 않았지만 죽어버린 마왕과 레오니아 사이에는 은밀한 거래가 있었다. 모든 드래곤들의 수장답게 마법에 대한 레오니아의 열정은 대단했다. 하지만 마법 연구에 필요한 것들 중 마계에서만 얻을 수 있는 물건들이 제법 많았다. 그녀는 포기하지 않고서 어떻게 해서든 연구를 마치려 했고, 결국 마계에까지 선을 넣는 데 성공했다. 놀랍게도 그런 레오니아에게 마왕은 훗날 한꺼번에 청구한다는 말과 함께 흔쾌히 모든 것들을 전해주었다. 레오니아는 조금 찜찜하기는 했지만 그리 심각하게 생각하지 않고 마왕의 뜻을 수락했었다.

잠시 말을 멈추고 리켄을 조용히 바라보던 레오니아가 심각한 표정으로 입을 열었다.

"이제 곧 죽은 마왕의 아들 하나와 마왕의 손자가 이리로 올 것이라고 하는구나. 어미가 그들과 레어에 함께 있고 싶지만 그리 된다면 다른 드래곤들이 꼬투리를 잡을 터. 그러니 네가 그 두 아이들을 네 레어에서 잠시 보살펴 주었으면 좋겠구나. 그리고 또 하나, 천계에서 혹시 그들에 대해 눈치 채지 못하도록 조용히, 말썽 피우지 말고 조용히 있어야 한다. 알겠니, 내 아들?"

"마, 마족하고 함께 있으라고요?"

레오니아의 말이 끝나기도 전에 리켄은 화들짝 놀라며 뒤로 물러섰다. 그런 그의 표정은 마치 구정물을 보는 것 같은 얼굴이었다. 몇 번이지만 마족을 봤던 리켄이었다. 그들은 하나같이 거만했으며 건방졌고, 예의라곤 찾아볼 수 없는 그야말로 천박한 것들이었다.

"그 더러운 것들하고 같이 있으라고요? 얼마나요?"

"앞으로 길어봐야 1년 내외일 것이란다. 천계와 마계와의 문이 닫히려면 그 정도면 충분할 거라고 들었단다. 마계의 시간으로 10년 동안 열린다고 하니까."

"1년이나?"

드래곤에게 1년이라는 시간은 눈 깜짝할 사이였지만 같은 레어에서 함께, 그것도 둘이나 되는 마족과 지내야 한다면 레어 전체에 지독한 악취가 묻을 것 같았다.

"조금 전에 어미 말은 뭐든지 들어준다고 하지 않았니, 내 아들?"

침대에 비스듬히 몸을 세우고 있는 리켄을 향해 레오니아가 의미심장한 미소를 흘리며 다가갔다. 아무리 드래곤 로드라 해도 이번 일은 보통 일이 아니었다. 다른 드래곤들에게 이 사실이 알려진다면 드래곤 로드의 자리에서 물러설 수 있었고, 만약 천계가 눈치 챈다면 드래곤과 천계 사이에 전쟁이 일어날 것은 보지 않아도 알 수 있는 일이었다. 하지만 그동안 마왕에게 신세진 일 때문에 거절할 수 없었다.

그저 안면 몰수하고 모르는 척할 수도 있었지만 그동안 보여준 마왕의 호의를 생각하면 절대 그럴 수 없었다. 그렇기 때문에 리켄에게 두 마족을 부탁하는 레오니아였다. 대륙에 살고 있는 드래곤들 중 가장 오지에 위치한 장소가 리켄의 레어였다. 또 이런 중요한 일을 같은 레드 드래곤 일족에게 알릴 수도 없었기에 리켄을 적임자로 선택한 것이다. 사실 리켄이 인간들의 도시를 없애 버리지 않았어도 그를 부를 생각이었던 레오니아였다.

"어미가 잘못 들은 건 아니겠지, 아들?"

"하, 하지만……."

리켄은 어느새 침대에 누워 있었다. 다가오는 어머니의 모습에 조금씩 상체가 뒤로 넘어가다 이느 순간 이렇게 된 것이다. 리켄의 머리 위까지 올라간 레오니아가 살짝 미간을 찡그리며 말을 이었다.

"설마 이제 와서 싫다고 하는 건 아니겠지, 아들?"

"하, 하하. 아, 알았어요. 할게요, 어머니."

어쩔 수 없는 선택이었다. 거부한다면 들어줄 때까지 맞을 것이 분명했으니 차라리 맞지 않는 편을 택하는 것이 그나마 탁월한 선택이라고 생각하며 고개를 끄덕이는 리켄이었다.

"꺄악, 귀여운 내 아들."

쪽쪽쪽.

대답이 나오자 레오니아가 비명을 터뜨리며 리켄을 안고 뽀뽀 세례를 퍼부었다. 리켄이라면 안심할 수 있었다. 비록 사고는 많이 치지만 영역에 대한 관심은 다른 어떤 드래곤들보다 강했으며 관리 역시 철저히 했다. 작은 동물이나 새들을 제외하고는 절대 내버려 두지 않는 게 리켄의 성격이었다. 영역 가까이 살짝 스쳤다는 이유로 그린 드래곤의 날개를 부러뜨린 것도 관심이 없다면 모를 수 있는 일이었

다. 이런 성격 때문에 리켄을 조금이라도 알고 있는 드래곤들은 되도
록 그의 레어에 가까이 가지 않으려 했다. 이런 이유로 마족이 둘이
나 레어에 있다 하더라도 다른 드래곤들이 눈치 챌 일은 거의 없었
다.

"까아악, 이래서 내가 아들을 사랑하지."

"으으윽, 저, 저 죽어요."

레오니아는 커다란 근심이 사라진 것 축하라도 하는 양 굴을 아주
강하게 안은 채 침대를 뒹굴고 있었다. 장정 열 명이 누워도 충분할 것
같은 크기의 침대였기에 얼마든지 뒹굴어도 떨어질 염려가 없었다. 리
켄은 숨이 콱콱 막혀 죽을 것 같은 표정이었지만 어머니의 완력을 당
해내지 못하고 있었다.

딸각.

레오니아가 리켄을 안은 채 한참 침대를 뒹굴 때 침대 옆쪽에 있는
비밀문이 열리며 누군가가 모습을 드러냈다.

"실례하겠습니다, 위대한 드래곤의 지도자시여."

"어머나!"

목소리가 들리자 기쁨의 탄성을 터뜨리던 레오니아가 리켄에게서
떨어져 옷매무새를 가다듬었다. 한참을 뒹굴다 보니 어느새 제법 야한
옷차림이 됐기 때문이었다.

"어서 오세요."

어느새 위엄 가득한 모습으로 돌아온 레오니아가 작은 문을 열고
들어선 두 인물을 맞이했다. 마왕의 첫째 아들인 세이제리스를 통해
침대 뒤편에 은밀히 마련되어 있는 작은 방으로 워프할 수 있도록 배
려해 놓았던 레오니아였다. 세이제리스의 아들은 이미 도착해 있었

고, 그 동생이라는 자가 이제 막 도착해 문을 열고 나오는 모양이었다.

"마족!!"

간신히 질식사를 면한 리켄이 서둘러 자리에서 일어나 두 마족을 관찰했다. 하나는 언뜻 보이기에도 상당히 강한 마족이었으며, 다른 하나는 커다란 검은 눈망울의 꼬마였다. 꼬마에게는 거의 아무런 느낌이 들지 않았지만 기다란 흑발에 20대 초반 정도의 외모를 한 마족은 자신과도 맞먹을 것 같은 힘을 소유한 마족이었다.

"이!"

20내 초반으로 보이는 마족은 리켄과 레오니아의 모습에 순간 당황한 표정으로 말을 잇지 못했다. 하지만 이내 냉정하고 침착한 표정으로 돌아가며 우아하게 허리를 숙였다.

"청을 받아주서서 감사드립니다, 위대하신 드래곤의 지도자시여. 제 하찮은 이름은 이클립스라 하며 곁에 있는 이 작은 아이가 앞으로 마계를 이끌어가실 분입니다. 우리 마계는 드래곤 로드님의 배려를 결코 잊지 않을 것입니다. 다시 한 번 감사의 말씀을 올립니다."

아주 오랫동안 궁중 예의를 배운 사람처럼 이클립스의 말투와 행동은 예의의 교본이라고 할 수 있을 정도로 매끄러웠고 정중했다. 그런 이클립스의 말에 레오니아 역시 만족한 듯 얼굴 가득 부드러운 미소를 머금으며 입을 열었다.

"여기 이분이 여러분들과 잠시 함께 지내실 분입니다. 천계와의 문이 닫힐 때까지 잠시 이분과 함께하세요."

"감사합니다."

레오니아 역시 존칭으로 이클립스를 대하며 리켄을 가리켰다. 사적

인 광경을 목격당하긴 했지만 공적인 자리였기에 리켄에게도 존칭을
썼다.

"휴우……."

할 수 없다는 듯 리켄은 한숨을 푹 내쉬며 침대에서 걸어나왔다.

"리켄 리커이스. 잘 부탁……."

어머니의 강압에 못 이겨 수락하긴 했지만 이렇게 가까이서 마족과
마주하자 리켄의 얼굴이 절로 일그러졌다.

"후훗."

리켄의 소개에 이클립스는 살며시 미소를 머금고 허리를 숙였다. 이
클립스가 고개를 숙인 순간 그의 얼굴에 가득하던 미소가 비릿하게 변
해갔다. 그 역시 리켄이 마음에 들지 않았던 모양이다. 그에겐 리켄이
라는 드래곤이 드래곤 로드의 정부(情夫)로밖에 보이지 않았다. 또, 리
켄의 짜증스런 얼굴과 말투 역시 은밀한 관계를 발각당해 화가 난 것
으로 생각했다. 하지만 내색할 순 없었다. 자신은 드래곤 로드에게 몸
을 의탁하는 처지였고, 다른 곳으로는 피할 수 없었다. 리켄이라는 드
래곤이 조금은 역겹고 짜증스러웠지만 앞으로 당분간은 함께할 것이기
에 좋은 얼굴로 대해야 했다.

"잘 부탁드립니다, 리켄님. 이클립스라고 합니다."

"아."

이클립스의 인사에도 리켄은 아무런 말 없이 기분 나쁘다는 표정으
로 서 있었다. 레오니아가 그런 리켄에게 다가가 그만이 볼 수 있도록
험악하게 일그러뜨린 얼굴을 보여주고 나서야 리켄의 표정이 누그러졌
다.

"죄송한 말씀이지만 어서 여기 계신 이분을 따라가시는 게 좋을 것

같아요. 이곳에 오래 있으면 여러 가지로 좋지 않답니다, 마왕의 후예시여. 그리고 절대로 조용히 있어야 합니다. 천계에서 알아차린다면 위험해지니까요. 당신들과 우리들 모두."

"배려해 주셔서 감사드립니다."

도착하자마자 떠나라고 말했지만 이클립스는 레오니아의 심정을 충분히 이해할 수 있었다. 자신들을 숨겨주는 것만으로도 위험천만한 일이란 걸 알고 있었기에 다시금 깍듯이 예를 갖추며 허리 숙이는 이클립스였다.

"리켄님, 더 이상 시간을 끌 수 없어요. 두 분을 리켄님의 레어로 모시고 가세요. 그리고 이 로드의 말씀을 잊으면 안 돼요. 절대로 조용히… 알겠지요, 리켄님?"

"후우, 알았어요."

리켄은 퉁명스럽게 대답하며 곧 이클립스와 작은 꼬마 마족 가까이 걸어간 후 워프를 시행해 사라졌다.

"사고 치면 안 되는데……."

이것이 최선의 방법이었지만 리켄과 이클립스의 표정을 생각하니 걱정부터 드는 레오니아였다. 리켄의 성격은 너무 직선적이었고, 이클립스라는 마족은 자존심이 대단해 보였다. 레오니아는 앞으로 될 수 있으면 자주 리켄의 레어를 찾아야겠다고 다짐했지만 절로 한숨부터 흘러나왔다.

"죄송합니다, 리켄님."

리켄의 레어에 도착하자마자 이클립스는 허리 숙이며 용서를 구했다. 그런 그의 행동이 조금 의아하긴 했지만 리켄은 곧 미소 지으며 고개를 저었다.

"상관없습니다. 너무 신경 쓰지 마세요. 어차피 드래곤 로드의 명이니 거절할 수 없으니까요. 당분간 불편하더라도 편하게 지내세요."

"너그러우신 말씀 다시 한 번 감사드립니다."

"에, 아, 예. 하, 하하."

두 번이나 허리를 숙이며 깍듯이 예를 갖추자 리켄의 얼굴도 밝아졌다. 이렇게까지 예의가 바르고 인사성 좋은 마족은 처음이었다.

"저야말로 아까는 죄송했습니다, 이클립스님. 앞으로 얼마 안 되겠지만 잘 지내봐요."

"고마우신 말씀 다시 한 번 감사드립니다."

연이어 이어지는 이클립스의 행동에 리켄은 미안한 마음이 들 정도였다.

"오늘은 피곤하실 테니 제 침대에서 주무십시오. 자, 어서."

미안한 마음에 리켄은 자신의 침대까지 양보하며 이클립스와 꼬마 마족을 안내했다.

이렇게 며칠이 조용하게 흘러갔다.

지난 며칠 동안 리켄과 이클립스는 서로에게 존칭을 쓰며 깍듯하게 예를 갖춰왔다. 리켄은 이클립스와 꼬마 마족을 최고의 손님처럼 접대했고, 새로이 두 마족을 위해 방을 만들어주었다. 필요한 것은 무엇이든 구해주었고, 꼬마 마족을 동생처럼 대했다. 처음에는 눈조차 마주치지 않던 꼬마 마족도 리켄의 정성에 얼마 지나지 않아 몇 마디씩 할 정도였다.

그러던 어느 날,

마왕이 잠든 사이 리켄과 이클립스는 처음으로 술자리를 같이하고 있었다. 리켄은 인간 세상으로 여행하던 중 구입한 5백 년 숙성의 최고급 와인을 꺼내놓고서 지는 석양을 바라보며 이클립스와 와인을 마셨다.

"그때는 정말 죄송했었습니다, 리켄님."

술자리가 한창 무르익었을 때 리켄이 유리잔에 담긴 와인을 바라보며 중얼거리듯 입을 열자 리켄이 의아한 표정으로 대꾸했다.

"언제를 말씀이신가요, 이클립스님?"

"연인과의 즐거운 한때를 저 때문에… 그때 제가 조금 늦게 올 걸 그랬습니다. 그리고 저 때문에 그렇게 아름다우신 연인과 만나지 못하는 것도… 죄송스럽군요."

드래곤 로드와 리켄을 처음 만났을 때를 회상하자 이클립스의 입가로 절로 미소가 피어올랐다. 그는 레오니아와 리켄을 연인으로 생각한 모양이었고, 확실히 처음 만났을 때는 그 단어밖에 떠오르지 않을 정도였다.

"연인? 그때… 라면… 뭐, 뭐라고? 이 빌어먹을 마족 새끼가!"

잠시 이클립스의 말을 되뇌이며 생각에 잠겼던 리켄이 벌떡 자리를 박차고 일어나 이클립스의 멱살을 잡아 올렸다. 자신을 놀리는 것으로 생각한 모양이었다.

"말이 지나치시군."

갑작스레 돌변한 리켄의 모습에 이클립스 역시 미간을 잔뜩 일그러뜨리며 무서운 눈초리로 리켄을 노려보았다. 정중하게 용서를 구하는데 이런 식으로 맞대응한다는 것은 참을 수 없었다.

"이 냄새나는 더러운 마족 새끼! 나와, 이 새끼야! 오늘 내가 공포라는 게 어떤 건지 알려주마, 더러운 새끼!!"

“훗, 처음부터 쓰레기 같은 짓을 하더니. 네놈 입도 시궁창이구나, 파충류야.”

어느새 둘의 언쟁은 점차 점입가경으로 변해갔다. 리켄은 곧 이클립스의 멱살을 잡고서 창문을 통해 밖으로 나갔다. 이 작은(?) 레어에서 싸웠다가는 순식간에 레어가 박살날 것이었으며, 그래도 착하고 귀여운 표정으로 꿈나라에 빠져 있는 꼬마 마족을 생각해서였다.

“이 더러운 마족 새끼, 내 뜨거운 맛을 보여주마.”

레어 밖으로 나오자 리켄은 곧 이클립스에게서 20여 미터 정도 떨어졌다. 그 순간 리켄의 몸 주변으로 셀 수 없이 많은 불덩어리들이 무섭게 타오르며 생성됐다.

“흥!”

이클립스 역시 콧방귀를 뀌며 공격을 준비했다. 이미 말로써 어떻게 할 수 있는 단계가 아니었다. 이번 기회에 마족의 무서움을 뼈저리게 알려주는 것이 좋을 것 같다고 판단한 이클립스는 두 손에 검은 기류를 최대한 강하게 모으며 리켄을 노려보며 입을 열었다.

“네놈 같은 변태 놈의 뜨거운 맛이라고 해봤자 미적지근할 게 뻔하지. 쯧쯧쯧. 위대한 마족 전사의 힘이 얼마나 무서운지 똑똑히 보여주마. 밤마다 악몽을 꾸게 될 것이다, 이 대낮부터 낯 뜨거운 짓만 하는 변태 파충류야.”

“이 마족 새끼가!!”

더 이상 참지 못한 리켄이 괴성을 터뜨리며 셀 수 없이 무수한 불덩어리들을 이클립스에게 쏘아 보냈다.

“흥, 웃기지도 않는군.”

무수히 쏟아지는 불덩어리에도 이클립스는 자신감 넘치는 미소와 함께 손을 뻗었다. 그러자 그의 손에 둥그렇게 회전하던 검은 기류에서 물줄기가 뻗는 것처럼 많은 기류들이 불덩어리들을 향해 뻗어 나갔다.

쿠콰콰쾅!

마치 거대한 축제가 벌어진 것처럼 하늘로 어마어마한 숫자의 폭발이 터져 나갔고, 귀청을 찢을 것 같은 폭발음이 연이어 터졌다. 리켄과 이클립스는 마치 철천지원수를 만난 것처럼 조금도 쉬지 않고 서로를 공격했다.

"죽어라, 더러운 마족 새끼, 죽어라!"

"웃기고 있네. 이따위 싸낭불로는 어림없다, 이 변태 파충류야!"

끊임없이 욕설을 터뜨리며 서로를 공격하는 둘의 힘은 그 차이를 알 수 없을 정도로 비등했다. 현존하는 모든 드래곤들 중 드래곤 로드 다음으로 강력한 힘을 발휘한다는 리켄이었지만, 이클립스의 힘 역시 그에 조금도 뒤지지 않았다.

콰콰쾅!

노을이 지고 하늘이 어두워졌는데도 리켄의 영역은 대낮처럼 밝았으며 끊임없이 폭발이 이어졌다. 힘 차이가 없었기 때문에 둘 모두 좀처럼 승기를 잡지 못하고 공격만 해댔다. 그렇게 시간이 흐르고 세 시간이 훌쩍 지나갔지만 둘은 조금도 멈추지 않았다. 싸움이 네 시간에 접어들 때였다.

"둘 다 그만 하지 못해!!"

어디선가 커다란 목소리가 터져 나왔다. 가공할 힘이 느껴지는 목소리였기에 리켄과 이클립스는 공격을 멈추고 목소리의 진원지를 찾았다. 둘에게서 대략 오십 보 측방에 드래곤 로드가 무서운 눈초리로 둘을 노려보고 있었다.

"죄, 죄송합니다, 드래곤 로드시여."

드래곤 로드를 발견한 이클립스는 쥐구멍이라도 들어가고 싶은 표정으로 허리 숙이며 용서를 구했다. 최대한 조용하고 은밀하게 숨어 있으라고 신신당부했던 드래곤 로드의 말이 이제야 생각난 이클립스였다. 다행히 레오니아는 곧 시선을 돌려 리켄을 노려보았다.

"으음."

이클립스의 얼굴로 불쾌한 빛이 역력히 드러났다. 리켄을 바라보는 레오니아의 시선을 사랑하는 정부(情夫)에 대한 걱정으로 생각한 것이다. 하지만 그의 그런 생각은 리켄의 말에 산산이 부서졌다.

"어, 어, 어머니!!"

파랗게 질린 얼굴로 부들부들 몸까지 떨며 말하는 리켄의 목소리에 이클립스의 두 눈이 순간적으로 확대됐다. 지금까지 정부(情夫)라고 생각했던 것이 그의 착각임이 드러나는 순간이었다.

"리… 케… 엔!!"

뿌득 이빨이 갈리는 소리와 함께 레오니아의 이빨 사이로 분노가 가득 실려 있는 목소리가 흘러나왔다.

"어, 어, 어머니, 사실은… 다름이 아니라……."

어떻게 해서든 변명을 하려 했지만 너무나도 지독한 공포 때문에 입만 벙긋거릴 뿐이었다. 그러나 리켄은 곧 정신을 수습하고 입을 열었다.

"어머니, 사실은……."

"로드님이라고 부르라고 했잖아, 이 형편없는 새꺄!!"

한마디 변명도 하기 전에 어느새 거리를 좁혀온 레오니아가 리켄을 향해 무수한 주먹과 발길질을 선사했다.

퍽퍼퍼퍼퍽!

리켄은 날이 밝고 다시 해가 저물 때까지 한마디 변명도 하지 못한 채 죽도록 맞아야 했다.

"많이 아픈가, 리켄 군?"

"아, 고마워. 이젠 좀 살 만해. 약초 구해다 줘서 정말 고마워."

침대에 죽을 듯이 누워 있는 리켄은 이클립스가 영역에서 구해온 약초들로 몸을 치료하고 있었다. 치유 마법을 쓰면 일주일 동안 맞을 줄 알라는 어머니의 말이 있었기 때문에 이클립스가 약초를 구해와 직접 약을 만들어 리켄을 치료해 주고 있었다.

싸움 이후에 리켄과 이클립스는 서로 말을 놓았고 더 이상 으르렁거리지 않았다.

"정말 미안하네, 리켄 군. 연인이라고 했던 내 입이 저주스러울 만큼 원망스럽네. 정말 자네 볼 면목이 없네. 그런… 어머니가 계실 줄이야."

"크흐흑, 말도 말아. 크허헉! 나 말이야, 지금까지 5천 년 동안이나 이렇게 맞아왔다고. 아주 조금만 잘못해도 말이야. 크흐흑. 난 아무래도 진짜 아들이 아닌가 봐. 크흐흑."

눈물을 주르륵 흘리는 리켄의 모습에 이클립스는 더욱 미안한 마음이 들었다. 자신의 착각 때문에 벌어진 싸움이었고, 그 결과 리켄은 참혹하다는 말조차 무색할 정도로 얻어터졌다.

"울지 말게, 리켄 군. 앞으론 내가 조금이라도 힘이 돼주겠네. 나는 무슨 일이 있어도 자네 편이라는 말일세."

“크흐흑, 정말 고마워. 크흐흑.”

서럽게 울음을 터뜨리는 리켄의 손을 꼭 잡아주며 이클립스가 그의 어깨를 토닥여 주었다.

둘의 우정은 이렇게 이상하게 시작됐다.

〈2권 끝〉